보이지 않는 마음의 순례

보이지 않는
마음의 순례

박동규

역락

잔잔한 개울물에 떠오른 물방울처럼

이름이 기억나지 않는 꽃을 볼 때가 있다. 그렇지만 시간이 지나도 그 꽃이 지닌 예쁜 모습은 기억에서 지워지지 않는다. 살아오는 동안 겪은 일들이 마치 개울물이 흘러가며 돌이나 나뭇가지에 부딪히면서 생겨난 물방울처럼 금새 생겨났다 사라져버리곤 한다. 나는 그런 기억들을 적어보고자 했다. 왜 아무것도 아닌 자질구레한 일에 매달려 사연을 찾아보려 하느냐고 묻는 이도 있다. 그러나 사는 것은 일들과의 교접을 통해서 얻는 체험의 기억에서 그 의미를 건져내는 것이 진실하지 않을까 생각한다. 길에서 만난 친구의 말 한마디로 용기를 얻고, 처음 본 여인의 눈빛 하나에 밤잠을 설치는 그런 것들이 나를 만들어온 과정이 되고 있다. 그 체험의 기억은, 무어라고 꼭 제목을 붙이진 못해도 나에게는 소중하고 진실한 삶의 이야기이자, 나의 보이지 않는 마음이기도 하다.

원효로 집에서 부모님과 함께 50년 넘게 살았다. 결혼해서 부모님의 슬하를 떠나서도 원효로 집은 내 생명의 탯줄이었다. 초등학생 때 원효로행 버스를 타고 남영동 굴다리를 지나자마자 구부러진 길을 돌아가면 플라타너스 가로수가 얼굴을 막아섰다. 대학교수가 되어서도 집으로 가는 길에 내 얼굴을 막던 플라타너스 잎들은 그대로였다. 그렇지만 대학교에 붙여놓은 합격자 명단을 보고 가던 길에는 잎들은 손을 들어 축하해 주었고, 하루 힘든 일을 끝내고 힘없이 창밖을 볼 때면 마치 그들도 시달려 겨우 매달려 있는 듯이 흐늘거렸다. 어려운 시련을 안고 집으로 갈 때는 잎들은 나에게 무서움을 주었다. 남영동 굽이길에 서 있는 플라타너스 잎사귀는 나와 함께 살면서 서로 묵언의 이야기를 나누었다.

이번에 실린 글들에서는 내 의식의 바닥에 내려앉아 있는 분별되지 않는 기억들 중에서 밤하늘에 떠다니는 반딧불이를 닮은 사연을 찾아 내려고 하였다. 비록 조금은 지나간 세월의 먼지에 덮여 낡은 문화의 흔적이 있다고 할 수 있다. 그러나 세월 따라 변해버린 삶의 행태가 아름다운 생명의 본질을 털어낼 수는 없으리라고 생각한다.

미국에 살고 있는 손녀가 대학을 준비하고 있다고 전화를 했다. 나는 손녀가 최상위권에 랭크되는 대학에 가기를 바랐다. 그래서 나는 '최고의 대학에 가게 해 달라고 기도하고 있다'고 말했다. 그러자 손녀는 '할아버지 고마워요. 그런데 할아버지, 훌륭한 대학 말고요, 좋은 길로 가는 대학에 가도록 기도해 주세요' 하고 대답을 했다. 이 전화를 끊고 나서 한동안 멍하게 있었다. 나는 최고의 대학을 원했지, 좋은 길로 가기 위한 대학은 생각해 본 적이 없었기 때문이다. 손녀의 말에서 나는 밤하늘에 반짝이는 반딧불이를 보았다.

나는 이 책에 실린 글들이 하나의 생명 안에 존재해 있는 반짝거리는 잔잔한 조약돌이 되기를 바란다. 깨끗한 물에 깎여 동그랗게 다듬어져 물속에서 빛나는, 그런 '좋은' 돌이 되기를 바란다.

이 책을 위해 애써준 사랑하는 내 모든 제자들과 '도서출판 역락'의 모든 분들께 고마움을 전한다. 그리고 원고 정리를 도와준 한아름 조교에게도 감사한다.

2020년 6월
박 동 규

4부

지워지지 않는 마음의 자국

1부

닮아가는
가족의 마음

아버지의 각목 침대

　내가 교수로 춘천에 있는 대학으로 가기 전, 아버지는 용산구 산천동 산 중턱에 있던 일본식 목조 가옥을 팔고 성심여고 담장 아래 지붕이 내려앉은 대지 50평 집을 샀다. 아버지는 이 집을 헐고 새집을 짓기로 했다. 공사는 자영으로 하기로 했다. 그 당시 자영으로 집을 짓는다는 것은 건설업자에게 모든 것을 맡기는 것이 아니라, 집을 짓는 기술자를 선택해서 설계도를 주고 그대로 짓게 하는 것이었다. 건축 자재는 우리가 제공하고, 집 짓는 전문 사람들을 여럿 거느린 기술자가 짓는 형식이었다. 우리 집의 기술자는 아버지에게 강의를 들은 제자였다. 아버지는 교수 한 분의 소개를 받아 그에게 공사를 맡기기로 했다.

　이른 봄날 공사가 시작되었다. 그런데 이 기술자가 제대로 인부에게 임금을 주지 않아서 공사가 늦어지기도 했고, 제재를 사오라고 하면 제대로 사오지도 않았다. 아버지는 참으로 힘들어했다. 서울로 올라와 땅을 사서 내 집을 짓는다는 부푼 꿈은 퇴색되어 갔다. 결국 겨울이 가까이 올 무렵, 기술자는 창문과 문짝을 사온다고 하고 어음을 받아 가서 잠적하고 말았다. 아버지는 망연자실하였다. 그동안 건축비로 지니고 있던 자금도 바닥이 났다. 최종 마무리를 해야 할 돈이었다. 그리고 얼마 지나지 않아서 법원에서 어음을 갚으라는 편지가 날아 들었다. 기술자가 돈 받을 사람을 자신이 아닌 다른 사람 이름으로 해서 청구소송을 제기한 것이었다. 우리에게 어음을 받아가서는 다른 사람 이름으로 살짝 바꾼 것이었다. 법원에 가보았지만, 지능적으로 이름을 바꾸어놓아 어쩔 수 없이 우리가 어음을 갚아야 했다.

날씨가 추워진 한 겨울, 결국 우리 가족은 창틀도 없는 새집으로 이사를 했다. 유리창이 있어야 할 창문에 비닐을 사서 못질을 해 막았고, 방 문짝도 겨우 동네 목수가 와서 임시로 달아주었다. 보일러도 제대로 되지 않았다. 이렇게 새집 생활이 시작되었다. 아버지는 이사한 첫날 저녁, 안방에 우리 다섯 형제를 앉혀놓고 조금은 비장한 목소리로 '내가 고향을 떠나 서울 와서 우리 집을 마련해서 각자 방 하나씩 주고 싶었다. 이 겨울 좀 춥겠지만 잘 견디면 봄에는 따뜻한 집이 될 거다.'라고 목멘 소리로 말했다. 나는 괜히 눈물이 났다. '서울에서 집 한 칸'이 얼마나 어려운 일인지 잘 알고 있었다. 더욱이 '내 방'이라는 말은 마치 천국에 사는 것처럼 갖기 어렵고 또 행복한 것이라는 점도 알고 있었다.

그 당시 아버지는 홍익대에 나가고 있었다. 그때만 해도 마포로 해서 홍대로 가는 길 주변은 질컥질컥한 진흙밭이었다. 아버지는 이 길을 걸으면서 '당인리에 땅 300평'이라는 시를 발표했었다. 아버지의 이 염원이 건평 30평의 작은 이층집이 되었지만, 그 씨앗이 싹트려고 하는데 우박이 내린 것이었다. 아버지 방은 온돌도 못 만들고 벽에 라디에이터*를 달았다. 그리고 방 안에 침대도 놓지 못하고, 집 지을 때 쓰고 남은 각목으로 아버지 혼자 겨우 누울 만한 침대를 만들었다. 침대 바닥은 송판으로 덮었고 그 위에 요를 깔았다. 그리고 벽면 양쪽에 붙박이 책장을 만들어서 책을 꽂았다. 책은 천장에 닿았다. 비록 좁은 서재에 나무 침대를 놓은 방이었지만, 아버지는 엄청 기뻐했다. 아버지가 우리 다섯을 키우면서 책을 방바닥에 쌓아놓고 지내던 것을 본 나는 아버지의 기쁨을 쉽게 알 수 있었다. 이 침대에서 아버지는 엎드려 책을 읽거나 시를 썼다. 응접실에서 나오는 경우는 드물었다.

내가 춘천에 갔다가 주말에 올라오면 아버지는 서재에 나를 데리고 갔다. 방 안은 책장에 꽂혀지지 않은 책이 수북하게 쌓여 있었고, 나무 의자가 비좁게 놓여 있었다. 의자에 앉으면 아버지는 '밥은 제대로 먹고 다니냐?', '춥지? 젊어서 공부하기는 좋겠다.'라고 말했다. 아버지는 공부할 수 있는 환경에서 지내지 못한 당신의 젊은 날을 기억하고, 나의 심정을 헤아려 말을 건넸던 것이다.

아버지는 이십 년 넘게 이 각목 침대에서 지내다가 돌아가셨다. 돌아가시고 난 다음, 나는 이 방에 들어가 침대를 치우지 못했다. 그리고

---

* 옛날식 난방 장치. 열을 발산하여 공기를 따뜻하게 만든다.

나는 결혼해서 아이들이 초등학교에 다닐 무렵 아파트로 이사 가면서 푹신한 침대를 샀다. 지금도 나는 이 푹신한 침대에 누우면, 무슨 죄를 지은 사람처럼 마음 한가운데 각목 침대에서 지내시다 돌아가신 아버지 생각이 난다.

흰 머리카락

서른여덟 살 되는 해 아버지가 돌아가셨다. 그 다음 해 흰 머리카락이 귀 위에 조금 생겨났다. 아버지가 물려준 시(詩) 전문 잡지를 내가 맡아서 운영을 하느라고 노심초사한 것도 있겠지만, 그보다는 심리적 충격이 나를 긴장시키고 힘들게 했던 탓이었다. 어머니를 모시고 다섯 형제의 맏이 일도 보통 어려운 것이 아니었다. 아버지가 계실 때 나는 우산 속에서 비를 피할 수 있었다. 그러나 돌아가시고 나자, 맨 머리에 그대로 비를 맞는 것처럼 나는 허허롭게 혼자 서있어야 하는 것 같았다. 흰 머리는 이러한 내 사정을 아는 듯이 해마다 번져 갔다. 이마 위 머리카락도 곧 하얀 머리카락으로 변했다. 친구들은 흰머리가 되면 교수로서의 권위도 있어 보이고 멋지다고 하였지만, 나는 일찍 늙어가는 것 같아 속상했다.

오십이 가까이 되던 어느 날, 학교에서 돌아와 아버지의 젊은 시절 사진을 책에서 보았다. 스포츠형 머리모양을 하고 계셨다. 그제야 아버지의 머리카락에 대해 기억이 났다. 아버지는 젊은 날 운동선수들처럼 두발을 짧게 자르셨다. 내가 왜 짧게 자르시냐고 묻자, 아버지는 손질하기가 쉬워서 그런다고 하셨다. 어머니는 곁에서 '아버지가 머리를 짧게 자르시면 더 멋지게 보이지 않니?' 하고 말하셨다. 나도 덩달아 '짧은 머리가 멋져 보여요.'라고 말했다. 나는 이 일을 잊고 살았다.

그러다가 아버지가 돌아가시기 몇 달 전 병환으로 입원하시게 되었을 때, 병실 문을 열자마자 한눈에 병상에 누워 계시는 아버지와 유난히 하얗고 긴 머리카락이 눈에 띄었다. 짧은 머리카락만 보아왔던 나에게는 큰 충격이었다. 하얀 머리카락을 하고 누워 계시는 아버지가 다른 사람 같았다. 내가 망연자실한 표정으로 멍하게 서 있자, 어머니가 '오늘은 유난히 흰 머리가 많이 보이시네.' 하였다.

한참 후, 병실을 벗어나 집으로 오는 길이었다. '아버지의 짧은 머리는 흰 머리카락 때문이 아니었을까.' 하는 생각이 들었다. 다섯 형제를 품에 안고 살아가는 동안 남보다 더 빨리 머리칼이 하얗게 되어서 스포츠형 머리로 짧게 자르셨던 게 아닌가 싶었다.

> 손등에 주름이 가득하다
> 누가 내 손등에 고생의 강을 그려준 것도 아닌데
> 내 머리는 백발이다 아버님이 돌아가시고 생긴 흰 머리카락이
> 이제는 흰 눈처럼 하얗다
> 굽이치는 삶의 계곡을 건너는 일들은 언제나 내 심장에 그대로 살

아있다

　자갈이 물을 만나 둥글게 바뀌는 것을

　세월의 무늬가 살아있음의 즐거움인 것을

— 「흰 머리카락 한 올에도」

　이 시는 흰 머리칼 하나에도 삶의 흔적이 얹힌다는 것을 느끼면서, 살아오는 동안 나와 함께 해온 것들에 대한 연민을 그려본 것이다. 어제 전철 안에서 내 손등을 보니 쭈글쭈글하게 주름이 가득하였다. 언제나 팽팽할 줄 알았던 손등도 나를 닮아 간다는 생각이 문득 들었다. 이처럼 마음에 담기는 회한의 이야기를 혼자 되살려 보게 된 것이다.

　내가 대학에 다닐 때였다. 늦가을 깊은 밤 도서관에서 나오자 비가 주룩주룩 내리고 있었다. 빗방울이 손에 닿을 때 차가움이 온몸을 휩쓸었다. 우산이 없어서 도서관 입구 계단에 서 있었다. 한 학생이 우산을 함께 쓰고 가자고 해서 버스 정류장에 같이 왔다. 그렇지만 우리 집 가는 버스가 늦게 오는 바람에 학생이 먼저 갔고, 내 옷은 비에 젖게 되었다. 버스 안에 사람이 많아서 젖은 옷이 남에게 닿지 않도록 열심히 버텼지만 어쩌다 밀려서 닿을 때도 있었다. 버스에서 내렸을 때도 비는 여전히 내렸다. 빠른 걸음으로 집을 향해 가던 중에 갑작스레 누가 우산을 머리 위로 가져왔다. 고개를 돌려보니 아버지였다. 너무 놀랐다. 어머니나 동생들이 우산을 들고 마중 나온 적은 있어도 아버지가 나온 것은 처음이었다. 송구해하는 나에게 아버지가 '나와 기

21

다린 게 얼마 안 되었어.' 하셨다. 나는 아버지와 우산을 함께 쓰고 가면서 고개를 돌려 아버지를 보았다. 검은 우산 속에 얼굴은 흐릿하고 흰 머리가 도드라져 보였다.

아버지가 돌아가시고 난 다음, 내 머리칼이 하얗게 변해 갈 때 곁에서 염색을 하라고 수없이 권했다. 나는 염색하기가 싫었다. 그냥 흰 머리카락으로 지내는 것이 편했다. 어쩌다 거울을 보면, 나도 아버지를 닮아 가고 있는 듯이 느껴졌기 때문이었다. 이 느낌은 무어라 형용할 수 없는 나 자신의 정체성을 말해주는 듯했다. 이와 함께, 아버지가 가끔 내 머리를 쓰다듬으며 '공부하느라고 힘들지?' 혹은 '하고 싶은 것은 없니?' 하고 물으시던 일, 그 따뜻한 손을 떠올리게 되었다. 아버지 손이 머리에 닿을 때, 아버지가 나를 사랑하고 계시구나 하고 느끼던 희열이 내 흰 머리에서 생겨나는 듯한 환상을 가졌던 것이다. 이제 내 머리도 완전한 달덩이 같은 흰 머리카락으로 덮였다. 고집스럽게 흰 머리칼로 지내는 것은 아버지를 닮아가는 나를 지키고 싶은 마음 때문이라고 생각한다.

한 가족으로 산다는 것

  유튜브에 담긴 LGU+ '괜찮아 아빠가 할 수 있어'를 보았다. 한 번 보고 나서 조금 있다가 다시 시청했다. 어린 날의 아버지가 가슴 먹먹하게 눈앞에 떠올랐기 때문이었다.

  초등학교에 다닐 때, 우리 집 골목 입구에 군고구마 장수가 드럼통에 고구마를 구워 팔았다. 나는 먹고 싶었지만 돈이 없었다. 아버지가 퇴근 할 무렵, 나는 골목 입구에서 아버지가 오길 기다렸다. 캄캄한 밤, 아버지는 골목에 들어서면서 두리번거렸다. 그러면서 '동규야!' 하고 큰 소리로 나를 불렀다. 나는 전봇대 뒤에 숨어 있었지만, 아버지는 내가 기다린 것을 알고 있었다. 내가 전봇대 뒤에서 고개를 내밀면 아버지는 내 머리를 두 손으로 잡고 '오래 기다렸냐?' 하셨다. 그리고는 고구마 장수 앞에 가서 군고구마를 샀고, 따끈한 고구마가 담긴 봉지를 내 손에 들려주었다. 나는 왜 한 번도 '아버지 고맙습니다.'라고 말하지 못했을까. 지금도 '동규야!' 하고 부르던 아버지의 음성을 기억한다.

유튜브의 그 광고 속에는 소리가 담겨 있다. 아버지가 아들을 부르는 소리, 아버지가 딸을 부르는 소리가 있다. 이 소리는 세상에서 가장 따뜻하고 사랑스런 소리이고 또 언제나 기억되는 소리이다. 소리에는 사랑이 묻어 있고, 욕망이 담겨 있고, 마음의 분위기가 엉켜 있다. 또한 이 광고는 아버지가 연결하는 길을 보여준다. 사람들과 세계를 이어주는 그런 길 말이다.

나는 열병에 걸려 생사를 오르내린 적이 있다. 내가 눈을 감고 있으면 어머니는 작은 소리로 '동규야.' 하고 불렀다. 내 귀에 어머니의 목소리가 들렸지만 메마른 내 입술로는 '네.' 하고 대답할 수 없었다. 어머니는 살며시 내 이마에서 흘러내리는 땀을 닦아주셨다. '소리'에는 인간의 정과 사랑, 마음이 담겨 있다. 마음속의 말을 소리로 드러낼 수 있는 것은 행복한 일이다.

그 광고 속의 가족은 우리의 전망이다. 아버지가 부르면 달려와 아버지를 도우고, 아버지를 위해 무엇을 할 수 있는가를 생각하고, 그렇게 어린 남매는 아버지의 손과 발이 되기도 한다. 방마다 문을 걸어 잠그고 누구의 소리도 듣지 않으면서 오로지 나만의 소리에 묻혀 산다면, 그것은 끝없는 고독의 길일 것이고 나 자신을 황폐하게 만들 것이다. 그렇기에 소리를 전달하여 세상으로 나아가고, 이를 통해 한 가족이 사랑의 울타리 안에서 정이 넘치는 생활을 해야 하는 것이다.

갈대꽃은 하얀 꽃을 피워 함께 살아가는 갈대들을 쓰다듬는다. 그런 것처럼 서로를 보듬고 소리를 내어 사랑을 전하는 것이 필요하지 않을까. 몸이 불편하다고 해서 그것이 삶을 좀먹지 않는다. 도리어 마음을 아프게 하는 것이 우리가 살아갈 힘을 빼앗는다. 한번이라도 마음에 정을 담아 '아버지!' 하고 불러본다면 온 세상이 향기로 가득해질 것이다. 그러한 것이 바로 가족이다. 세상에서 가장 인간다운 소리는 사람과 사람 사이에 놓인 것이고, 그것은 가족으로부터 시작한다. 사람 사이에 놓인 다리 위에서 따뜻한 정의 목소리로 가족을 껴안아 본다.

늦가을의 허망한 마음

어제 아침 수능을 치르는 학생들과 부모들로 학교 앞이 북새통을 이루었다. 학교 앞 교문을 붙들고 고개를 숙이고 기도하는 어머니도 있었다. 나는 그 모습을 보면서 고등학교 때 나를 위해 고생하시던 어머니가 생각나 눈시울을 적셨다. 이미 내 아이들은 성년이 되어 다 자기 길을 가고 있다. 그렇지만 늙은 아버지인 나는 옛 추억에 매달려 있었다.

내가 고등학교 삼 학년 때였다. 삼 학년이 되고부터 달라진 것은 등교 시간이 당겨진 것이었다. 일곱 시에 수업이 시작이 되고 밤 열 시가 되어서야 학교가 끝났다. 집에 오면 거의 밤 열두 시였다. 이전과 달리 대입 준비생이 되면서 생활이 변한 것이었다. 그러다 가을이 되었다. 새벽 대문을 밀고 나오면 거리에 흰서리가 내려 눈이 온 듯한 착각이 들었다. 학교에 가려고 버스를 타면 운전수 아저씨와 아직 잠이 덜 깬 듯한 여차장이 버스표를 받았다. 나는 언제나 종점에서 타기 때문에 넉넉한 자리 중에 마음대로 선택할 수 있었다. 나는 항상 운전수 옆 맨 앞자리에 앉았다. 원효로에서 버스를 타면 광화문까지 가야 했다. 긴 시간 동안 버스를 타고 가면서 나는 차창을 내려다보곤 했다. 청소부 아저씨가 리어카를 끌고 가는 모습, 옷깃을 세우고 한 손에 가방을 들고 종종 걸음으로 직장에 가는 이들, 두툼한 털목도리를 두르고 하이힐을 신고 버스 문으로 다가서는 직장 여성, 새벽밥을 먹고 자신의 일터로 가는 이들이 눈에 띄었다.

새벽 버스는 항상 반쯤 차 있었다. 버스 안에 앉아 차장 밖으로 눈길을 던졌지만 내 손은 엄마가 가방 중간에 끼워놓은 신문지 뭉치를 만지작거렸다. 나는 항상 아침밥 먹을 시간이 없다고 얼굴만 씻고 집을 나서는데, 그런 나를 어머니는 매일같이 불러 세웠다. '밥을 안 먹고 가면 공부가 되겠니?' 하고 무언가를 먹고 가라고 붙잡는 것이었다. 나는 이십 분만 버스를 늦게 타면 자리가 없어서 한 시간 이상을 서서 가야 했기 때문에 늦게 가는 것이 싫었다. 어머니는 좀 일찍 일어나서 아침밥을 먹고 가라고 아침마다 나를 깨웠지만, 나는 이십 분 일찍 일어나는 것이 너무나 힘들었다. 하는 수 없었는지 어머니는 점심 도시락을 보자기에 싸서 가방에 넣어줄 때 김밥이나 유부초밥도 가방 가운데 빈자리에 함께 넣어주었다. 가는 길에 꺼내 먹으라고 했다.

차창 밖으로 사람들이 입김을 하얗게 내며 가는 것이 보였다. 그럴 때면 가방 중간에 끼어 있는 김밥으로 손이 갔다. 신문지를 헤쳐서 김밥 하나를 입에 넣고 오물거리면 늘 달콤했다. 오물오물 아무도 모르게 김밥을 씹었다. 유부초밥은 커서 한 번 베어먹고, 손안에 살짝 감추고 있다가 다시 한 번 입에 넣었다. 나는 고등학교 삼 학년 내내 이렇게 다녔다. 아침밥을 거르고 학교에 가는 내 손목을 어머니는 하루도 빠지지 않고 붙잡았다. 그리고는 김밥과 유부초밥을 항상 내 가방 중간에 넣어주었다.

해마다 십일월 늦가을이 되면 나는 철늦은 후회가 밀려든다. 서리로 가득한 아스팔트처럼 눈에 서리가 내린다. 어머니의 그 사랑에 고맙다는 표현조차 제대로 하지 못한 것 같아서이다.

며칠 전 우리 동네에 사는 한 여인이 우리 집에 왔다. 일곱 살과 열한 살 딸을 둔 엄마였다. 옆집 여인의 친정 부모님은 아파트 바로 건너편 동에 살고 있었는데, 여인은 잘 찾아볼 시간이 없다고 했다. 딸 뒷바라지 하다보면 전화 한 통 하는 게 힘들다고도 했다. 그러다 보니 육 개월 간 소통하지 않았다고 했다. 나는 이상해서 친정 부모님들이 오시지 않느냐고 물었다. 그랬더니 옆집 여인은 친정 부모님이 오셨던 지난 일에 대해 이야기해 주었다. 일곱 살 딸은 할머니에게 '할머니, 아무 때나 오시면 안 돼요. 꼭 연락하고 오세요.'라고 했다는 것이다. 그리고 그 일이 있고 얼마 지나지 않아 할아버지가 그 집에 방문했을 때, 열한 살 딸이 '할아버지 오늘은 얼마 주실래요? 이만 원이 필요한데…' 하면서 손을 내밀었다는 것이었다. 그때 할아버지는 마침 지갑을 집에 두고 온 참이어서 자신의 딸인 그 여인에게 이만 원을 빌려 아이에게 주었다고 한다. 그랬더니 어린 딸이 '할아버지 괜찮아요.

엄마 돈은 안 받아요.'라고 말하며 거절했다는 것이다. 이 사건을 말하면서 그 여인은 아무렇지도 않은 듯 '요사이 아이들은 똑똑해서 자기 의견을 똑바로 말을 할 줄 알아요.'라고 했다. 그러면서 친정 부모와 뜸하게 된 것이 오히려 잘 된 일인 것처럼 '아이들의 말에 귀를 기울여야한다'는 말까지 하는 것이었다. 비록 어린 것의 말이라고 하더라도 할머니와 할아버지는 분명 섭섭했을 터였다. 그런 생각을 하니 마음에 찬 서리가 하얗게 내리는 듯했다. 그 후 여인의 어머니(할머니)는 섭섭하였는지 어쩌다 전화만 한두 번 하고 집으로는 오지 않게 되었다고 한다. 옆집 여인이 돌아간 후 마음에 찬바람이 부는 것 같은 외로움이 피어올랐다.

자신만의 틀에 갇혀서는 아무도 보지 못하고 살 것이다. 그리고 뜨거운 사랑의 참뜻조차 느끼지 못할 것이다. 생명의 연줄로 이어지는 삶의 덩어리를, 그리고 나의 가족들을 가슴속에 품어야 하지 않을까. 늦가을, 신문지에 싸여 있던 김밥과 유부초밥은 어머니의 사랑이었다. 그 사랑에 대해 한 번도 진실하게 고맙다고 말 한 마디 못한 것이 후회가 되고 또 외로움을 자아낸다. 이러한 회한이 세상에서 점점 적어지기를, 그리고 뜨거운 사랑이 가득해지기를 바란다.

사과가 익어갈 무렵

참외 철이 지나가면 서서히 사과가 익어간다. 나는 사과에 남다른 애착을 지니고 있다. 요즘처럼 달고 큰 사과가 아니라, 아이들 주먹만 한 빨간 사과에 대해 나는 잊지 못할 사연을 지니고 있다.

내 고향에는 과수원이 참 많았다. 탱자나무로 담을 둘러싼 과수원 안에 사는 아이들을 과수원집 아이라고 불렀다. 나는 동네 과수원 탱자나무 담장을 하루에도 몇 번씩이나 지나다녔다. 과수원 길을 벗어나면 들판이 나왔고, 들판에는 길게 뻗은 수로가 있어서 아이들이 수로에 모여 놀았다.

고모네는 과수원을 했다. 신작로 길을 벗어나 한참 내려가면 탱자나무 울타리가 보였고 대문도 없이 마당이 나왔다. 마당을 반질거리게 잘 닦아놓아 사과 철에는 사과들을 산같이 쌓아놓기도 했다. 고모는 나에게 빨간 홍옥을 바구니에 담아 주었다. 이가 시리게 먹고 나서도 바구니에 사과가 남아 있었다. 나는 사과를 주머니에 넣고 와서 동생들에게 나누어 주었다. 그러다가 내가 중학교에 다닐 무렵에는 고향에 갈 기회가 적어져서 빨간 홍옥을 많이 먹을 수 없게 되었다.

　한 여름은 피난지 대구에서 보내야 했다. 중학생이라 공부를 한답시고 뜨거운 방 안에 앉아 있을 때면, 어머니는 시장에 나가 사과를 한 자루씩 사다 우리 형제들에게 주었다. 그런데 어머니가 사온 사과들은 빨간 사과였지만, 새들이 파먹은 흠집 있는 사과였다. 어머니는 흠집 있는 사과를 펼쳐놓으면서 '새들이 파먹은 사과가 훨씬 달고 맛있는 거야. 새들이 사과나무에 달린 많은 사과 중에서 맛있는 것을 잘 알아서 그런 것만 파먹어서 그래.' 하고 말했다. 나는 어머니를 따라 시장에 가서 사과자루를 들고 오기도 했고 시장 아주머니와 어머니가 흥정하는 것을 보기도 했지만, 새가 파먹은 사과가 더 맛있는 사과라는 어머니의 말을 굳게 믿었다.

　여름방학이 끝나고 추석이 되었다. 어머니와 우리 형제들은 고향 할머니 댁으로 갔다. 하루는 동생과 함께 고모네 과수원을 찾아갔다. 고모는 얼굴 가득 반갑게 나와서 우리 손을 잡고 마루 한가운데 앉혔다. 나와 동생이 마루에 앉자 고모는 바구니에 빨간 홍옥 사과를 가득 담아 가져다 주었다. 내가 고모에게 '고모, 새가 파먹은 사과 주세요.' 하고 말했다. 그러자 고모가 '왜 이 사과가 싫으냐?' 하고 물었다. 나는 '새가 파먹은 사과가 더 맛있다고 엄마가 말하던데요.' 했다. 그러자 고모가 머뭇거렸다. 그러더니 부엌으로 가서 한참 만에 새가 파먹은 사과 한 바구니를 가져왔다. 나와 동생은 새가 파먹은 사과를 잔뜩 먹었다.

집으로 가기 위해 일어섰을 때, 고모는 자루에 사과를 담아 할머니 집으로 가져가라고 주었다. 집에 와서 보니 온전한 사과만 골라 담아 보낸 것이었다.

며칠 후 고모가 할머니 댁에 와서, 다음 날 낮이 되어서야 과수원으로 갔다. 고모가 가고 나자 어머니가 나를 불렀다. 어머니는 나에게 '고모네 집에 가서 새가 파먹은 사과를 달라고 했다며?' 하고 물었다. 내가 그랬다고 했더니 어머니는 아무 말도 하지 않았다.

할머니 집을 떠나기 전날 밤이었다. 온 가족이 안방에 모여 앉았는데, 할머니가 어머니에게 '아이들을 바르게 가르쳐서 고모가 칭찬하더라.'라고 말했다. 나는 그게 무슨 말인지 몰랐다. 다음 날 우리는 대구로 왔다. 대구에 와서도 어머니를 따라 시장에 나가 새가 파먹은 사과를 사가지고 오는 일을 계속 했다.

그해 겨울, 나 혼자 할머니 집에 가게 되었다. 어느 날 저녁, 할머니와 마주 앉자 '이놈아 네 형제들이 한 자리에서 사과를 열 개 이상 먹는다며? 엄마가 어떻게 너네들을 키우겠니?' 하셨다. 한참 자랄 때라 사과를 한 자리에서 열 개 이상씩 먹어치운다는 말이었다. 그리고 나서 한참 있다가 할머니는 '고모네 과수원에 가서 새가 파먹은 사과를 달라고 했다며?' 하고 웃었다. 나는 그랬다고 했지만 할머니는 다음 말을 하지 않았다. 며칠 후 대구로 와서 어머니에게 할머니의 말을 전했다. 어머니는 웃으며 '과수원 주인들은 온전한 사과를 팔아야 하니,

온전한 사과를 먹지 않는단다. 새가 파먹은 사과는 팔지 못하니 그런 사과를 먹지. 그러니까 고모네 가서 새가 먹은 사과를 달라고 한 것은 잘 한 일이다. 온전한 사과를 먹으면 안 되는 거야. 과수원 주인이 한 해 동안 얼마나 정성들여 사과를 키웠겠니?' 하였다. 곧이어 어머니는 '그렇긴 해도 맛있는 사과는 역시 새가 먹은 사과야.' 하고 말했다.

　나는 온전한 사과와 새가 파먹은 사과의 차이를 알게 되었다. 그렇지만 새가 파먹은 사과가 더 맛있다는 어머니의 말을 믿었다. 우리 형제들은 사과를 많이 먹었고, 사실 어머니는 어쩔 수 없이 새가 파먹은 사과를 사야했다. 나는 이러한 사실을 대학에 들어가서야 겨우 알아차렸다.

　　　　고향에 가면 탱자나무 울타리 위로 빨간 사과들이
　　　　꽃처럼 달려 있다
　　　　고추잠자리들이 꼭꼭 찔러도 파란 하늘만 보고 있다
　　　　장시고모는 까만 얼굴에 흰수건을 머리에 쓰고
　　　　사다리에 올라 사과를 딴다
　　　　새가 파먹은 사과를 따서는 바구니에 넣지 않고 자루에 넣는다
　　　　콕콕 새가 파먹은 사과는 고모의 까만 손등을 할퀴고 간 상처다
　　　　빨간 사과밭, 장시고모는 빨간 사과는 눈이 부셔서 따서 먹지 않는다
　　　　　　　　　　　　　　─ 박동규,「고모는 새가 파먹은 사과만 먹는다」

이 시는 과수원을 하는 고모가 잘 익은 사과 하나 먹어보지 못하는 사연을 모티브로 했다. 온전한 것은 내다 팔아서 살아가야 했기에 자신이 키우고도 흠집 있는 사과만을 먹어야 했던 고모의 마음을 그려본 것이다.

그렇지만 고모네 과수원에 갔을 때 새가 파먹은 사과를 달라고 한 덕에 자식을 잘 가르친 어머니를 칭찬 듣게 한 것은 그 후 나의 자랑이 되었다. 홍옥 사과든 새가 파먹은 사과든 지금도 사과를 먹고 싶어 하는 것은 어머니의 마음이 생각나서이다. 우리 형제를 위해 새가 파먹은 사과라도 사다 주었던 어머니, 새가 파먹은 사과가 더 맛있다고 말하던 어머니, 그 사랑이 느껴져서이다. 과수원 사람들이 새가 파먹은 사과만을 먹었다는 것도 정성들여 키운 열매에 대한 애정이 아니었을까.

산 사과와 염소

　살아오는 동안, 역경에 처할 때마다 나는 어머니의 가녀린 손을 잡고 매달렸다. 그 매달림은 철없던 나 자신을 돌아보게 한다. 지금 생각하면 후회되는 일들이 너무나도 많다.

　25살 때 나는 최태호 학장의 부름을 받아 춘천교육대학에 전임으로 가게 되었다. 그때 나는 박사과정을 끝내고 논문을 준비하고 있었고, 서울대 시간강사로 일을 하며 이대부고에 교사로 있었다. 최학장은 온후한 인품을 가진 아동문학가였다. 그가 나에게 '시간강사를 해봤자 교수가 될 때 경력에 절반도 쳐주지 않으니까, 춘천에 전임으로 가면 큰 도움이 될 거야.'라고 해서 춘천교육대학에 가게된 것이었다.

　춘천에 내려가 어느 양철집 건넌방에 들어앉게 되었다. 나의 첫 자취생활이 시작된 것이었다. 나는 보따리에서 쌀을 두 컵 꺼내 냄비에 담고, 어머니가 가르쳐준 대로 손등을 덮을 만큼 물을 넣어 밥을 지었다. 병에 든 고추장도 꺼내고, 김을 굽고, 또 달걀프라이도 해서 저녁을 먹었다. 춘천 생활은 날이 갈수록 좋아졌다. 내 연구실에 문학반 제자들도 모여 들었다.

　매주 월요일이면 춘천에 갔다가 금요일에 집으로 돌아왔고, 그해 가을 즈음 이 일에 익숙해지게 되었다. 금요일에 서울에 가려고 할 때 기차시간이 맞지 않으면 버스를 타고 갔다. 이런 경우 한 시간 정도 여유가 생기는데, 그럴 때면 나는 중앙시장을 돌아다녔다. 시장 바닥에는 할머니나 아주머니들이 근처 산골에서 가져온 채소나 나물이 있었다. 계절에 따라 떡이나 묵 같은 것도 있었다. 어느 날엔 한 아주머니가 사과나무에서 갓 따온 사과를 팔았다. 나는 이 사과를 샀는데, 사과는 대부분 흠이 난 것들이었다. 버스정거장에 와서 사과를 꺼내 먹으면 아주 시원하고 상큼했다.

　서울로 올라가 집에 들어가면 봉지에 든 사과를 어머니에게 드렸다. 어머니는 사과 맛이 좋다며 좋아하셨다. 나는 그 가을 산 사과를 꼭 사가지고 올라가게 되었다. 아버지와 동생들도 산 사과를 좋아했고 내가 사과를 사오길 기다렸다. 나는 산 사과 한 봉지를 사서 집으로 갔을 뿐인데 그것이 온 가족을 기쁘게 한 것이었다. 나도 덩달아 즐거운 마음이 되어 기쁘게 사과를 사들고 집으로 향하곤 했다.

　그런데 그해 겨울, 어머니가 병에 걸려 고통스러워하셨다. 어머니는 기운이 없어 보였고, 온 가족이 걱정을 하였다. 병원에서 퇴원했지만, 어머니는 우리 가족을 위해 아침부터 저녁까지 부엌에 있곤 했다. 나는 춘천에 내려가 있는 동안에도 어머니가 걱정되었다. 요즘처럼 전화도 쉽지 않았던 때라 걱정으로 마음이 더 들쑤셨다.

어느 날 오후, 연구실에 한 교수가 찾아왔다. 대화를 나누며 나는 자연스럽게 어머니 이야기를 하게 되었다. 그 교수가 말하길 새끼 염소를 잡아다가 푹 고아먹으면 건강 회복에 좋다고 했다. 그 교수는 춘천에 오래 살았기에 나는 그가 염소를 쉽게 구할 수 있을 거라 생각했다. 그래서 그에게 염소를 구해달라고 부탁했다. 그 주 금요일, 나는 새끼염소 한 마리를 받아 자취방으로 데려왔다. 모가지를 새끼로 묶어 데려왔는데 까만 털 속에서 눈만 반짝거리는 것이 어쩐지 귀엽기도 하고 안쓰럽기도 했다. 하지만 나는 이 염소를 안고 버스를 타러 갔다.

염소를 껴안고 버스를 타려는데 순간 검표원이 나에게 내리라고 했다. 버스에 동물을 싣지 못하게 되어 있다는 것이었다. 하는 수 없이 버스를 보내야 했다. 어떻게 해야 하나 고민을 했는데, 입고 있던 바바리코트 속에 감추면 되겠다는 생각이 들었다. 나는 코트 안에 염소를 감추고 한 시간 가량 기다려 버스에 올랐다. 뒷자리에 앉았는데 염소가 '음매' 하고 울까봐 조마조마했다. 청평 근처까지 갔을 때 염소는 내 바지 위에 오줌을 쌌다. 나만 꾹 참고 가만히 있었다. 그런데 염소가 '음매' 하고 울었다. 옆자리의 아저씨와 눈이 마주쳤는데 그가 나를 보며 씨익 웃었다. 나도 덩달아 웃었다.

겨우 마장동 버스정류장에 왔고 무사히 내릴 수 있었다. 가슴을 쓸어내렸다. 너무 긴장하여 커피라도 한 잔 마셔야겠다 싶어 근처 다방에 들어갔다. 커피가 나오고 잔을 들려고 한 손을 내미는데, 순간 염소가 코트 밑으로 뛰어내리더니 다방 안을 이리저리 뛰어다니기 시작했다. 나는 염소를 잡으려고 허둥댔다. 다행히 한 손님이 염소를 부둥켜 안아 붙잡아 주었다. 나는 커피를 몇 모금 마시지 못했지만 다방을 나올 수밖에 없었다. 이제 원효로로 가야 하는데 택시가 승차거부를 할까 걱정되었다. 다시 염소를 코트 안에 감추었다. 진땀을 뺐지만 겨우 집까지 도착할 수 있었다.

집 앞에서 어머니가 문을 열어주었다. 어머니는 염소를 안고 들어오는 나를 보고는 놀란 표정을 지었다. 동생들도 뛰어나와 어린 염소가 '음매' 하고 우는 것을 보고 신기해했다. 어머니는 염소를 마당 감나무에 매어놓았다. 나는 염소를 고아 먹으면 어머니 건강이 좋아질 거라고 말했다.

그러나 염소는 내가 춘천에 가는 월요일이 될 때까지 감나무에 매달려 있었다. 다시 금요일이 되어 집으로 가니 염소는 보이지 않았다. 나는 어머니에게 염소를 고아 먹었느냐고 물었다. 그러자 어머니는 웃으면서 '너가 고생해서 가져온 것을 먹어야 하는데, 나무에 매달아 놓은 염소의 눈과 마주치고 나서는 불쌍한 마음이 들어 도저히 먹을 수가 없더라. 그래서 누구를 주고 말았다.'라는 것이었다. 나도 어머니처럼 웃고 말았다.

나는 어머니에게 산 사과도 사드리고 염소 한 마리도 가져다 드렸다. 그러나 그것은 지나가는 바람과 같은 것이었다. 왜냐하면 나의 춘천생활의 대부분은 어머니의 흔적이었기 때문이다. 어머니는 햇솜으로 이불을 만들어 주었고 전기난로나 냄비, 수저까지 하나하나 챙겨서 나를 춘천으로 보냈다. 내가 어디로 가든 정성껏 내 살림을 돌보아 주었던 것이다. 어머니에게 해드린 것이 별로 없어 후회가 밀려들지만 가늠할 수 없는 어머니의 사랑이 나의 생활 곳곳에 남아 있어, 나는 매일같이 그 사랑에 감격하여 어머니를 그리워하곤 한다.

아버지와 수류탄 사건

내가 고등학교 다닐 때 원효로 전차 종점 맞은편 신창동 산꼭대기 근처에 성당이 있었다. 나무로 둘러싸여 산꼭대기의 성당은 마치 피뢰침처럼 지붕 끝만 보였다. 이 산 중턱에 우리 집이 있었다. 일본 사람들이 살다가 놓고 간 적산 가옥이었다. 목조 이층 건물이었다. 나는 이 집이 좋았다. 이층에 다다미방이 둘 있었는데 그중 한 방이 내 방이었다. 학교에 다녀와서 내 방에 앉아 창밖을 내다보면 멀리 한강 철교가 보이고, 강물이 출렁이며 흘러가거나 나룻배가 여의도를 오락가락하는 것도 전부 볼 수 있었다. 아버지는 아래층 안방 옆에 있었다. 밤이면 아버지는 시를 낭송했고 그 소리는 내 방까지 들렸다. 아버지의 깊은 밤 낭송 소리가 그치면, 부엌에서 달그락거리는 소리가 들려오곤 했다. 아버지를 위해 한밤에 커피를 끓이는 어머니의 소리였다. 곧이어 서재 문을 여는 소리가 들리고, 서재 문을 닫는 삐걱 소리가 나면 집안은 조용해졌다. 어쩌다가 목이 마르면 이층 나무 계단을 고양이처럼 살살 내려갔는데, 부엌에서 물 한 잔 들고 나와 아버지 방문을 지날 때면 어김없이 '이제 그만 자라.' 하는 아버지의 말소리가 들렸다. 밤늦게까지 내가 공부하는 줄 알고 계신 듯했다. 대답을 하고 계단을 살살 올라가면 사악사악, 하는 소리가 들렸다. 아버지가 연필심을 깎아내는 소리였다.

이렇게 순서대로 밤이 지나가지만 고요한 밤을 흔드는 사건이 빈번하게 일어났다. 이 사건들이라는 것은 좀도둑이 극성스럽게 동네를 휘젓고 다니며 일으키는 소동이었다. 신발이라든가, 마당 빨랫줄에 걸어놓은 옷이라든가, 심지어 장독에 담아놓은 된장이나 고추장도 퍼가는 일이 생기곤 했다. 동네마다 방범대를 조직해서 밤에 순찰을 돌지만 좀도둑을 막지는 못했다.

그러던 어느 날 밤이었다. 그날 자정이 넘어서까지 나는 내 방에서 책을 읽고 있었다. 어머니가 부엌에서 커피를 끓여 아버지 방에 들어가고 나오는 소리가 들렸다. 이제 온 집안이 조용해지는 시간이었다. 나는 책을 놓고 창가로 갔다. 한강은 어둠 속에 반짝거리며 흐르고 있었다.

그때 부엌 옆 광에서 부스럭거리는 소리가 들렸다. 이상한 생각이 들어 아래층으로 내려가 부엌문을 열고 광에 달린 쪽문을 열려고 하는데, 후다닥거리는 소리가 안에서 들렸다. 나는 너무 놀라 '도둑이야!' 하고 소리를 질렀다. 어머니와 아버지가 깨어나 나오셨다. 그리고 우리 집 이어진 별채에 세 들어 살고 있던 육군대령과 부인도 나왔다.

나는 '광에 도둑이 숨어들어 있어요.' 하고 큰 소리로 말했다. 그러자 육군대령이 갑자기 부인을 향해 큰소리로 '여보, 방 서랍에 있는 권총을 가지고 와!' 하는 것이었다. 아주머니는 아래채로 뛰어 갔다. 조금 지나 아주머니가 '권총이 없는데요?' 하고 소리를 질렀다. 나는 장작을 손에 꽉 쥐었다. 그때 또 육군대령의 우렁찬 목소리가 들렸다. '골방 상자 속에 든 수류탄 가지고 와!' 하고 다시 소리를 질렀다. 그러자 아버지가 '대령, 수류탄을 터뜨리면 집이 날라 가잖아.' 하였다. 나는 너무 놀랐다. 아주머니가 별채에서 '수류탄을 못 찾겠는데요?' 하고 소리쳤다.

나는 어찌할 줄 모르고 있다가 캄캄한 광 속으로 들어가 살펴보았다. 도둑이 숯 포대를 뒤집어쓰고 한 구석에 있는 것이 희미하게 보였다. 나는 숯 포대를 두드려 패고자 번쩍 장작을 들어올렸다. 그 순간 뒤에서 누가 내 손을 잡았다. 아버지였다. 아버지는 나를 광 밖으로 밀어냈다. 그리고 큰 소리로 '모두 방 안으로 들어가라. 광에 아무도 없다.'라고 했다. 아버지는 혼자 광으로 들어가더니 조금 있다가 밖으로 나왔다. 순간 도둑이 광에서 나와 대문을 열고 번개같이 도망가는 것이 보였다. 나는 큰 소리로 온 가족이 다 듣게 '도둑이 도망간다!' 하고 소리를 질렀다. 동생들은 '어디?' 하고 창가로 나왔지만 대문만 열려진 채였다.

한밤중 우리는 아버지의 서재에 둘러앉았다. 나는 용감하게 도둑을 발견한 일을 신나게 이야기하였다. 동생들은 나에게 도둑이 어떻게 생겼느냐고 묻기도 했다. 어머니는 대령에게 '수류탄을 가지고 와서 던지면 집이 다 날라 가잖아요.' 하고 말했다. 대령은 쑥스러운 얼굴로 '옛날 전선에서 겪었던 때가 생각이 나서 급한 마음에…'라고 했다. 아버지와 온가족이 큰 소리로 웃었다. 그러자 아주머니가 '수류탄이 집에 있을 리가 있나요?'라고 해서 우리는 또 한참동안이나 웃었다. 상황이 진정되고 나서 우리는 뿔뿔이 자기 방으로 돌아갔다. 나도 아버지에게 인사를 하고 나오려는데, 아버지가 나를 끌어 앉으라고 했다. 아버지는 나를 보면서 '도둑을 궁지에 몰면 어떤 짓을 할지 모른다. 요사이 살기 어려워서 기껏해야 은수저라도 훔치고자 부엌에 들어오는 건데, 잘 타일러서 보내면 깨닫고 더 이상 도둑질을 하지 않게 된다. 그래서 내가 도망가라고 했다.'라고 자초지종을 말해주었다.

그때 나에게 건넸던 아버지의 말을 아직 기억하고 있다. 아무리 험한 세상이라고 하지만 손바닥만한 진심어린 용서만 있다면, 변할 수 있는 가능성이 있다고 나는 믿고 싶다. 오월 푸르른 하늘처럼 넓은 포용심은 없지만, 서로 조금만 물러서서 생각하는 그런 세상을 꿈꾸는 것은 좋은 일이 아니겠는가.

김치국밥과 미역장

직장인에게 점심 메뉴를 고르는 일은 여간 성가신 일이 아니다. 집에서 저녁준비를 하는 주부도 뭘 먹어야 할까를 매일 고민한다. 그러다가 어떤 음식이 문득 생각날 때가 있다. 나에게도 그런 음식이 있다. 그것이 그리울 때가 바로 기억에 맴돌던 팔랑개비가 살살 돌아가기 시작하는 때이다.

겨울철이 오면 김치국밥을 먹고 싶을 때가 있다. 할머니네 집에 갔을 때 그것을 먹었던 기억 때문이다. 할머니 집은 큰 개천 가 신작로에서 골목으로 한참 들어온 곳에 자리 잡고 있었다. 할머니가 돌아가시면서 이 집을 교회에 기증했지만, 할머니의 김치국밥은 아직도 추억에 남아 있다.

할머니가 김치국밥을 할 때는 토요일 오후와 일요일 점심뿐이었다. 토요일 오후부터 할머니 집에는 사람들이 모여드는데, 마을 주변 십 리나 이십 리 인근에 살던 아주머니나 아저씨들이 일요일에 교회를 가기 위해 일찍이 모인 것이었다. 교회와 붙어 있던 할머니 집에 일찍이 가서 하룻밤 자고 일요일에 예배를 드렸던 것이다. 내가 기억하는 것은 아저씨, 아주머니들이 두 방에 가득 모여앉아 어깨를 비비며 예배를 보던 광경이다. 할머니는 저녁때가 되면 이 많은 이들에게 김치국밥을 대접했다. 김치를 넣은 국에 쌀을 풀어 넣은 김치국밥이었다. 할머니는 빙 둘러앉은 사람들에게 김치국밥을 퍼 담아 주었다. 그럴 때 할머니는 너무 행복해 보였다.

할머니의 김치국밥은 일종의 전도 사업이었다. 할머니네에 가면 평일에는 할머니와 단 둘이 잤지만, 토요일만 되면 많은 사람들과 함께 자야 했다. 여름에는 대청마루에서 자는 이도 있었다. 텔레비전도 없던 밤, 청년이나 노인들은 서울에서 내려온 나에게 여러 가지를 물었다. 덕수궁은 어떻게 생겼느냐 혹은 서울 사람은 어떤 것을 자주 먹고 사느냐고 묻기도 했다. 방에 앉은 이들 중에 서울에 가본 사람은 한 사람도 없었다. 더욱이 산골마을에서 이십 리 떨어진 읍내 시장밖에 가본 적 없는 아주머니들도 있었다.

내가 중학교 다닐 때였다. 고향에 다녀오면 어머니가 할머니 생활이 어떠냐고 꼭 물었다. 할머니가 왜 항상 생활비가 부족하다고 하는지 아느냐고도 물었다. 나는 할머니의 집에서 주말에 손님들을 대접해서 그렇다고 말했다. 알고 보니 할머니가 조금 많은 생활비를 요구했기 때문에 어머니가 나에게 물었던 것이었다. 어머니는 없는 형편에도 생활비를 마련하여 꼭 보냈다. 남에게 베푸느라고, 김치국밥을 끓이

느라고, 할머니는 생활비가 항상 부족했지만 동네사람들은 할머니의 정다운 배려를 좋아했다. 나도 마찬가지로 할머니의 김치국밥이 주는 시원하고 토속적인 풍미를 좋아했고, 또 여럿이 둘러 앉아 김치국밥을 먹는 모습을 좋아했다. 베푸는 할머니 마음은 정이 넘치는 인심이었다. 그렇기에 너무나 말라버린 인간관계가 나를 힘들게 할 때, 할머니의 그 애틋한 정이 생각나며 김치국밥이 눈앞에 떠오른다.

또 한 가지 나는 미역장을 좋아한다. 어머니는 아주 가끔 명절 음식처럼 미역장을 상에 올렸다. 그것은 된장과 고추장을 풀어 그 속에 미역을 넣고 끓인 것으로, 어머니가 개발한 것이었다. 나는 이 미역장을 특히 좋아했다. 특별히 어머니 생각이 날 때면 미역장이 꼭 눈앞에 어른거린다. 왜 이 미역장이 눈앞에 보일까, 몇 번이나 나에게 물어보았지만 명확한 이유를 찾지 못했다.

어머니에게 가슴에 맺힌 한이 있었다면, 그것은 아마 친정에 가볼 기회가 없었던 것이라 생각한다. 없는 생활에 이사를 다니며 자식 다섯을 낳고 키웠기에 친정은 항상 생각밖에 밀려나 있었던 게 아닌가 싶다. 더욱이 어머니의 삼십 대는 전란으로 피난생활을 하거나 폐허가 된 서울에서 살 길을 열어가야 했던 시기였다. 어려웠던 시기였으므로, 전란으로 뿔뿔이 헤어진 친정 가족을 도리어 잊어야 했을지 모른다. 그래서인지 어머니는 애달픈 가락이 담긴 노래를 좋아했다. 하루 종일 입에 달고 살았던 노래는 〈태산을 넘어 험곡에 가도〉라는 찬송가였다. 어머니는 이 노래를 부르면서 집안 청소도 하고 식사도 준비했다.

어느 날은 방학 때라 이층 내 방에 있는데 어머니의 노랫소리가 들렸다. 유난히 슬픈 가락이었다. '연분홍 꽃잎이 바람에 휘날리더라…' 하고 부르는 노래는 애절하기만 했다. 그렇다. 나는 사실 어머니의 애절함을 알지 못하고 있었다. 어머니는 가끔씩 미역장을 끓여 상 위에 올려놓고 '이건 충청도식 미역장이다. 내가 만들었지.' 하고 쓸쓸하게 웃었지만, 그 애절함이 친정에 뿌리를 둔 것임을 알게 된 것은 한참 나중 일이었다. 미역장에는 충청도가 고향인 어머니의 향수가 젖어 있었고, 친정에 가지 못한 서러움이 미끈거리는 미역처럼 녹아 있었다. 일 년에 몇 번, 어쩌다 먹는 미역장에서 외로움이 비누 거품처럼 피어나곤 하는데 어쩔 수 없는 일이다. 기억의 거품은 나를 멀리 데려다 놓는다.

하늘 이야기

아침에 눈을 뜨고 창밖을 올려다보면 하늘이 보인다. 밤에도 길을 가다가 눈을 들어 위를 보면 별이 가득한 하늘이 보인다. 이 하늘은 언제나 내 이마 위에 얹혀 있다. 항상 그림자처럼 나와 함께 살아가는 하늘에 대해 나는 '언제나' 거기 있는 것으로만 여겼다. 그렇기에 무엇을 생각하며 '바라본' 기억은 그렇게 많지 않다. 젊은 날 부모님이 살아계실 때 부모님은 항상 내 곁에 있는 것이라고 생각했듯이. 시월이 다가온 오늘, 눈을 들어 하늘을 보다가 뭉클했다. 내가 아들과 함께 하와이에 갔을 때 보았던 파란 하늘이 생각났기 때문이다.

나는 사십 대 초 토론토대학에 강의교수로 초빙되었다. 가족들과 함께 가야 했지만, 집안일이 많아 중학교 일 학년이었던 아들만 데리고 가기로 했다. 토론토로 가는 길에 하와이와 LA를 거쳐도 비행기표 값이 똑같아서 좀 돌아서 가기로 결정했다. 여름 방학이 끝나갈 즈음 우리 부자는 하와이에 도착했다. 호놀룰루 와이키키 해변에 자리한 칼

호텔에서부터 이박 삼일의 일정을 시작했다. 아들과 나는 호텔 앞에 있는 와이키키 해변으로 나갔다. 수영복으로 갈아입고 부서지는 바닷자락에 서 있는 것만으로도 이국의 멋진 정취를 느낄 수 있었다. 그런데 여행 경비를 너무 적게 가지고 와서 보드를 빌리거나 할 수가 없었다. 겨우 밥값하고 교통비를 쓸 정도의 돈만 있었다. 아들이 풍선을 파는 수레 앞에서 나를 쳐다보았지만 나는 아들의 손을 잡고 바다로 이끌었다. 아들은 풍선을 날려보고 싶었으리라. 바닷가로 가는 길에 아이들이 띄운 풍선이 눈에 보였다.

이틀 만에 하와이를 떠나려고 공항으로 갔다. 그때 아들이 '아버지 하늘이 너무 파래요.' 하고 말했다. 그제야 구름 한 점 없이 파란 하늘이 보였다. 나는 바다만 보았었다. 언제 다시 와 볼지 알 수 없는 태평양 한가운데 작은 섬 하와이에서 내가 본 것은 출렁이는 바다뿐이었다. 그것이 마음에 걸렸다. 그래서인지 나는 그 후에 파란 하늘만 보면 잊고 지냈던 일이나 사람의 얼굴을 떠올린다. 사물과 나와의 관계에서 내가 무엇을 느끼거나 생각하는 데는 연관된 의미들이 내 기억에 어떻게 있느냐에 따라 달라진다. 바다만 보고 하늘을 보지 못했던 일이 마음에 걸리면서, 잊고 지냈던 '하늘'과 같은 것들이 무의식적으로 하나둘씩 떠오르는 것이다.

어느 해 여름에 어머니가 성지순례를 다녀왔다. 십 일이 넘는 긴 여행을 마치고 돌아온 어머니는 이스라엘과 터키, 그리스에서 가져온 목각들을 펼쳐보였다. 나는 어머니에게 평생 처음 떠나본 해외여행의 소감을 물었다. 어머니는 '어디를 가도 우리 가족의 얼굴이 고스란히 하늘에 있더라.' 하고 웃었다. 예루살렘 통곡의 벽에 서 있어도 그 뒤로 보이는 파란 하늘에는 우리 자식들이 있고, 터키 땅속 깊은 동굴을 빠져나오면 보이는 파란 하늘에도 우리가 있더라는 말이었다. 낯선 이국땅의 풍물에 정신을 빼앗겼을 텐데도 그 뒤에 우리가 보였다는 말에 나는 가슴이 뭉클했고 눈물이 핑 돌았다. 어머니는 우리 생각을 한시도 놓치지 않고 있었던 것이다.

나도 어머니처럼 무슨 일이 일어나면 가족을 떠올린다. 토론토에 살던 어느 가을날 단풍 구경을 가기 위해 차를 타고 오타와를 거쳐 몬트리올로 가고 있었다. 가는 도중 밤이 깊어 어느 캠핑사이트에 차를 세웠다. 중학생 아들과 초등학생인 딸은 차에서 내려서 계곡 아래 흐르는 시냇물가로 달려갔다. 나는 저녁식사를 준비했다. 어느새 계곡에 내려갔던 딸이 올라와 '아버지, 우리도 저 호텔에 가서 자면 안 돼요?' 하고 물었다. 캠핑사이트 건너편에는 네온사인이 반짝이는 삼 층짜리 큰 호텔이 있었다. 나는 금방 말문이 열리지 않았다. 텐트보다는 호텔이 좋아 보이나 보다, 라고 생각하면서 얼른 '텐트에 자는 게 싫어?' 하고 물었다. 그러자 어린 딸은 손을 저으며 '아니야, 저 네온 불빛이 멋있어서 그랬어.' 하는 것이었다. '어린 것이 어떻게 아버지의 마음을 알고 그렇게 말하는구나.' 하고 생각했다.

나는 이 일로 아버지와 고향에 갔을 때를 떠올렸다. 아버지와 나는 할아버지와 삼촌의 산소를 찾아 선산으로 갔다. 이른 가을이어서 산에는 잡풀이 길을 덮었고, 나는 산소가 어디 있는지 잘 찾을 수가 없었다. 아버지가 '길을 모르겠지?' 하고 물을 때, 나는 '그전에는 잘 찾았는데…' 하고 말끝을 흐렸다. 아버지가 앞장서서 산소를 찾아냈다. 엎드려 절을 하고 벌초를 하고 내려올 때, 아버지는 산소를 찾을 수 있는 표지물을 가르쳐 주었다. '저기 보이는 나무를 잘 기억해둬라. 저 나무에서 오른쪽으로 비탈을 올라가면 산소가 있지.' 산 구비마다 아버지는 바위나 나무, 심지어 산세에 이르기까지 세밀하게 나에게 일러주었다.

그날 저녁 할머니 집에 있을 때 어쩐지 허전한 마음이 들었다. 그때 할머니가 다가왔다. '산소 찾기가 힘들지?' 하면서 '네 삼촌이 살아있을 때 그러더라. 산에 올라 고개를 들어 하늘을 보면 산등성이가 소처럼 생긴 곳이 있는데, 그 한가운데 삼촌이 있다고 가르쳐주라더라.'라고 말하는 것이었다. 나는 고개를 들지 못하였다. 삼촌은 내가 못 찾아올까 걱정을 했던 것이다. 서울에서 살아서 고향 산길을 다녀보지 못한 나에 대해 삼촌은 잘 알고 있었다.

하늘은 마음의 거울이다. 그 거울에는 내 삶의 기억들이 떠돈다. 이 가을 맑은 하늘에서 기억의 조각들을 찾아본다.

처량했던 유월의 바람

싱그러운 아카시아 꽃이 하얗게 산 둘레를 감고 있다. 신부의 드레스처럼 화사한 흰색 꽃송이의 아름다운 열병식을 보는 듯하다. 어제는 가까운 곳에 있는 얕은 산을 오르다가 힘에 부쳐서 산길 옆에 놓인 돌 위에 걸터앉았다. 발아래를 내려다보니 계곡은 초록의 바다였다. 유월의 한낮이었다. 갑작스레 막막한 외로움이 가슴에 스며들었다. 곧이어 그 정체를 알게 되었다. 그 외로움은 이미 떠나간 어머니에 대한 그리움에 뿌리를 내리고 있었다. 환한 유월의 푸름이 짙어갈수록 외로움도 함께 짙어져가는 것이다. 나이가 들어 얼굴에 주름이 생기는 것처럼, 시간이 흐를수록 깊이 새겨져 있는 그리움이 피어난다.

살다보면 당하게 되는 깊고 캄캄한 절망의 동굴에서 어디선가 나를 붙잡는 손길을 느낀다. 돌아보면 항상 어머니가 '큰 일이 아니야.' 하는 표정으로 나를 잡아 세우고 있다. 내 생애의 가장 아름답고, 행복한 순간이다.

열두 살 어린 시절, 서울에서 북한군을 보았다. 얼마 지나지 않아 아버지는 남하하고 어머니와 어린 여동생, 젖먹이 남동생 넷이서 한집에 살았다. 밤이면 어머니는 우리를 데리고 언덕길을 넘어 원목 야적장으로 갔다. 마포나루에서 건져 올린 목재들을 쌓아두는 곳이었다. 어머니는 그 틈새에 포대기를 펴고 밤을 보내게 했다. 초롱초롱 반짝이는 별을 보았지만, 그것과 어울리지 않게 저 멀리서 폭격기 소리가 들려왔다. 폭격기 소리는 머지않아 가까이에서 울렸다. 그리고 폭탄 떨어지는 소리가 이어졌는데, 마치 바로 옆에서 터지는 듯 귓속을 웅웅 울렸다. 꽝꽝 하는 폭탄 소리가 온 시가지를 울리면 원목이 흔들리곤 했다. 젖은 나무에 머리를 대고 여동생은 자고 있었다. 나는 여동생의 손을 꼭 잡았다.

며칠 동안 야적장 목재 틈에 숨어서 밤을 보냈다. 그러던 어느 날 공덕동 산언덕에 있는 조그마한 한옥집으로 가게 되었다. 그 집은 우리 집에 신문을 배달하러 오던 청년의 집이었다. 청년은 우리가 어떻게 되었는지 보려고 찾아왔고, 우리 사정을 알게 되고는 그의 집으로 함께 가게 된 것이었다. 거기에서 며칠을 보내다가 다시 집으로 돌아왔다. 폭격은 점점 심해지고 있었다. 어머니는 쇠로 된 군용 침대 위에 이불을 올리고 그 밑에 우리 형제들을 눕혔다. 밤이 되면 캄캄한 방 안에는 폭격기의 비행 소리와 솨- 하는 폭탄이 떨어지는 소리, 그리고 온 집이 무너질 듯한 진동과 함께 파편이 여기저기 부딪히고 박히는 굉음들이 연이어 들려왔다. 큰 소리들에 우리가 겁을 먹고 있으면, 어머니는 우리 형제를 끌어안고 무언가를 중얼거렸다. 나는 어머니가 열심히 기도하는 것임을 알았다.

아침이 오면 우리 가족은 밥이나 보리죽을 먹었다. 나는 아침을 먹고 밖으로 나가 동네 골목에서 아이들을 만났다. 우리는 더없이 맑은 하늘 아래, 천진한 소년들로 돌아가고 있었다. 어떤 아이가 딱지놀이를 하자고 하면 딱지를 만들 만한 성냥 라벨 같은 것들을 찾으러 온 동네를 뛰어다녔다. 그러다가 한강으로 나가기도 했다. 멀리 나룻배가 사람을 싣고 물살을 가르며 움직이고 있었다. 그 강을 하염없이 바라보기도 했다.

이렇게 하루하루를 보내던 어느 날, 어머니의 힘듦을 알게 되었다. 하루의 끼니조차 마련하기 어려웠던 것이다. 그때 나보다 한 살 많은 아이가 남대문과 소공동에 가면 사람들이 많이 다닌다고 했다. 나는 그를 따라 서울 한복판으로 나가 보았다. 남대문 시장에서 장사하는 형이 있다고 했던 것이다. 그날 나는 점심도 먹지 못했고 피곤했지만 배고픈 줄 몰랐다. 그와 나는 어둑해질 때에야 집으로 돌아왔다.

이후 나는 어머니에게 몇 푼을 얻어 신문팔이를 했다. 소공동을 돌며 신문을 팔았는데 그것은 오래 가지 못했다. 신문을 사는 사람은 주로 인민군이었는데 북한 돈을 주었기 때문이다. 북한 돈은 유통이 되지 않았다. 나는 자두를 팔기 시작했다. 세검정 자두밭에 가서 자두를 한 접 받아와 광화문 네거리에 가서 장사했던 것이다. 신문지에 자두를 몇 개씩 뭉텅이로 만들어 놓고 기다리고 있으면 아저씨나 아주머니들이 와서 사가곤 했다. 해질 무렵이면 광화문에서 원효로까지 걸어가면서 차비를 아끼기도 했다.

　원효로에 도착하면 어머니는 항상 집밖으로 나와서 나를 기다려주었다. 나는 그날 번 돈을 어머니 손에 살짝 넘겨주었다. 어머니는 고개를 돌리면서 그 돈을 받았다. 나는 어머니가 왜 고개를 돌리는지 몰랐지만, 그래도 어머니에게 돈을 준 것이 좋아서 힘이 나곤 했다.

　어느 날 아침, 잠에서 깼는데 온몸에 열이 났다. 움직일 수가 없었다. 억지로 일어나서 아픈 것을 숨기고 자두를 팔러 나갔다. 자두밭에 가서 자두를 받고, 광화문으로 갔다. 어느새 하늘은 잿빛으로 물들어 있었다. 비가 내리기 시작했다. 나는 자루에 담은 자두를 하나도 팔지 못하고, 비를 쫄딱 맞은 채 집으로 돌아가게 되었다. 나를 본 어머니는 놀라서, 내 옷을 다 벗기고 이불보로 나를 감싸주었다. 온몸이 불같이 뜨거웠다. 어머니는 수건을 내 이마에 올려주었다. 그날 밤 어머니는 꼬박 내 곁에 앉아서 밤을 지새웠다. 나는 미안한 마음에 눈을 들 수가 없었다. 다음 날 아침 눈을 떴을 때 어머니는 내 손을 잡고 '아프면 아프다고 말을 하지.' 하였다. 나는 아무 말도 할 수가 없었다.

　어머니의 그 말이 지금도 기억난다. '아프면 아프다고 말을 하지.' 하던 것은 어머니의 따뜻한 마음을 느끼게 한다. 세상을 살면서, 마음의 무엇을 털어놓든 어머니는 다 받아주고 다독거려 주었다. 그렇게 나를 받아주던 어머니는 한결같았다. 어머니가 그리워진다. 유월의 하늘을 바라볼 때 어머니의 따뜻한 마음이 나에게 다가온다. 한편으론 외롭지만 또 한편으론 그 따뜻한 마음을 상상하며 온기를 얻는다.

쳇바퀴처럼 오는 가을에

쳇바퀴처럼 때가 되면 가을이 온다. 이 가을이 올 때마다 가슴 깊은 곳에서 무엇인가 뭉클한 새 느낌이 솟아나곤 한다. 어제만 해도 그렇다. 추석을 앞둔 때라 집으로 가는 길에는 여러 과일이 보였다. 과일가게에서는 사과, 배, 알 수 없는 과일까지 보도에 펼쳐놓았다. 나는 빨갛게 익은 사과를 보는 순간 가슴이 멈칫했다. 무엇이 나를 놀라게 했던 것일까. 크고 맛있어 보이는 홍옥 사과를 키우느라 농부는 얼마나 고생을 했을까, 하는 생각이 들면서 가을 파란 하늘 아래에서 과수원 사과를 따먹고 싶어 걸음을 멈추었던 일까지 여러 사연들이 떠올랐다.

결혼을 해서 본가에서 나와 마장동에 단칸 셋방을 구했다. 그해 가을, 가을비가 축축하게 내리는 저녁이었다. 어머니가 예고도 없이 찾아왔다. 아내가 저녁상을 내와 마주 앉았는데, 밖에서 어머니 목소리가 나서 나가보니 어머니가 서 계셨다. 옷은 비에 젖은 채였다. 나는 놀라 어쩐 일이냐고 묻고는 바로 어머니를 방 안으로 모셨다. 집에서 나올 때 비가 오지 않아서 우산을 챙기지 못했다며 어머니는 변명하 듯 말했다. 어머니도 밥상 앞에 같이 앉아 저녁밥을 함께 먹었다.

　밥을 다 먹고 밥상을 치우는데, 어머니가 작은 목소리로 '더러 고기 도 사먹고 해야지. 학교에서 학생들 가르치는 일이 얼마나 힘든데.' 하 였다. 아내는 얼굴이 빨갛게 되어 아무 말도 하지 못했다. 내가 '더러 먹어요.' 하고 대답했다. 어머니는 들고 온 보자기를 펼쳤다. 비에 젖 은 보자기 속에는 반으로 접힌 누런 서류봉투가 있었다. 그 봉투 속에 서 돈뭉치가 나왔다. 어머니는 돈뭉치를 내 앞으로 내밀었다. 나는 놀 란 마음으로 어머니를 보았다. 어머니는 웃으며 돈뭉치에 대해 말해 주었다. 내 결혼 적령기 즈음 결혼 때 필요한 돈을 마련하느라고 계에 들었는데, 내 결혼이 일 년이나 빨라지면서 곗돈을 탈 수 없었다고 했 다. 이제 겨우 곗돈을 탔는데, 내가 이미 결혼식도 하고 살림을 차리긴 했지만 내 결혼 명목으로 든 곗돈이라 나에게 주러 왔다는 것이었다.

　나는 눈물이 핑 돌고 어찌 할 바를 몰랐다. 우리 집 살림을 나는 잘 알고 있었다. 아버지가 받아오는 월급은 얼마 되지 않았다. 우리 형제 다섯이 모두 학교에 다니고 있었고, 더욱이 등록금을 내는 시기도 비 슷해 항상 큰 목돈이 필요했다. 어머니는 이 목돈을 마련하려고 계를 부지런히 부었고, 그래서 우리는 학교에 다닐 수 있었다. 그러다보니 어머니는 생활비를 아껴 쓰는 버릇이 생겨 두부 한 모도 조심해서 샀 다. 생각해 보면, 그런 어려운 상황에서도 어머니는 언제나 자식들을 먼저 챙겨주곤 했다.

내가 중학생이던 시절 어머니의 심부름으로 시장에 가서 두부 두 모를 사서 들고 오다가 넘어지는 바람에 신문지에 싼 두부가 뭉개지고 말았다. 나는 무릎이 까져서 피가 철철 나는데도 뭉개진 두부를 들고 집으로 갔다. 조심스럽게 부엌에 들어가 어머니 앞에 내밀며 '오다가 넘어져서 두부가 뭉개졌어요.'라고 했다. 어머니는 내가 내민 것을 던지듯이 옆에 놓고, 내가 다친 곳을 살피며 얼마나 아팠냐며 나를 위로해 주었다. 나는 그때 얼마나 마음이 따뜻해졌는지 모른다. 어머니는 그렇게 우리 걱정을 하며 일생을 사셨다.

이미 결혼을 한 나는 그때를 생각하며 '동생들도 아직 학교에 다니는데 어머니가 얼마나 힘들겠어요. 필요한 데 쓰세요.' 하고 말했다. 그러자 어머니는 얼굴에 근심이 서리며 '너에게 주려고 준비한 건데.' 하였다. 나는 돈을 봉투에 넣고 어머니에게 돌려주면서 가져가라고 하였다. 어머니는 몇 번이나 손을 젓고 방바닥에 놓았지만, 나는 어머니의 손에 돈뭉치를 쥐어 주었다.

일주일 쯤 지난 날 어머니를 찾아갔을 때였다. 어머니가 내 팔을 잡고 아버지의 서재로 데리고 갔다. 어머니는 나에게 '내가 너 결혼을 위해 36개월이나 어렵게 곗돈을 부으면서 모은 돈인데, 너가 내 마음대로 돈을 처리하라고 해서 정말 섭섭했다. 너는 어머니를 걱정해서 그랬을 거지만 애미 마음은 달라.' 하고 말했다. 눈앞이 컴컴해졌다. 그냥 받아 두었다가 나중에 어머니에게 다른 명목으로 가져다 드려도 되는데, 어머니가 고생해서 준 것도 모르고 돌려보낸 것이 가슴 아팠기 때문이다. 나는 어머니의 손을 잡고 잘못했다고 빌었다. 어머니는 내 등을 치면서 '엄마 고생하는 걸 다 알고, 그런 큰 아들이란 거 다 안다. 그래도 엄마가 섭섭했어.' 하였다. 이날 가슴이 더 아팠던 것은 내 생각이 어머니의 마음을 아프게 했다는 사실이었다.

이 가을 어머니와 있었던 슬픈 사연을 기억하는 것은 너무나 새롭다. 언제나 쳇바퀴처럼 오는 가을이지만, 이 사연을 되살리는 것은 올해도 새롭게 마음을 가다듬자는 가을의 신호이기도하다. 비바람을 견디고 해충을 조심하여 사과나무를 키우는 농부는 비록 사과는 언제나처럼 열리지만 그해 열릴 열매를 기대하고 있을 것이다. 이런 것처럼 나 또한 한해의 가을을 기대하게 되고, 또 다가올 새로움을 상상하게 된다.

노란 참외와 배꼽이 튀어나온 개구리참외

더위가 극성을 부린다. 어제 길을 걷다가 보니 과일가게에서 참외를 산같이 쌓아놓고 팔고 있었다. 돌아와 소파에 앉아 있는데 문득 노란 참외와 겹쳐서 삼촌 생각이 났다.

어릴 적 고향에 가면 할아버지는 동네에서 좀 떨어진 참외밭 원두막에 가 있었다. 참외밭은 꽤 커서, 밤에는 일하는 사람이 원두막을 지키고 아침이면 할아버지가 원두막에 올라가 하루를 보냈다. 할아버지는 가족들에게 온전한 참외는 따먹지 못하게 했다. 팔아야 했기 때문이다. 점심때가 되어 고모가 새참을 들고 가도 참외 한 개 얻어오지 못했다.

나는 고향에 가면 원두막으로 할아버지를 찾아갔다. 한참 풀이 무성한 길을 따라 올라가노라면 땀투성이가 되었다. 원두막 아래서 '할배요.' 하고 부르면 할아버지는 '오냐 올라와라.' 하고 응답을 했다. 사다리를 타고 올라가면 할아버지는 내 손을 잡아 주었다. 사방이 훤히 트인 원두막에서 밖을 바라보면, 멀리 철길이 보이고 들판은 논 끝까지 펼쳐져 있었다. 어느 날 저녁, 나는 원두막에서 자고 싶어 시집가지 않은 고모에게 부탁했다. 고모는 모기가 물텐데 하고 걱정하면서도 밤에 나를 원두막까지 데려다 주었다. 원두막을 지키던 아저씨가 자리를 깔아주었다. 반딧불이가 윙윙 날라 다녔고 별이 이마에 닿을 듯했다.

개구리가 울던 어느 날 한낮, 고모는 참외가 먹고 싶다고 말했다. 나는 러닝셔츠에 짧은바지를 입고 참외밭으로 갔고, 밭 구경을 하는 듯이 고랑을 헤매며 허리를 숙여 노란 참외를 몰래 땄다. 러닝셔츠 밑단을 묶어서 위쪽 목 트인 데서 참외를 넣으면 참외가 빠지지 않고 배에 걸렸다. 배가 불룩해졌을 때에야 '할배요, 나 갑니다!' 하고 소리를 질러 인사하고 집으로 갔다. 나는 배불뚝이가 되어 고모와 할머니를 불렀다. 자랑스럽게 러닝셔츠 묶어 놓은 것을 풀자 참외가 와르르 쏟아졌다. 나는 큰 소리로 '고모하고 할머니 드시라고 참외를 서리해왔지. 할배 몰래.'라고 했다. 할머니는 나를 껴안고 '아이고 내 새끼야.' 하고 좋아했다. 고모는 나를 등에 업고 한 바퀴 마당을 돌았다.

무엇이 고향 식구들을 기쁘게 했을까. 나는 알았다. 할머니와 고모를 위하는 마음 때문이었다. 조금만 가까이 가서 가족의 마음을 들여다보면 금방 알 수 있는 것을 모르고 살아올 때가 많다. 이 노란 참외는 고모를 신나게 한 나의 선물이었다.

노란 참외와 함께 내가 먹고 싶어 하는 참외가 배꼽이 튀어 나온 개구리참외이다. 지금은 어디서 파는지 보이지 않아 섭섭하다. 퍼런색에 얼룩점이 박힌 개구리참외가 자취를 감춘 이유를 알 수 없지만 이 참외가 기억에 남아 있는 것은 부모의 심정에서 비롯되었다.

전쟁 때 아버지는 혼자 국군을 따라 남하하고 어머니와 우리만 서울에 남게 되었다. 서울 생활을 견디지 못하고 어머니와 어린 동생 둘, 그리고 나는 한강 동부 이촌동 앞 모래사장에서 나룻배를 탔다. 어머니의 큰 결단으로, 우리도 남쪽으로 가보자고 나선 것이었다. 여의도에 내리니 벌써 해가 기웃거렸다. 영등포 국도 길 어느 가게 마루에서 밤을 보내야 했다.

국도를 따라 유엔군의 폭격을 피해 야간에만 이동하는 북한군이 보였다. 그들은 무리지어 남쪽으로 가고 있었다. 트럭도 많았고 수레를 끄는 말도 많았다. 병사들은 아카시아 나뭇가지를 꺾어 위장을 하고 지나갔다. 포대도 지나갔다. 나는 마루에 엎드려 이것들을 다 보았다. 그런데 북한군이나 어수선한 분위기보다 오히려 못 견딜 것은 모기였다. 다리나 팔 할 것 없이 마구 물어대는 모기 때문에 참을 수가 없었다. 나는 어머니에게 집에 가자고 했다. 여섯 살 여동생은 울기만 했다. 나는 큰 소리로 떼를 쓰면서 집으로 돌아가자고 다시 한 번 말했다. 어머니는 가만히 고개만 숙이고 있었다. 돌이켜 생각하면, 이범선의 「오발탄」의 참혹하고 절망적인 장면이 떠올라 돌아가신 어머니에게 지금도 모골이 송연하다. 가난하게 살아가는 아들에게 실성한 어머니가 '북에 두고 온 집으로 가자!' 하고 소리 지르고, 휴전선을 넘어갈 수 없는 참혹한 현실 앞에서 아들은 울고만 있을 수밖에 없었던 그

장면을 말이다.

그렇게 하룻밤을 지나고 다시 남쪽으로 향했다. 폭격 때문에 길에서 벗어나 논길이나 풀숲을 걸었다. 그러다가 쉬어가기 위해 앉았는데, 그 길가엔 누군가 개구리참외를 수북이 쌓아 놓고 팔고 있었다. 사람들이 참외를 사서 그 자리에서 깎아 먹고 있었다. 이들이 칼로 껍질을 벗기면 불그스레한 속살이 드러났다. 아침에 흰 떡 하나 먹고 먹은 것이 없었기에 침이 꼴딱 넘어갔다. 나는 한참을 보다가 잘라놓은 배꼽과 껍질을 한 움큼 모아 가지고 왔다. 그리고 숟갈로 속살을 파내어 여동생도 주고 나도 먹었다. 어머니는 망연히 우리를 보고 있었다. 꿀맛이었다.

그날 밤 잠이 들려고 하는데 그 속에서 어머니의 기도 소리를 들었다. 어머니의 기도는 울음이 섞여 간간이 끊어졌다. 어머니는 자신이 잘못해서 아이들이 거지처럼 길바닥에서 남이 버린 참외 껍질을 핥아 먹게 했다고 했다. 자신의 잘못으로 아이들이 거지꼴이 되었다는 말을 듣는 순간 가슴이 찡하게 울렸다. 아프기 시작했다. 내가 잘못한 것인데 어머니가 잘못했다고 하는 게 견딜 수 없었다. 그래도 나는 가만히 자는 척을 했다.

나는 지금도 후회한다. 어머니 등에 붙어서 어머니가 잘못한 게 아니라는 말 한마디를 하지 못한 것이다. 어머니의 가슴을 쥐어뜯는 일들이 수없이 있었어도, 내가 잘못했어도, 언제나 어머니는 먼저 나를 용서했다. 내가 잘못을 깨달아 빈 적은 기억에 떠오르지 않는다. 내가 부모가 되어서야 옛 추억들이 떠오르며, 이미 돌아간 어머니의 마음을 알 수 있게 되었다.

어머니의 방

내가 이십 대 후반 대학교수가 되었을 때였다. 아버지는 원효로 성심여고 담장과 붙은 자리에 헐어진 기와집을 샀고, 우리 가족은 새집을 짓게 되었다. 아버지와 나는 밤이면 안방에 모여서 새로 산 헌 집을 어떻게 새집으로 바꿀지 구상했다. 집 모양을 흰 원고지에 그려가며 방 구조를 의논했다. 한 달 넘게 아버지와 나, 그리고 어머니는 흰종이 위에 집의 평면도를 그려놓고 연필로 스케치를 해가며 의논하였다. 나는 창문을 크게 만들어 햇볕이 온방에 가득하게 해야 한다고 했다. 아버지는 지붕을 평평하게 해서 여름에 옥상에 올라가서 별을 볼 수 있게 해야겠다고 했고, 책장이 들어갈 수 있는 서재를 방으로 꼭 가졌으면 좋겠다고도 했다. 어머니는 생전 가져보지 못한 입식 부엌이 있었으면 했다. 이런 우리 가족의 요구는 설계사에게 전해졌다. 우리는 이층집을 짓게 되었다.

그렇지만 집은 삼십 평이 조금 넘는 규모라서 우리 가족 전부에게 방이 돌아가지는 않았다. 나는 다섯 형제의 큰 형이어서 이층에 내 방을 가질 수 있었다. 그렇지만 남동생 셋은 이층 한 방에서 지내게 되었고, 여동생은 엄마와 함께 방을 같이 쓰게 되었다. 건축 기간도 예상보다 일 년이나 길어졌다. 더욱이 건축업자가 돈을 다 받아 들고는 어디론가 사라져서, 창문도 제대로 끼우지 못한 집에 추운 십이월 눈 오는 날 입주하게 되었다. 온수 보일러도 제대로 되지 않았고, 창문은 비닐로 막아 겨우 바람을 피했다. 영하의 추위에 방 안은 얼음동굴처럼 얼곤 했다. 그렇지만 우리가 꿈꾸던 집이라는 기쁨 때문에 우리 가족은 즐겁게 새 집에서 생활을 시작했다.

새 집에 이사 오고 난 다음부터 우리 가족은 거실에 앉기보다는 어머니가 거처하는 안방에 모여 앉았다. 안방에 있는 넓은 창으로 햇볕이 들어오면 빛은 방 안에 가득 찼다. 어머니는 이것만으로도 좋아했다. 안방은 비록 어머니의 방이었지만 우리 가족이 함께 모여 이야기를 나누는 방이기도 했다.

이 안방은 어머니가 편안하게 앉아있을 수 있는 유일한 공간이기도 했다. 어머니는 낮에 시간이 나면 동네 아주머니들을 불러 모아 함께 김치국밥도 끓여먹고 이야기 마당을 펼쳤다. 또한 어머니의 방에는 짙은 자주색 장과 조개를 붙인 장롱이 한쪽 벽면을 가득 채웠는데, 이것은 어머니가 평소에 소원하던 것이었다. 이 가구 속에는 우리 집의 귀중한 서류나 물건들이 들어가 있었다. 이 방에는 텔레비전도 놓여 있어서, 우리 형제들은 어머니의 방에 앉아 밤늦도록 텔레비전을 보거나 이야기꽃을 피우다가 자기 방으로 돌아가곤 했다. 어머니의 방이야말로 내가 한 인간으로 성숙해간 내 모든 역사의 산실이라 할 수 있다.

그러던 어느 해 여름이었다. 나는 밤이 늦어 대학친구들을 데리고 집에 왔다. 어머니는 누워 있다가 이불을 걷어치우고, 우리더러 안방으로 들어오라고 했다. 나와 친구들은 어머니의 방 안에 들어가 앉았다. 어머니는 부엌에서 수박을 쟁반 가득 담아왔다. 그리고 우리와 어울리며 대학생활의 이모저모를 물었다.

그러다 옆에 앉아 있던 한 친구가 자기는 노래를 잘한다며 노래를 불렀다. 다 큰 대학생인 친구는 머뭇거림도 없이 벌떡 일어나 〈아리조나 카우보이〉라는 유행가를 신나게 불렀다. 나는 예기치 못했던 사태에 놀랐다. 하지만 이미 판이 벌어졌다. 다음으로 다른 친구가 〈부산 갈매기〉를 불렀다. 이것은 나도 아는 곡이었다. 그 친구는 부산에서 학교 다닐 때 잘 부르던 노래라고 주석까지 달았다. 친구의 노래가 끝나고, 친구들은 어머니에게 노래를 청했다. 어머니는 아들과 그 친구들 앞에서 〈연분홍 치마〉를 애절하게 불렀다.

그 소리를 들었는지 서재에 있던 아버지가 어머니 방으로 들어왔다. 우리가 벌떡 일어서니까 '앉아라.' 하고는 아버지도 끼어 앉았다. 아버지도 〈구름 가네〉라는 노래를 불렀다. 우리는 술 한잔 마시지 않았음에도 함께 노래를 부르며 즐거운 시간을 보냈다. 어머니의 애절한 목소리는 여전히 귀에 생생하게 살아 있다.

어느 크리스마스이브 날이었다. 그날도 온 가족이 어머니 방에 모였다. 아버지는 다섯 형제에게 선물을 나누어주었다. 그런데 어머니의 것은 없었다. 우리 형제들은 우리끼리 마련한 선물을 아버지와 어머니에게 드렸다. 그러고 나서 내 여동생은 '아버지, 왜 엄마 선물은 없어요?' 하고 물었다. 아버지는 조금 놀라는 듯하다가 '너희들 선물 다 사고 나니 어머니 것을 살 돈이 없었어.' 하고 대답했다. 한순간 온 방 안이 조용해졌다. 우리는 너무 놀랐다. 우리 때문에 어머니의 선물이 없다는 것을 알지 못했던 것이다. 그때 어머니는 웃는 얼굴로 '여기 너희들이 준 선물이 이렇게 많아. 기쁘기만 하다.' 하고 말했다. 얼마 있다가 아버지는 서재로 들어갔다. 우리끼리 남았을 때 어머니는 아무렇지도 않은 듯 노래자랑을 시켰다. 둘째 차례가 되었을 때 어머니와 둘째는 같이 노래를 부르기도 했다. 이 가슴 시린 사연도 어머니의 방에서 있었던 일이다.

우리 한 가족은 어머니의 방을 통해서 한 인간이 되었다. 새벽에 어머니는 방에서 기도를 하기도 했는데, 그 모습을 볼 때면 '내가 잘못한 것을 어머니가 대신 하나님께 용서를 비는구나.' 하고 생각했다. 어쩌다 내가 무언가를 잘못하면 어머니가 내 손을 잡고 눈물을 흘렸는데, 그때도 우리는 어머니의 방에 있었다.

어머니가 돌아가시면서 이제 어머니의 방은 사라졌다. 그러나 어머니의 방에서 있었던 일들은 내 가슴속에 살아있다. 가을 사과나무에 열린 사과처럼 주렁주렁 내 가슴에 열리고, 내 추억을 채우고 있다. 내 마음속에 어머니의 방은 여전히 살아 있다.

겨울의 한복판에서

한겨울의 아침 하늘, 찬바람이 지나가는 파란 하늘에는 살얼음이 깔리듯 얇은 구름이 떠가고 있다. 이 겨울의 한복판에 새해 첫날이 가고 설날이 찾아오고 있다.

젊은 날, 겨울방학인데도 강의가 있어서 대학 연구실에 가기 위해 아침 일찍부터 가방 정리를 하고 있었다. 책 몇 권과 인용카드 뭉치 그리고 원고지 두 권을 가방에 넣었다. 그러다가 책상 위에 놓여 있는 노래집을 보았다. 최신 가요집이었다. 지난해 연말, 학교 근처 맥주집에서 학생들과 송년회를 가졌다. 그 자리에서 학생들이 나에게 노래를 주문했는데 나는 한 곡도 부르지 못했다. 그때는 노래방도 없을 때라 유행가를 배우려면 자동차 라디오 소리를 통하거나 아니면 레코드판을 사서 반복해서 듣는 수밖에 없었다. 나는 이 두 가지를 다 하지 않아서 노래를 부를 수가 없었다. 그러다 며칠이 지나서 조교가 나를 돕기 위해 노래집 한 권을 사다준 것이었다. 대학생 때는 친구가 있어서 친구들이 어디 가서 배워온 것을 곁에 앉아 따라 부르다 보면 노래를 배울 수 있었지만, 교수가 되고부터는 그런 기회가 없었다. 그날 나는 유행가집을 가방에 넣고 학교에 갔다.

강의를 끝내고 연구실 의자에 앉아 있을 때, 노래집을 가지고 온 것이 생각이 나서 꺼내 펼쳐보았다. 더러 아는 곡도 있었다. 그러다가 한 곡이 눈에 띄었다. 〈봄날은 간다〉는 노래였다. 이 노래 제목을 보자 문득 어머니 생각이 났다. 어머니가 좋아하던 노래였기 때문이다. 어머니는 연필로 가사를 종이에 써놓고, 이 종이를 들고 한가한 오후 혼자 안방에서 부르곤 했다. 꾀꼬리처럼 높은 음정으로 노래를 부르던 어머니의 모습이 떠올랐다.

때로 우리 집 안방은 동네 아주머니들의 노래방이 되었다. 어느 날 오후 학교에서 일찍 돌아와 현관문에 들어서는데, 거실까지 노랫소리가 크게 들렸다. 안방 문이 열려 있어 방 안이 환히 다 보였다. 동네 아주머니들이 방에 빙 둘러 앉아 노래를 차례로 부르고 있었다. 나는 이층 내 방에 가서 책상 앞에 앉았다. 어머니나 아주머니에게는 내가 모르는 깊은 사연이 있어서, 살아오면서 겪은 기쁘거나 서러운 삶의 흔적을 노래하며 서로 위로하는 게 아닐까 하는 생각을 했다.

한해의 끝이나 혹은 시작하는 기간이 되면, 자연스럽게 지나간 날을 회상하게 되고 또 다가올 앞날을 꿈꾸게 된다. 언젠가 외국에 나갔다가 돌아온 이들의 좌담에서 '가장 집 생각이 많이 날 때가 언제였나?'라는 질문에 '명절 때'라는 말을 들었다. 명절이면 집이라는 고향에 가지 못하는 안타까움이 들기 때문일 것이다. 그러나 이 고향에 못 간다는 단순한 서러움만 있는 것은 아닐 것이다. 연말이나 새해의 기간은 우리를 보다 서럽게 하는 삶에 대한 회고, 혹은 전망을 안겨주기 때문이리라.

나는 오십이 넘어 이사를 가게 되었다. 수십 년 동안 잘 살던 동네를 떠나 경기도로 가게 된 것이었다. 이사 시기는 설달그믐이 가까운 날이었다. 내일이면 이삿짐을 옮겨야 하는 저녁때, 어머니가 왔다. 그리고 온 가족을 모아놓고 기도를 하였다. 그렇게 둘러앉아 있는데 어머니는 가슴이 북받쳐 오른 듯 눈물을 흘리기 시작했다. 아이들은 무슨 일이 있나 해서 각자 자기 방으로 돌아가고, 어머니와 우리 부부만 방에 남았다. 어머니는 한참만에야 숨을 고르더니 '너네와 떨어져 살 걸 생각하니 눈물이 나왔어.' 하는 것이었다.

내가 초등학교 때부터 대학을 졸업하고 교수가 되어 이제 새집으로 이사하게 될 때까지 자그마치 오십 여년을 이 동네에서 살았다. 어머니가 우리 다섯 형제를 키운 동네였다. 전쟁기에 폭격으로 연기가 자욱할 때 어머니는 큰 길에 나가서 우리 형제의 이름을 부르며 자식들을 애절하게 찾았고, 내가 대학에 입학했을 때는 내 손을 잡고 한강을 걸으며 '네가 대학 입학을 앞두고 있을 때 눈보라가 치는 새벽, 이 둑 길을 걸어 교회에 가서 기도하곤 했지.'라고 말하며 그동안의 고생을 위로해 주기도 했다. 이처럼 이 동네에 대한 잊지 못할 기억은 너무도 많이 있다.

어느 날엔가는 저녁에 어머니가 보이지 않아 기다리는데, 밤 깊어 아버지가 들어올 때까지 어머니는 감감무소식이었다. 그때 아버지는 저녁도 못 먹고 앉아 있는 우리 형제들을 보면서 어머니가 웬일이냐고 했다. 나는 어머니를 찾아 나섰다. 집 앞 큰 길로 나와 전찻길을 걸어 시장 부근 아랫동네로 걸어갔다. 한참을 걸어가는데 시장골목에서 어머니가 한 손에는 신문지 봉투 싼 것을, 다른 손에는 보자기를 들고 걸어오는 것이 보였다. 나는 뛰어가 어디 갔다가 이제 오느냐고 물었다. 어머니는 심씨네에 갔다가 오는 것이라 했다 그날 우리는 캄캄한 밤이 되어서야 겨우 저녁밥을 먹을 수 있었다. 몇 년이 지나, 그때 어머니가 심씨네 갔던 이유를 알게 되었다. 우리 집에 저녁거리가 없어서 쌀과 몇 푼의 돈을 꾸러 갔었다는 것이었다.

이처럼 동네에 얽힌 우리 가족의 이야기는 삶의 둥지가 어떤 것인지 연상시킨다. 어머니의 따뜻한 사랑이 삶의 둥지의 토대일 것이다. 내가 새집으로 이사를 가려고 할 때 어머니가 눈물 흘렸던 이유는 이 삶의 둥지를 떠나는 나를 걱정해서였다.

지금 나는 지나간 해에 겪었던 수많은 일 중에 가슴에 남아 있는 일들을 추억하고 있다. 그러면서 다시 밝아올 내일을 꿈꾼다. 이 추운 겨울의 한중간에서 서러웠던 일들을 훌훌 벗어버리고 따뜻한 추억을 그리며, 다가올 밝은 미래를 생각해 본다.

아버지의 도시락

문지방이나 대문 혹은 도시락 같은 말들이 있다. 젊은이에게는 그것이 인지되는 사물일 뿐이지 정감어린 사연이 담긴 언어는 아닐 것이다. 나에겐 그것들이 기억의 날개를 펴게 하는 말이다. 그 중에서 나에게 가장 다가오는 말은 도시락이다.

내가 가방을 들고 학교에 다니기 시작하여 고등학교를 졸업할 때까지 하루도 도시락이 빠진 적이 없었다. 알루미늄으로 된 직사각형의 통 안에 작은 네모난 통이 들어 있는 것인데, 작은 통에 반찬을 넣을 수 있었다. 이 도시락은 나의 학창시절, 초등학교에서 중학교 그리고 고등학교에 이르기까지 성장의 계단마다 나와 함께 했다. 어찌 보면 또 하나의 친구로 나와 함께 자란 것이 내 도시락이라고 할 것이다. 그만큼 도시락을 통해 삶의 이야기들이 주렁주렁 달려 나오기도 한다.

내가 초등학교 삼 학년이 되어서야 어머니가 알루미늄 도시락 통을 사왔다. 큰 아들이었던 내가 우리 집에서는 처음으로 도시락을 들고 학교에 가게 되었다. 오 학년이 되었을 때였다. 겨울이 가까워 오면 교실에 갈탄* 난로를 설치하였다. 당번이 학교에 오면 제일 먼저 해야 하는 일이 갈탄을 피우는 일이었다. 노란 연기가 난로 밖으로 새어나와 유리창을 한참동안 열어두어야 했다. 둘째 시간이 끝나면 아이들은 도시락 통을 난로 위에 올려놓았다. 이때는 전쟁판이 된다. 서로 제일 밑에다 놓으려고 서두르다 보면, 쌓아놓은 도시락 통이 와르르 넘어져 갈탄 가루가 묻은 밥을 먹어야 할 때도 있다. 운 좋게 맨 아래 자리를 고수한 도시락의 주인은 뜨끈한 밥은 물론 고소한 누룽지까지 덤으로 먹을 수 있었다. 이 도시락 통을 난로에 쌓는 전쟁은 고등학교 때까지 이어졌다.

피난지 대구에서 중학교에 다닐 때였다. 내 짝은 학교에서 멀리 떨어진 외곽에서 자전거를 타고 다녔다. 그 짝의 도시락에는 항상 동그란 삶은 달걀 한 개가 박혀 있었다. 그는 달걀을 한 번에 꺼내어 입에 넣지 않았다. 야금야금 잘게 파먹었다. 나는 그 애의 도시락 밥 위에서 조금씩 작아져 가는 삶은 달걀을 보면서 침을 꿀꺽 삼키곤 했다. 나는 한번도 '좀 줘.'라고 말하지 않았고 그도 나눠줄 생각조차 없어 보였다. 그러던 어느 날 점심시간에 둘이서 도시락을 펼쳐놓고 먹고 있

---

* 갈색빛깔의 석탄으로, 냄새가 심하고 재가 많이 떨어진다. 그에 비해 화력은 약하다.

는데, 짝이 나보고 유부초밥 하나만 줄 수 없느냐고 물었다. 나는 너무 놀랐다. 반찬 마련할 시간이 없던 어머니가 유부초밥을 싸준 것이었는데, 짝은 내 도시락에 담긴 유부초밥이 신기하고 먹고 싶었던 모양이었다. 나는 그에게 유부초밥 한 개를 주었다. 그도 달걀 반 개를 나에게 주었다. 도시락에 담긴 먹을 것을 서로 주고받으며 나누어 먹을 기회가 생긴 것이었다. 나는 내 도시락에만 집중하다가 다른 사람과 함께 나누는 세계를 알게 되었다. 마음을 열지 않고 살던 생활에서 비로소 다른 사람과 함께 바라보는 세계를 얻은 것이다.

그 후 내가 고등학교에 다닐 때였다. 어머니는 아침이면 부엌 마루에 도시락 네 개를 보자기로 잘 싸서 올려놓았다. 내 도시락은 왼쪽 끝에 있었다. 어느 날 학교에 가서 보자기를 펼쳐보니 새 도시락 통이 들어 있었다. 이전보다 깊어서 밥이 많이 담겼고 반찬통도 더 커져 있었다. 어머니가 커가는 아들을 위해 통을 키운 것이었다. 집에 와서 어머니에게 고맙다고 하자 어머니는 웃으며, 네 형제 넷이 다 순서대로 커가고 있다고 하였다. 도시락 통이 대물림되고 있었던 것이다. 한 형제로 산다는 것이 그런 것이구나 싶었다.

내가 대학에 들어갔을 때도 어머니는 도시락을 들고 가라고 하였다. 그런데 나는 대학생의 품위가 서지 않는다고 하며 도시락 통을 가지고 가지 않았다. 어머니는 두어 달 이상 나에게 간청했다. 나는 도시락을 들고 오는 학생은 아무도 없다고 우기면서 도시락을 들고 가지 않았다. 그러자 어머니는 한 달에 한 번씩 주던 용돈을 조금 더 올려주었다. 용돈은 한 달 치 교통비를 제외하고 우동이나 짜장면 한 그릇을 사먹을 수 있는 정도였다. 그렇지만 나는 점심밥을 굶는 때가 많았다. 대학생이 되어 찻집에도 가고 때로는 막걸리집도 가다보니 용돈이 부족해서였다. 아버지의 지론은 '공부는 집중해서 해야 한다'였기에 나는 아르바이트도 할 수 없었다. 아버지는 공부하는 데 필요한 돈을 주겠다고 하였다.

대학에 들어가 한 학기를 보내고 구월이 되었다. 학교 가려고 현관에 섰는데 도시락 보자기가 보였다. 동생들의 도시락과는 달리 낯설었다. 안방에 있던 어머니에게 누구의 도시락이냐고 물었다. 어머니는 새 학기부터 아버지가 도시락을 가지고 가시기로 했다고 말했다. 연구실에서 식당까지 가려면 멀어서 도시락을 들고 가기로 하셨다고 어머니가 일러주었다. 그 후로 한 달이나 지나서였다. 저녁 버스 안에서 집에 오는 길에 아버지를 만났다. 아버지는 책보에 싼 도시락을 들고 계셨다. 나는 그것을 받아 들고 아버지와 함께 집으로 돌아왔다. 그날 밤 어머니가 한 달 용돈을 가지고 방에 왔다. 용돈을 주며 '아버지가 네 형제들 학비가 많이 들어가니까 용돈을 줄이시나 보더라.' 하고 말했다. 어머니가 나가고 난 다음 나는 한참을 멍하니 앉아 있었다. 교수로 계신 아버지가 도시락을 갑자기 싸기 시작한 이유를 알 것 같았기 때문이었다.

어느 사물과 맺은 인연은 성장의 계단에 깊이 새겨진다. 그것은 때때로 추억이라는 아름다운 세계로 안내하기도 한다. 그러한 감정적

교섭은 나를 키우는 씨앗이기도 하고, 또 나를 자라게 하는 빗물이고 햇볕이기도 하다. 주변 사람들뿐 아니라 사물까지도 무심하게 스치지 말아야 할 이유가 여기에 있다. 어떤 사물은 나의 삶과 깊이 연결되어, 때론 나를 '성장'으로 인도해 주기도 한다.

꽃과의 인연

인연은 추억을 끌어내는 가느다란 실이 된다. 문득 먼 산길에서 우연히 물병을 나누어 마셨던 이름 모르는 그 사람이 눈앞에 보인다. 그리고 고맙게도 물병을 내어준 성성한 사람의 정감이 가슴에 스민다. 추억의 창고에는 마음에 담겨진 추억을 끌어내게 하는 인연의 실이 있고 거기엔 꽃이 자리하고 있다.

내가 처음 꽃과 인연을 맺은 것은 중학교 시절이다. 폐결핵에 걸린 삼촌은 대학 진학의 꿈을 접고 고향에 내려와 할머니와 살고 있었다. 첫 눈이 펑펑 쏟아지던 밤, 나는 기차를 타고 고향역에 내렸다. 철길로 한참 걸어오면 있는 신호등 아래에 할머니는 하얗게 눈을 맞으며 서 있었다. 하얀 논바닥을 가로질러 할머니 집에 들어섰다. 삼촌이 건넌방에서 방문을 열고 '동규 왔냐?' 하고 얼굴을 내밀었다. 나는 삼촌 방문 앞에서 '삼촌 잘 있었어?' 하고 소리를 질렀다.

삼촌은 방 안에서 큰 소리로 나를 불렀다. 그리고 큰 봉투를 내밀며

'너한테 주려고 준비한 거다.' 하고 말했다. 그날 밤 봉투를 열어보니 큰 노트가 들어 있었다. 노트를 펼치자 꽃그림이 나왔다. 한 장 한 장 가득히 이름 모를 꽃들이 스무 장 넘게 들어 있었다. 나는 꽃그림을 보면서 각기 다른 모양의 꽃이 참 예쁘다고만 생각했다. 다음 날 아침 하얀 마당에 삼촌이 나와서 나를 불렀다. 삼촌은 '내가 우리 고향의 꽃들을 그려놓은 거야. 서울에 가서도 내 고향에 이런 꽃이 피는 것을 알아두어라. 이름은 네가 찾아서 적어두고.'라고 말했다. 하지만 나는 큰 노트를 들고 서울에 와서 한 번도 그것을 펼쳐보지 않았다. 그 후 수없이 고향에 갔지만 삼촌도 나에게 꽃 이야기를 하지 않았다.

삼촌이 돌아가고 어느 가을날 고향에 갔을 때였다. 나는 친구들과 양지바른 산자락에 놀러갔다. 한 친구가 꽃 이야기를 꺼내면서, 얼마 전까지 백일홍이 집 앞마당에 피어 있었는데 그것은 고향의 꽃이라고도 할 수 있지 않냐고 말했다. 나는 백일홍의 모양이 생각나지 않았지만 삼촌이 유별나게 좋아했던 꽃임을 떠올렸다. 그제야 나는 삼촌의 꽃그림이 생각났고, 내 가슴 저 깊은 곳에서 '고향의 꽃을 그려 잊지 말아 달라'고 하던 삼촌의 숨은 마음을 눈물겹게 느낄 수 있었다.

그림 속에 들어 있던 꽃들을 다 기억할 수는 없다. 그렇지만 어느 꽃 집 앞을 지나다가 보면 그림에서 본 듯한 꽃이 눈에 띈다. 그러면 나는 어린 아이처럼 눈가가 뜨거워진다. 그때마다 삼촌의 꽃들이 내 앞에 꽃밭처럼 펼쳐지는 듯하다. 꽃은 아름다운 인연의 실이라 할 수 있다.

대학에 재직하고 있을 때도 꽃과 인연이 있었다. 어느 날 아침 연구실 문을 열고 들어서자 내 책상 위에 현란한 꽃들이 꽃병 가득 꽂혀 있었다. 어느 여학생이 가져왔다고 조교가 알려주었다. 가끔 학생들이 가져오는 꽃을 조교가 착실하게 꽃병에 꽂아놓곤 해서 무심히 넘어갔다. 한 달이 지나서야 나는 아침마다 꽃들이 바뀐다는 것을 알아챘다. 조교에게 물어보니, 어느 학과에 다니는 사 학년 여학생이라고 했다. 나는 조교를 통해 그 여학생과 만나 꽃을 가져다줘서 고맙다는 말을 전하고, 큰 부담이 되지 않았느냐고 하며 내일부터는 가져오지 말아달라고 했다. 여학생은 얌전하게 고개를 숙이고 있다가 '가지고 오고 싶어서 가져오는 거예요.' 하고 작은 소리로 대답했다. 나는 '그래도 받는 내가 불편해서 그래.' 하고 간곡하게 말했다. 그 후 여학생은 꽃다발을 가져오지 않았다.

졸업식이 다가오는 어느 날 그 여학생이 찾아왔다. 편지봉투를 내밀며, 졸업으로 교수님 곁을 떠나게 되어 섭섭하다고 인사하러 왔다고 말했다. 여학생은 곧바로 나갔다. 나는 편지를 뜯어보았다. 돌아가신 아버지가 교수님을 닮아서 아버지에게 찾아가는 마음으로 꽃을 가져왔다는 말이 적혀 있었고, 교수님께 꽃을 들고 왔던 날들은 가장 행복했던 순간이면서 힘든 시간을 이겨내는 용기가 되었다고 쓰여 있었다. 나는 제자의 깊은 마음을 물어본 적이 없음을 깨닫고 미안해졌다. 여학생이 꽃다발을 들고 온다는 것이 조교나 여러 다른 학생들에게 이상하게 보이진 않을까, 그것만 생각했던 것이다. 이후 나는 그 여학생을 만난 적이 없다. 그런데도 꽃가게 앞을 지날 때면, 엉뚱하게도 고개를 숙이고 부끄럽게 앉아 있던 여학생을 떠올리곤 한다.

담장 밑에 숨어서 피는 손짓을 한다
저 하늘 꽃구름도 편지를 펼쳐든다
아무렇지도 않게 발끝만 보는 나는
꽃의 사연을 잊고 산다
따뜻한 화로처럼 가슴에 스쳐간 바람소리가
그리운 날이면 알지 못하는 꽃잎은
서러운 사연을 뿌리고 있다

어머니가 돌아가셨을 때 국화꽃으로 제단을 가득 장식하였다. 나는 상주석에 서서 손님들이 생국화 한 송이를 제단에 바치는 것을 보았다. 그러다 문득 옛날 어렸을 때 일이 생각났다.

우리 집 울타리 곁에 어머니가 백합꽃을 심어 놓았다. 밤이면 백합꽃 향기가 온 마당에 퍼졌다. 어머니가 백합꽃을 좋아하는구나, 하고 나는 생각했다. 그런데 가을이 되자 백합꽃이 흔적도 없이 사라졌다. 이를 보고 나는 꽃집에 들러 백합꽃 다발을 사서 집으로 들고 갔다. 나는 먼지 묻은 꽃병을 물에 씻었고, 백합꽃을 꽂아 안방 반닫이 위에 올려놓았다.

저녁이 되었을 때 어머니가 나를 불러 백합꽃을 왜 사왔느냐고 물었다. 나는 '엄마가 좋아하는 꽃이라서요.' 하고 대답을 했다. 어머니는 내 머리를 쓰다듬으며 '엄마가 좋아하는 꽃도 아네.' 하며 몇 번이나 내 머리를 만졌다. 그런데 다음 날 아침에 일어나 안방에 가보니 백합꽃을 꽂은 꽃병이 보이지 않았다. 꽃은 마당 한가운데에 놓여 있었다. 얼른 안방으로 가서 어머니에게 왜 꽃병을 내다 놓았느냐고 물었다. 백합꽃은 향기가 짙어 방 안에는 둘 수 없다고 했다. 나는 괜히 성심껏 사온 백합꽃이 마당에 쫓겨난 것 같아 속이 상했다.

꽃은 추억으로 가는 실이 된다. 실 끝을 잡아당기면 아름답던 혹은 부끄럽던, 속이 상하던 옛날의 그리운 인연이 환상처럼 솟아나는 것이다. 그러나 오늘 이 아름다운 마음의 세계에선 인연의 향기를 일으키게 하는 것들이 사라져가고 있다. 보이는 것의 효용만 있고 마음의 깊은 골짜기에 피어난 꽃 한 송이 보이지 않는 것이다. 이제라도 꽃처럼 따뜻한 향기를 퍼뜨리며 인연의 실을 붙잡아야 하지 않을까. 꽃을 생각하며 인연의 소중함을 떠올려 본다.

2부

따뜻한 말 한마디

봄바람이 분다

어린 날, 봄이 되면 처녀들이 바람난다는 말을 들은 적이 많다. 나는 할머니한테 봄이 되면 왜 바람이 나는지 물은 적이 있다. 할머니는 한참동안이나 웃다가 '이 놈아, 바람이 따뜻해지고 마른 땅에서 풀이 파랗게 피어나니까 사람들이 놀러 다니게 되고, 그래서 바람났다고 하지. 처녀들뿐이겠냐. 너도 나도 놀러나가고 싶지.' 하고서도 한참이나 웃었다. 놀러 다니는 것을 보고 바람났다는 것이 잘 이해되지 않았다. 실제로 바람난다는 말도 잘 알지 못했다. 나쁜 아이들과 어울리는 것쯤으로 알았다.

그런데 내가 고등학교에 다닐 때였다. 겨울 한철을 까만 동복을 입고 다니다가, 날씨가 따뜻해지는 봄날이 오면 하복으로 갈아입을 수 있었다. 한참 날이 더워진 오월, 나는 하복으로 갈아입는 것이 너무도 좋았다. 까만 교복은 빨아 입기도 불편했을 뿐만 아니라 단추가 많이 달려 있는데 그중에 행여 한 개라도 떨어지면 선생님에게 야단맞아야 했다. 더욱이 동복은 어깨에 심이 들어 있었다. 이 심을 아이들은 뽕*이라고 했다. 아마 일본말이었을 것이다. 아이들은 쓸데없이 이 심을 두껍게 만들어 어깨를 팽팽하게 만들었다. 마치 근육질의 남자처럼 어깨가 올라가 보여서 몸에 힘이 있어 보였다. 헝겊에 솜을 넣고 꿰매어, 나도 이 '심'을 교복 어깨 안쪽에 끼우고 싶었지만 이런 것을 만들어 주는 사람이 없었다. 어쩌다 내가 안방에 있는 재봉틀 앞에 앉아 만들어 보려고 해도 잘 되지 않았다. 나는 축 처진 어깨에 색이 바랜 까만 동복을 걸쳐야 했고, 마른 체격에 빈약한 옷차림이라 마음에 불만이 많았다.

어느 날 학교에서 나와 시청 앞에서 전차를 타기 위해 정동 골목을 걸어가고 있었다. 정동교회 근처에 왔을 때 내 또래의 다른 학교 학생 둘이 앞에서 걸어오는 게 보였다. 키는 나보다 작았다. 그런데 이들은 어깨를 팽팽하게 만든 옷과 통 넓은 바지를 입고 있었다. 어디로 보나 불량학생 같았다. 이들은 아래위로 나를 훑어보더니 '야, 삐쩍 말라 건드리면 죽게 생겼네.' 하면서 길을 막았다. 자존심이 상했지만 참았다. 비켜가려는데 한 학생이 내 어깨를 잡으며 '뽕이라도 넣고 다녀.' 하고 웃었다. 나는 아무 말도 하지 않고 내 길을 갔다. 그들은 더 이상 시비를 걸지 않았다. 그 당시에는 길거리에서 쓸데없이 시비를 거는 아이들이 많을 때였다. 학교를 가기 위해 현관에서 인사를 할 때면, 어머

---

* 지금의 패드 같은 것이다. 주로 양복의 선을 잡기 위해 '심'을 넣는다.

니는 빠지지 않고 '누가 시비를 걸어도 피해야 한다. 돈 달라고 하면 주머니에 있는 것 다 주고 절대 맞서 싸우거나 하면 안 된다.'라고 당부했다. 어머니의 당부가 아니더라도, 누군가와 싸우면 학교에서 처벌을 받기 때문에 나는 길에서 시비 거는 아이들을 피하곤 했다. 그런데 그날은 불량학생 같은 아이들을 피하긴 했지만, 분한 마음이 사그라들지는 않았다. 내가 그들을 상대해도 별로 당할 것 같지 않아서였다. 조그마한 체격에 어깨 심만 가득 넣고 있는 것을 보았던 것이다. 더 속상한 것은 내 어깨를 건드리며 '뽕이라도 넣고 다녀.' 하던 말이었다. 나는 집에 가서 누구에게도 이 일을 말하지 않았다. 그리고 그날 밤 나는 어깨에 심을 넣겠다는 생각을 떨쳐버렸다. 과대포장을 해서 남을 위협하는 게 잘못된 일임을 알았기 때문이다.

이 일이 있은 후 나는 동복을 벗어던지는 날을 기다렸다. 삼월 봄이 오고서도 얼른 하복으로 갈아입을 수 없는 것이 답답했다. 라일락꽃이 다 피고 덕수궁에 모란꽃이 가득 피어날 즈음이 되어서야 하복으로 갈아입을 수 있었다. 하복은 동복에 비해 더러운 때나 얼룩으로 쉽게 더럽혀지기에 빨래를 자주 해야 했고, 다리미에 숯불을 피워 잘 다려야 하는 어려움이 있었다. 그렇지만 나는 하복이 좋았다. 다른 아이들도 나와 같이 마른 어깨 그대로를 다 드러내고 다니니, '심을 넣고 다니라'는 엉뚱한 아이들의 훈계를 듣지 않아도 되어서였다.

자기를 표현하는 방법에는 과장법이 있다. 하지만 이 과장의 목적은 실물보다 더 실물답게 표현하는 방식이어야 한다. 실물의 허황한 환상을 만드는 것이어선 정확한 표현법이 될 수 없는 것이다. 살다보면 몸과 마음에 '심'을 많이 넣고 다니는 사람을 볼 때가 있다. 이 '심'을 넣고 다니는 일이 남에게 더 높게 보이고 싶어 하는 것이어서는 별로 성공적이라고 할 수 없다. 봄바람이 분다. 그냥 살갗에 스치는 포근한 감촉이 봄이 주는 희열임을 안다면, 봄바람에 꽃씨들이 땅에서 고개를 내밀고 자라는 것을 보라. 자연 그대로 말쑥하게 자라나서 꽃송이를 피우지 않는가. 꾸미지 않은 봄바람처럼 생동의 역동을 그대로 닮아 보며 살아야 하지 않겠는가.

머리 모양 하나만 바꿔보아도

　내가 육십이 넘어 샌프란시스코에 간 적이 있다. 긴 비행 끝에 공항에 도착하여 짐을 찾아 밖으로 나오니, 내리는 승객을 기다리는 사람들이 빙 둘러서 있었다. 그때 저편에 초등학생과 중학생으로 보이는 여자아이 둘이서 크게 글씨를 쓴 도화지를 하늘 높이 펼쳐들고 있었다. 내가 그들 앞으로 가자 '할아버지' 하고 여자아이들이 뛰어와 내 품에 안겼다. 내 손녀였다. 도화지를 보니 '환영 할아버지', '할아버지 기뻐요' 하는 글자가 보였다. 중학생인 큰 손녀는 꽃다발을 내 가슴에 안겼다. 나는 눈물이 핑 돌았다. 이국땅의 낯선 공항에서 할아버지를 향해 반갑게 안기는 손녀를 양손으로 껴안았다. 나는 혈육의 따뜻함을 가슴 깊이 느꼈다.

　우리는 손을 잡고 주차장으로 가서 차를 탔다. 베이브릿지를 건너 한참 만에 집에 도착하였다. 이번 미국행은 아들의 집에 가보는 것이었기에 도착한 다음 날부터 아들과 함께 생활하게 되었다. 아침밥만 먹고 나면 온 가족이 함께 샌프란시스코 근처를 돌아다녔다. 어느 날은 큰 몰(mall)에 갔다. 백화점이 셋이나 붙어 있었고 그 사이에 수많은 상점들이 있었다. 백화점이나 상점을 둘러볼 때 둘째 손녀는 항상 내 곁에 붙어 내 손을 꼭 잡고 다녔다. 어쩌다 내가 구경하느라고 혼자 떨어져 있으면 둘째 손녀는 가게 문 앞에 서 있다가, 내가 둘러보고 나오면 한 손을 쭉 뻗어 '할아버지 이쪽이요.' 하고 방향을 지시했다. 마치 교통순경처럼 손녀가 나를 이리저리 지시하는 것을 보면서 혼자 웃었다. 그날 저녁 아들에게 둘째 손녀의 일을 말하자, 아들은 '아버지가 오시기 전에 자매가 할아버지와 함께 외출 했을 때 할아버지가 길을 잃지 않도록 꼭 붙어 다니는 일을 서로 의논했어요. 둘째가 그 일을 맡은 거예요.'라고 했다. 둘째 손녀는 온 정성을 다해 내 곁에서 내가 길을 잃지 않도록 도와주고 있었던 것이다.

그날 밤 나는 혼자 뜰에 나왔다. 이국땅 하늘에는 별도 많았다. 그런데 손녀가 잡았던 내 손에는 그 손녀의 땀이 밴 손의 감촉이 남아 있었다. 어린 것의 따뜻한 책임감이 나를 한참이나 하늘을 쳐다보게 했다.

며칠이 지나서였다. 새벽에 일찍 눈을 떴고, 자고 있는 가족들을 생각해서 살금살금 걸어서 마당으로 나왔다. 희미한 미명에 잠겨 나무들이 담장 둘레에 서 있었다. 나는 마당 한편 의자에 앉아 새벽하늘을 가로질러 가는 비행기를 보거나 나뭇가지를 살피거나 하다가, 우연히 거미들이 허공에 줄을 치고 있는 것을 보았다. 아침 거미를 보면 하루 운세가 좋다던 고모님의 말이 떠올랐다. 고등학생 때 시험이 있는 날이면 괜히 아침 일찍 마당에 나와 나무들을 꼼꼼히 보며 거미를 살피던 일도 있었다. 이 기억은 나를 기쁘게 하는 것이었다.

옛 추억이 생각나 며칠 동안 새벽에 마당에 나와 거미 찾기를 하였다. 그러던 어느 새벽, 둘째 손녀가 마당에 나왔다. 왜 일찍 일어났느냐고 하자, 손녀는 '할아버지를 위해 거미를 찾아드리고 싶어서 일찍 일어났어요.' 하는 것이었다. 손녀는 담장 둘레에 가서 나뭇잎 사이사이를 들추기 시작했다. 나는 웃을 수밖에 없었다. 다음 날에는 거미 찾기를 포기하고 집안 응접실 의자에 앉아 텔레비전을 보았다. 손녀의 갸륵한 마음 때문에 이른 새벽부터 그를 깨워 마당에 나가게 할 수 없었다.

하루는 손녀 둘이서 미용실에 가 머리 손질을 하고 왔다. 긴 머리였는데 단발머리가 되었다. 나는 둘째 손녀에게 '야, 예뻐졌구나!' 하고 말했다. 그러자 손녀는 좋아하면서 '할아버지는 맨날 가르마를 타서 빗으로 빗기만 하세요?' 하고 물었다. 그리고는 '바꾸면 안 돼요?' 하는 것이었다. 손녀의 이 말 때문에 나도 조금 머리를 바꾸면 어떨까 하는 생각이 들었고, 며칠 지나지 않아 미용실에 가서 축구선수 베컴처럼 스타일을 바꾸었다. 그런데 이 머리 손질을 하고 나니까 어쩐지 삶이 달라보였고 나 자신도 조금 다른 느낌이 들었다. 항상 같은 방식, 같은 생각으로 사는 것이란 굳어진 길에 매달려 있는 것이지 않을까. 그런 생각이 문득 들었다.

변한다는 것은 참으로 힘들다. 매년 똑같은 결심을 하지만 결심만 할 뿐일 때가 대부분이다. 수첩에 매일 마음에 남는 사연을 간단하게 적어놓기만 해도, 이 기록이 내 인생의 길에 놓인 삶의 내용과 의미를 살펴보는 데 큰 힘이 되리라 생각한다. 이를 통해서 자신의 모습을 바라볼 수 있지 않을까. 머리 모양 하나만 바꾸어도 달라 보이는 나를 보면서 바꾸려는 의지 하나를 시행하는 즐거움을 찾았다.

낑깡의 하루

어쩌다 아류의 한 현상으로 '낑깡'이라는 말이 생겨났다. 90년대 돈 많은 부모들 덕에 외제차를 타고 강남을 누빈다는 데서 오렌지족이라는 신조어가 생겼고, 후에 그 아류로 생긴 것이 낑깡이라 한다. 아류라는 것은 본모습을 흉내 낸 것으로 제대로의 모양을 갖추지 못한 변형을 의미하는 것이다. 즉 오렌지족을 흉내 냈지만 그보다 덜 떨어진 것을 가리켜 낑깡이라 부를 수 있다.

새삼 이 낑깡이라는 말이 나에게 다가온 것은 한 사람을 만나게 되면서부터이다. 그를 알고 인사하는 사이라는 게 아니라, 내가 다니는 찻집에 그가 자주 와서 나 혼자 그를 알아보게 되었다는 말이다. 그의 이름이나 직업 등에 관한 것은 전혀 알지 못한다. 그런데 그를 주목하게 된 것은 '낑깡'형(型)이라는 나의 단정적 선입관 때문이다.

그는 육십이 훨씬 넘어 보인다. 그리고 머리는 백발인데 베토벤 헤어스타일에, 항상 감색 재킷에 흰 손수건을 꽂고 흰 바지에 하얀 구두를 신고 있다. 그는 출근하는 것처럼 일찍 카페에 와 구석에 자리를 잡고, 아메리카노 한 잔을 주문하고는 몇 시간이고 앉아 있다가 자리를 뜨곤 했다. 젊은이들처럼 큰 백팩을 메고 다녔고, 15인치 정도 되어 보이는 크고 낡은 노트북을 들고 와 낮 동안 무언가를 쉴 없이 두드렸다. 요즘 젊은이들이 카페에 앉아 노트북을 펴놓고 공부도 하고 검색도 하는 것을 흔히 보아왔다. 하지만 그는 젊지도 않으며 옷 모양도 나이와 어울리지 않았다. 낡은 노트북을 가지고 하루를 보내는 모양이 마치 젊은이를 흉내 내는 것처럼 보여 나는 그를 낑깡족이라고 여겼다. 나는 이 베토벤 헤어스타일을 가진 남자에게 '낑깡맨'이라는 별명을 붙였다.

그런데 카페에서 내가 자주 앉는 자리에 그가 먼저 와서 자리 잡는 경우가 많았다. 내가 아침 열 시가 지나 느슨하게 나오는 날에는 내가 주로 앉는 그 자리에 꼭 그가 노트북을 펴놓고 앉아 있었다. 한두 번 부딪치는 것이 아니라 빈번하게 그가 먼저 자리를 차지했고, 나는 은근히 기분이 상하게 되었다. 게다가 그때는 글을 쓰기 위해 카페에 자주 가던 시기였다. 왠지 나도 젊은이들처럼 좀 더 정신을 집중하게 된다는 점 때문에 카페의 출입이 잦아진 것이다. 집에 앉아 있으면 조금은 나태해지기도 했고, 커피를 마시고 싶어도 손수 필터를 넣고 커피를 내리는 일련의 일들이 번잡하게 느껴지기도 해서였다. 이런 시기에 낑깡이 자리를 차지하고 있으면 나는 다른 자리에 앉아 있어야 했다. 불편했지만 하는 수 없이 그렇게 몇 달은 그와 공생하며 지냈다.

그러던 어느 날 낑깡이 보이지 않았다. 무슨 일이 있나보다 하고 하루는 넘어 갔으나, 일주일이 지나고 이 주일이 지나도록 그를 카페에서 볼 수 없었다.

그러던 어느 날, 백화점 앞 큰 길을 걷다가 우연히 햄버거집 창을 스치듯 보았는데, 그곳 창가 일인용 자리에 낑깡이 보였다. 그는 여전히 큰 노트북을 펴놓았고, 감색 재킷에 흰 손수건을 꽂고 흰 바지에 흰 구두를 신고 있었다. 나는 며칠 집에 오는 길에 햄버거집 앞을 지나왔다. 그는 어김없이 그 자리에 노트북을 펴고 앉아 있었다.

하루는 점심시간에 배가 출출해서 간편한 것을 찾다가 햄버거집에 들어가게 되었다. 가게 문을 들어서서 넓은 홀을 보자 먼저 낑깡이 눈에 띄었다. 천천히 둘러보았다. 늙은 할아버지와 할머니들이 삼삼오오 짝을 지어 앉아 있었다. 청소년보다 노인과 중년 이후의 여성들이 더 많았다. 평소 나는 햄버거집에는 청소년이나 청년들이 많을 거라 생각해 속으로 놀라고 말았다.

그때 고등학교 시절 원효로에 살 때 겪었던 일이 생각났다. 우리 동네에는 나보다 한 학년 위였던 여고 다니는 여학생 두 명이 살았다. 이들은 우리 집에서 나가 골목을 돌아 올라가는 첫 번째 네거리의 한 귀퉁이 집에 자취를 하고 있었다. 학교에서 돌아와 동네 아이들의 놀이터였던 네거리에 나가면 아이들이 몇 명은 꼭 모여 있었다. 어느 큰 아이가 전봇대에 농구대를 달아 놓아서 심심하면 농구 게임을 했고 때때로 야구도 하곤 했다. 그런데 이 놀이터 네거리 광장은 크기가 않아서 공놀이하기가 까다로웠다. 농구공을 잘못 던지면 담을 넘어 여학생이 있는 방 창밑으로 날아가기도 했고, 야구공을 빗맞히면 여학생 방 유리창을 깨기도 했다. 그럴 때마다 우리는 여학생이 학교에서 돌아오기를 기다렸다. 여학생이 집으로 들어가면 초인종을 눌러 '공 좀 꺼내 주세요.'라고 애걸했다. 주인아주머니가 나와 깨진 유리를 변상하라고 해서 물어준 적도 있다.

이 여학생이 산다는 것이 소문났는지 어느새 나보다 위의 학년에 다니는 형들이 네거리 광장에 모여 들기 시작했다. 이 여학생들은 집에 오면 교복을 벗고 예쁜 블라우스 같은 옷으로 갈아입었고, 심심한지 창가에 앉아 밖을 내다보곤 했다. 이 여학생이 창밖을 통해 보이면, 나보다 큰 형들은 갑자기 우리가 놀던 자리를 빼앗고 그들의 놀이판을 만들었다. 그러다 공이 여학생 집으로 들어가면 우리한테 심부름을 시켰다. 이상하게도 형들이 가서 공을 달라고 하면 주지 않았기 때문이었다. 여학생은 나이가 한살이라도 어린 우리를 좋아했다. 가끔 시장에 가기 위해서 집을 나오면 꼭 우리를 보고 '잘 지내니?' 하고 말을 걸어 주었다. 더듬거리며 예하고 대답을 하면 웃으며 지나갔다.

가장 기억에 남는 것은 이 여학생 둘의 옷차림이었다. 대학생처럼 민소매 셔츠에 짧은 팬츠를 입고 있었고 화장도 진하게 한 모습이어서 얼굴을 제대로 마주볼 수가 없었다. 한 친구는 '저 누나들은 영화배우가 되려나봐.'라고 했다. 그때 한 형이 우리의 말을 들었는지, 하루는 우리를 모아놓고 훈계했다. '저 여학생들은 미의 선구자야, 앞선 여자들인 거지. 나이를 뛰어넘는 멋을 가지고 있어.' 하고 형은 우리를 보고 말했다.

나는 나이를 뛰어넘는다는 말을 지금도 기억한다. 늙은이도 젊은이도 나이를 뛰어넘는 그만의 멋을 지니고 산다는 것이 정말 있어야 하지 않을까. 낑깡이 아닌 그만의 본류를 형성하는 것은 재미있을 것이다.

겨울, 기다림의 계절

어제 아침 집에서 나오니 눈이 펑펑 내리고 있었다. 차양이 쳐진 버스 정류장 박스 안에 들어가니 머리에 눈이 하얗게 쌓여 있었다. 그 순간 '한해가 이제 얼마 남지 않았구나.' 하는 생각이 났다. 버스에 올라 자리에 앉을 때 내 머리와 어깨에 쌓인 눈을 보는 사람들의 시선이 느껴졌다. 나는 손으로 머리카락을 흔들어 눈을 털어냈다. 순간, 이 동작들 하나하나가 나를 엉뚱한 기억으로 몰아갔다.

내가 초등학교 삼 학년 때 그해 십이월에는 눈이 자주 내렸다. 학교에서 집에 오는 길에 눈을 맞을 때가 잦았고, 아이들과 눈을 뭉쳐 던지며 놀다가 집으로 들어가곤 했다. 그때마다 바지는 축축하게 젖어 있었다. 눈에 미끄러진 탓이었다.

그러던 어느 토요일, 일찍 집에 돌아와 마당에서 놀고 있는데 아버지의 목소리가 들렸다. 부름에 달려가니 아버지는 '목욕탕에 갔다 오자.' 하셨다. 아버지 손에는 이미 수건 하고 비누 같은 것이 들려 있었다. 명절 때가 되면 아버지와 목욕탕에 가곤 했기에 나는 '새해가 가까이 왔구나.' 하고 생각했다. 아버지는 언제나처럼 작은 나무의자에 나를 앉히고는 온몸을 씻기고 때를 밀어주었다. 아버지의 손은 내 손가락까지 정성스레 문질렀다. 깨끗이 씻고 집으로 가는 길엔 아버지가 호떡집에서 호떡 한 개를 사주었다. 집에 들어서면 어머니가 얼굴이 '달덩이' 같다고 하면서 나를 데리고 안방에 갔다. 어머니는 방 안에 나를 앉히고 가위를 들고 와서 손톱을 다듬어 주었다. 또 무릎에 내 머리를 눕혀놓고는 귀 청소를 해주었다. 성냥개비 끝에 솜을 돌돌 말아 귀이개를 만들어, 이리저리 귓속을 휘저을 때면 간지럽기도 하고 아플 때도 있었다.

이 몸단장이 끝나면 어머니는 동생들과 함께 이발소로 보냈다. 장가 가는 신랑처럼 온몸을 씻게 하고 손톱, 머리카락까지 말끔하게 다듬게 했다. 이렇게 준비를 해서 최종 신체검사를 받았다. 그날은 바로 섣달 그믐날이었다. 어머니는 우리 형제들 모두 어머니의 방에 앉혀 놓고 머리끝에서 발끝까지 다시 한 번 검시를 했다. 손톱, 손등, 발가락, 발톱, 귓속에 이르기까지 온몸이 완전히 청결해야 방 안에서 내보내 주었다. 만약 하나라도 걸리면 어머니는 목욕탕에 다시 보내기도 하고 손수 가위를 들고 손톱을 깎아주기도 했다.

이 길고 엄중한 신체검사가 끝났을 때에야 어머니는 새해에 입을 옷을 챙겨주었다. 깨끗하게 빨아서 정성 들여 다려놓은 내복, 말쑥한 겉옷, 새 양말까지. 옷을 받아 머리맡에 놓고 자면 새해가 오는 것이었다. 어머니는 새 옷을 줄 때마다 '새해를 준비해야지.' 하였다. 아버지는 '내가 바빠서 너희들을 일일이 살펴볼 기회가 없었다.'라고 운을 떼시면서, '맨날 그날이 그날이라고 생각하는 것은 틀린 것이다. 오늘이 지나면 새날이 오는 것이다. 새날을 맞을 마음의 준비가 된 사람만이 새날을 맞을 수 있다.'라고 말씀하셨다.

내가 결혼을 하고 직장에 다니고부터 부모님의 신체검사를 면하게 되었다. 그런데 엉뚱하게도 연말이 되면, 아버지와 목욕 가던 일과 어머니 무릎에 누워 귀 청소를 하던 일이 그리워지곤 한다. 왜 그럴까. 부모님이 그리워지는 것이기도 하지만, 이 겨울에는 꼭 숨어 있는 기다림의 날들이 많기 때문이다. 크리스마스가 기다려지고, 새해가 기다려지고, 또 보름날도 기다려진다. 그리고 마당에 가득 차던 꽃들이 피어날 봄도 기다려진다. 겨울은 기다림의 계절이라 할 수 있다.

사각사각 눈이 오는 저녁
문 앞에 서서 엄마 하고 소리치면
눈 덮인 마당을 뛰어나와 내 머리에 얹힌 눈을 털어냅니다
추운 방 안에서 창에 그려진 성애의 꽃을 보면
아아 개울물가 말갛게 얼어붙은 얼음조각이
작은 물방울이 되어 개울물속으로 뛰어듭니다
캄캄한 겨울밤이 지나 보리밭 저쪽 노고지리가
하늘로 오르는 꿈을 꿉니다

장막에 갇혀서도 밝아오는 불빛을 위해

정성껏 닦아낸 마음의 그릇에 봄의 씨앗은 피어나는 것입니다

— 박동규, 「겨울 암울한 회색 안에서」

　연말이 가까이 오면 제자들과 회식을 한다. 서로 한해를 보낸 이야기로 시끄럽게 이야기하다가, 잘 놀고 헤어질 무렵이면 제자들은 내 얼굴을 본다. '내년에는…' 하고 마치 예언자의 말을 기다리듯이 나를 바라본다. 제자들은 내 건강이 내년에도 아무 일 없기를 바라면서 나의 다짐을 듣고 싶어 하는 것이다. 나는 그럴 때마다 내년에는 꽃구경을 가자거나 해외여행을 가보자거나, 아니면 가을에 백양사 단풍놀이를 가자고 말한다. 이 제안들은 즐거울 수 있는 약속 혹은 기회를 만들면서 제자들에게 함께 기다리자고 하는 것이며, 동시에 내가 건강하게 새해를 보내겠다는 다짐이기도 하다. 내 말이 끝나면 제자들은 와 하고 소리를 지르며 헤어진다.

　한해가 가는 동안 이루어지는 것도 있고 이루어지지 않는 것도 있지만, 겨울을 밝히는 내일을 기다리면서 그 기다림 속에서 행복을 나누고 싶다. 한해의 끝은 새 기다림의 첫 장이 된다.

머리카락 한 올, 이야기 한 가닥

두발은 첫인상의 징표다. 머리카락을 어떻게 꾸미느냐에 따라 상대방에게 주는 인상은 참으로 다양하다.

내가 초등학교 때 덕수궁에 소풍을 간 적이 있다. 우리는 전차에서 내려 덕수궁 매표소 앞에 줄 서 있었다. 그때 남자 선생님이 오더니 우리들 앞에서 큰 소리로, 바로 이곳이 고종 때 단발령에 저항한 이들이 스스로 목숨을 끊은 자리라고 했다. 선생님의 말씀이 사실인지 아닌지는 알지 못했지만 머리카락을 잘라야 한다고 스스로 목숨을 끊었다는 사건이 무슨 말인지를 몰랐다.

그러던 어느 날, 나에게 엄청난 일이 생겼다. 이발소에 가서 머리를 깎고 돌아와 얼마 되지 않았는데 머리통 한 쪽에 하얗게 기계충이 자리 잡았다. 어머니에게 보여 주었더니 어머니는 엄청 걱정을 하였다. 학교의 반 아이들 중에도 기계충에 걸린 아이가 열 명이 넘었다. 눈이 펑펑 내리던 날, 저녁을 먹고 내 방에 앉아 있는데 어머니가 들어왔다.

어머니는 무릎 위에 내 머리를 올려놓더니, 작은 약병을 꺼내 기계충이 걸린 내 머리통 한 쪽에 약병을 기울여 약을 부었다. 약이 내 머리에 닿는 순간 너무 아픈 나머지 큰 신음소리가 터져 나왔다. 두어 번 약물을 부어 발랐을 때 나는 거의 실신하다시피 몽롱한 상태가 되었다.

나는 견딜 수 없어 무릎에서 머리를 빼어내고 무작정 문을 열고 밖으로 나갔다. 마당에는 눈이 하얗게 쌓여 있었다. 마치 불덩이가 머리 한 쪽에 붙어 있는 듯한 통증을 느껴 눈 속에 머리를 처박았다. 대굴대굴 구르며 머리통을 눈 속에 한참이나 박고 있으니까, 어머니가 나와서 껴안고 방으로 데리고 갔다. 어머니는 내 머리를 두 손으로 잡고 '누가 빙초산을 바르면 금방 낫는다고 해서 발랐더니.' 하면서 눈물을 흘렸다. 그제야 나도 정신을 차렸다. 거울 앞에 서 보니 약을 바른 자리가 까맣게 타서 검은 숯덩이처럼 보였다. 그 후 나는 이발소에 갈 때마다 아저씨에게 '이발 기계를 깨끗이 청소하셨어요?' 하고 묻게 되었다.

머리카락의 문제는 이 일로 끝난 것이 아니었다. 고등학교 때 일주일에 한 번 조회시간이 오면 선생님이 우리들 하나하나의 머리카락 길이를 검사했다. 선생님은 조금만 길게 보이면 불러내어 학교 이발소에 가서 깎고 오게 했다. 그런데 학교 이발소 아저씨는 학교에서 정한 대로 머리를 깎았고 그곳에 다녀오면 군인처럼 멋없는 머리로 지내야했다.

대학에 들어가서야 내 머리카락을 내 마음대로 꾸밀 수 있게 되었다. 그러다가 교수가 되고 난 다음에는 교수다운 머리 모양을 하려고 앞머리를 길게 해서 손가락으로 쓸어 올릴 수 있게끔 하였다.

그러던 어느 날 을지로에 있는 잡지사에 앉아 있을 때였다. 내가 잘 아는 시인이 방문하였는데, 그는 두 손으로 머리를 감싼 채 괴로워하고 있었다. 며칠 전까지만 해도 길게 머리카락을 길러서 예술가형이라고 자랑하고 다녔기에, 눈물을 뚝뚝 흘리며 비탄에 젖은 모습은 깜짝 놀랄만한 일이었다. 그는 울음 섞인 목소리로 '이런 나라에 살다니…' 하는 말을 수없이 하고 있었다. 내가 차분하게 왜 그러느냐고 물었더니 한참 후에야 털어놓았다. 은행에 다니던 그는 점심시간이라시 잡지사로 가려고 발걸음을 옮겼는데, 걸어가던 중에 순경 둘이서 덤벼들더니 무조건 양팔을 붙잡고 닭장차에 태웠다는 것이다. 그리고는 명동 파출소로 데려 갔다고 했다. 그 당시 정부에서는 장발을 하고 다니는 이들을 퇴폐적이라고 해서 그들을 붙잡아 가위로 머리를 잘라버리고 있었다. 이 일에 그가 걸린 것이다. 순경이 다가오더니 가위로 옆과 뒤쪽 머리카락을 잘라버렸다고 했다. 자신은 나이 사십을 넘긴 시인이며 은행에 다니는 직업인이라고 했는데도 순경은 듣지 않았다고 했다.

이처럼 머리카락에 얽힌 사연은 나만의 이야기가 아니다. 이 사연을 통해서 느끼는 것은 어쩌면 시대적 풍상에 의해 인간의 형상이 다듬어지게 되는지도 모른다는 것이다.

손등에 주름이 가득하다

누가 내 손등에 고생의 강을 그려준 것도 아닌데

내 머리는 백발이다 아버님이 돌아가시고 생긴 흰 머리카락이

이제는 흰 눈처럼 하얗다

굽이치는 삶의 계곡을 건너는 일들은 언제나 내 심장에 그대로 살

아있다

자갈이 물을 만나 둥글게 바뀌는 것을

세월의 무늬가 살아있음의 즐거움인 것을

머리카락 한 올에도 내 숨결이 담겼다. 어머니는 빙초산에 타버린 내 머리통에서 머리카락이 새로 자라지 않을까봐 몇 번이나 내 머리를 쓰다듬었다.

이제 나는 내 마음대로 흰 머리카락을 다듬어 나다운 스타일로 만들고 다닌다. 그렇지만 이 스타일도 내 삶의 한 부분임을 자랑스럽게 생각한다. 아무 자랑할 게 없어도 내 머리 스타일은 나만의 멋진 인생이다.

권투 시합과 소고기

결혼 초 마장동 문간방에 살 때였다. 단칸 셋방이었던 그 방은 방 벽과 바깥 길이 맞닿아 있었다. 그 벽은 시멘트 블록으로 집주인이 세를 놓기 위해 길 쪽으로 넓게 확장을 한 것인데, 제대로 공사하지 않아서 방 안에 있으면 길을 걷는 사람들의 발소리까지 다 들리곤 했다.

그때 우리 집엔 텔레비전이 없었다. 어쩌다 권투 시합이라도 보고 싶으면, 셋방집 앞 골목을 걸어 나가 큰 길에 있는 이층 다방에까지 가야했다. 그 다방은 평소에 노래도 시끄럽고 사람들도 많아서 자주 가지 않는 곳이었다. 하지만 가끔 권투 시합이 벌어지면 경기를 보고 싶었고, 그럴 때면 텔레비전이 있는 동네 다방에 가야 했다. 저녁에 벌어지는 시합은 텔레비전에서 중계해 주었기 때문이었다. 시합이 있는 날이면 두서너 시간 전부터 동네 사람들이 모여들었다. 앞자리는 항상 누군가가 일찍부터 차지해 나는 언제나 뒷자리에 앉아야 했다. 다방에서는 찻값도 좀 더 받았다.

그날도 권투 시합이 있었다. 나는 작심하고 두 시간 전에 가서 중간쯤 자리를 잡을 수 있었다. 여느 때처럼 스펙터클한 경기였다. 그런데 앞에 앉은 사람이 유별나게 다혈질인지 매 회 경기가 시작할 때쯤이면 거의 반쯤 일어서서 소리를 지르곤 했다. 어느 곳이나 그렇지만 다방의 바닥도 평평해서, 앞자리에 몸이 큰 사람이나 키가 큰 사람이 앉으면 뒷자리 사람은 잘 볼 수 없었다. 그래서 앞사람이 경기에 흥분해서 일어나면 뒷사람이 소리치는 일도 많았다. 나는 고개를 옆으로 비켜서 겨우 보았다. 그러나 내 뒤에 있던 어느 사람은 안 보였던 것인지 앉아서 보라고 소리를 질렀다. 그러자 앞에 앉은 사람은 도리어 시끄럽다고 욕을 내뱉었다. 앞뒤 사람이 몇 번을 그렇게 실랑이를 벌이더니, 급기야 뒷사람이 앞으로 튀어나와 앞사람의 목을 휘어잡았다. 내 머리 위에서 두 사람이 엉켜 붙었다. 나는 자리에서 일어나서 얼른 뒤로 갔다. 그러는 사이 사람들은 경기 좀 보자며 소리쳤고, 다시 여러 사람이 뒤얽히며 싸움으로 번졌다. 권투를 하는 화면 앞에서 진짜 싸움이 벌어진 것이었다. 나는 두 사람을 뜯어 말렸다. 그래도 두 사람은 서로 붙들고 놓으려 하지 않았다.

누가 신고를 했는지 순경이 와서야 싸움은 멈추었다. 그런데 순경이 나에게 증인이라며 같이 파출소로 가자고 했다. 나는 좀 부끄러웠다. 교수나 하는 처지에 싸움에 끼어든 꼴이 되어서였다. 그 때 우리 집에 놀러왔던 둘째 남동생이 파출소로 찾아왔다. 동네 사람들이 내가 순경과 파출소로 간 것을 알려주었다고 했다. 나는 잘못한 것도 없는데

망신스럽기만 해서, 동생에게 집에 가서 말하지 말라고 신신당부를 했다.

그 일이 있고 일주일 쯤 지난 어느 날 오후, 아버지와 어머니가 찾아 왔다. 어머니는 대뜸 다방 사건에 대해 물었다. 동생이 일러바친 것이 었다. 나는 자초지종을 이야기하고 다시는 다방에 권투 구경을 가지 않겠다고 말했다. 아버지는 웃으면서 '내가 텔레비전을 사놓았다. 내일쯤 이 방에 가지고 올 것이다.'라고 하였다. 나는 몸 둘 바를 몰랐다. 창피한 모습을 아버지 앞에 들킨 것 같았다. 며칠 후 정말로 텔레비전을 설치하는 사람이 찾아왔다. 우리 집 방 안에 텔레비전 화면이 나오던 순간 나는 눈물이 핑 돌았다. 권투 시합을 보겠다고 두 시간 전부터 가 앉아 있다가 창피한 모습을 보였는데, 부모님은 내 머리 위에 우산이 되어 나를 감싸주었던 것이다. 이 기억은 오늘도 나에게 참다운 사랑과 감사를 느끼게끔 한다.

마장동 시절에 겪은 또 다른 일이 있다. 그것은 소고기 사건이다. 마장동 집에서 큰 길을 넘으면 유명한 밀도살장과 소고기 판매점들이 보였다. 캄캄한 밤 열두 시가 넘어서 잠들 즈음, 골목에서 발자국 소리가 들려 창밖을 내다보면 밀짚모자를 쓴 사람이 누런 소를 몰고 지나갔다. 밀도살장으로 가는 것이었다. 이 도살장 주변은 소문이 무성했다. 도살장 근처 집들은 마당이 시멘트로 말끔하게 포장되어 있다거나, 어느 집에 소가 들어가면 몇 분도 안 걸려서 도살되고 또 부위별로 자루에 담아 나온다고들 했다. 다행히 나는 큰 길 건너편에 살아서 소가 지나가는 길 옆이었을 뿐, 소문과 관련된 장면 같은 것은 본 적이 없었다.

그런데 내가 마장동에 산다는 이유 하나로 엉뚱한 일이 벌어졌다. 하루는 원효로에 사는 친구가 나를 찾아왔다. 아버지 회갑을 맞아 집에서 잔치를 벌이는데 소고기가 많이 필요하다며, 마장동 밀도살장 근처 가게가 소고기 값이 저렴하니 대량 구매해 달라는 것이었다. 나는 황당했다. 어찌해야 할지 잘 몰라서 어머니와 의논하니, 어머니는 그 친구가 그래도 나와 친하기도 하고 그 동네에 고기값이 시중의 반이라고 소문이 나서 부탁한 것이니 잘 알아보고 사주도록 하라고 했다. 나는 누구한테 부탁할 데도 없고 해서 할 수 없이 친구가 준 돈을 가지고 큰 길을 건너 도축장 동네로 갔다. 여러 가게를 기웃거려 엄청 많은 고기를 살 수 있었다. 그리고 다음 날 오후 원효로에 가서 고기를 친구에게 전해주었다. 친구는 몇 번이나 고맙다고 하면서 시중가의 절반에 샀다며 좋아했다.

이후 이 소문이 온 동네 퍼지면서 사람들이 툭하면 나에게 고기를 사달라고 부탁하기 시작했다. 누구는 사주고 누구는 안 사준다고 할까봐 몇 번은 들어주었다. 그렇지만 계속 부탁을 들어주어야 하는 것인지 고민이 되었다. 그러던 어느 날, 나는 또 부탁을 받은 소고기를 사려고 도살장 근처 가게를 찾았다. 나는 내가 자주 가는 가게로 향했다. 그때 아주 좁은 골목에 점퍼 차림의 두 사람이 고기를 들고 가는 젊은 사람을 붙잡고 무슨 이야기를 하고 있었다. 지나가며 보니 청년을 붙잡고 있는 사람은 형사였다. 형사는 '고기를 어디서 샀느냐?'라고 묻고 있었다. 불법으로 유통되는 고기를 산 건 아닌지 조사하고 있었던 것이다. 나는 덜컥 겁이 났다. 아무것도 모르고 불법 가게에서 고기를 샀던 건 아닌지 걱정이 되었다. 늘어선 가게 중에 어떤 곳이 허가가 있고 어떤 곳이 없는지 한 번도 생각해 본 적이 없었다.

형사는 조금 걸어가다 한 가게에 청년을 데리고 들어갔다. 나는 어떻게 되나 하고 그 가게 앞에서 잠시 기다렸다. 얼마 있지 않아 형사가 나왔다. 그리고 청년이 환한 얼굴로 뒤따랐다. 청년이 고기를 산 가게는 정식으로 정육점 허가를 받고 고기를 판매하는 곳이었다. 나는 잘못한 것도 없는데 가슴이 두근거렸다. 내 단골가게 앞에 가보았다. 큼직하게 정육점 허가번호를 가게 이름 위에 써놓았고, 허가된 도살장에서 잡은 고기라는 뜻으로 파란 도장도 꾹 찍혀 있었다. 그런데도 나는 내심 안도하는 것과 달리 고기를 쳐다보기도 싫었다. 나는 빈손으로 되돌아갔다.

주말에 나는 고기를 부탁했던 사람을 만나 불법 단속이 심해서 사오지 못했다고 말했다. 그 사람도 불법 고기라는 말에 쉽게 물러났다. 그 후에도 나는 부탁을 수없이 받았지만 불법 단속이라는 말로 피할 수 있게 되었다.

돌아보면 소고기가 귀하던 시절이었기에 내가 사람들에게 싼 고기를 사다주는 일이 좋은 일인 것만은 분명했다. 그렇지만 정육점 허가를 가진 가게라도 불법 고기를 몰래 섞어서 팔았고, 그 사실을 알고 나자 더 이상 부탁을 들어줄 수가 없었다. 지금도 마장동 근처에 가면 괜히 형사가 나타나진 않을까 하고 어리석게 뒤를 둘러보게 된다. 이것은 아마도 똑똑하지 못했던 나의 젊은 시절 때문이리라 생각한다.

2018년, 무술년 개의 해

어제 친구들을 만났더니 올해가 개의 해라며 띠 이야기를 했다. 나는 갑자기 먼 여행을 떠나듯 옛 생각이 났다. 불쑥 초등학교 사 학년, 1948년 교실에서 있었던 아득한 사연이 풀려나왔다.

어느 날 학교 쉬는 시간에 한 아이를 중심으로 아이들이 겹겹이 모였다. 나도 일어나 아이들 틈에 섰다. 중심에 있던 아이가 만화책을 펼쳐놓고 있어서였다. 그때 선생님이 교실에 들어섰다. 모두 제자리를 찾아가 앉았다. 선생님은 책을 가진 아이를 앞으로 불렀고, 만화책을 펼쳐들게 해 처음부터 읽어나가게 했다. 아이는 큰 소리로 만화를 읽었다. 그 만화책은 바로 『프란다스의 개』였다. (일본에서 번역한 것을 다시 번역하던 시대라 '프란다스'라는 일본식 음차를 썼다.) 우리는 그 아이가 이야기를 읽는 동안 슬픈 사연을 들으면 울기도 하고, 가난한 15살 소년 주인공 네로가 풍차방앗간에 불을 냈다고 의심받는 대목에서는 눈을 반짝이며 속상해 하기도 했다.

그 당시 『프란다스의 개』라는 만화책을 가진 아이는 부잣집 아이였던 그 아이 하나였다. 나는 집에 와서 아버지에게 책 이야기를 했다. 얼마 지나지 않은 어느 날 저녁, 아버지는 『프란다스의 개』를 한 권 사오셨다. 소학생출판사에서 발간한 것이었다고 기억한다. 나는 이 만화책을 거의 외우다시피 하였다. 가난한 소년과 늙은 개가 허기를 이겨가며 우유 배달을 하는 장면에서는 몇 번이나 울었는지 모른다. 특히 소년 네로가 그토록 보고 싶어 했던 루벤스의 그림 앞에서 개와 함께 쓰러져 세상을 떠날 때는 눈이 퉁퉁 붓도록 울기도 했다. 나는 『프란다스의 개』를 통해서 처음으로 인간과 동물의 진실한 우정, 사랑을 알게 되었다. 내가 개를 좋아하게 된 건 어쩌면 이 때문일지도 모른다.

우리 집은 단독 주택이라서 문단속이 어렵다고 어머니가 누런 강아지를 얻어왔다. 동생이 개 이름을 존(John)이라고 지었는데 다들 그냥 종구라고 불렀다. 종구는 자라면서 온 가족의 귀여움을 받았다. 전쟁이 나서 종구를 잃어버렸지만, 환도한 후 어머니는 종구와 닮은 누런 강아지를 다시 집에 들여놓았다. 이 종구도 영리해서 우리 가족과 다른 사람을 구별하여 우리 가족이 문 앞에 오면 짖지를 않았다. 이렇게 해서 우리 집에는 종구의 새끼까지 계속 이어져 살게 되었다.

아버님이 돌아가시고 어머니와 둘째 동생만이 함께 살고 있을 때였다. 어느 날 학교에 갔다가 어머니 집에 들렀다. 이때 어머니는 나에게 종구 이야기를 했다. 어머니가 새벽에 교회에 가려고 문을 열면 종구가 먼저 문밖으로 뛰어나가 어머니를 따라 교회까지 갔다고 했다. 세 정거장이나 되는 거리였다. 어머니가 교회에 기도를 하러 들어가면 종구는 교회 문 앞을 지키고 있다가, 어머니가 나올 때에야 함께 집으로 돌아온다고 했다. 종구는 어머니를 따라 새벽 교회에 갔다 오다가 자동차에 치어 다리를 다쳐 병원까지 다녀왔다고 했다. 종구는 어머니와 함께 살았던 것이었다.

그러던 어느 날, 어머니가 돌아가시고 며칠 뒤에 어머니 집엘 갔는데 종구가 보이지 않았다. 어머니가 돌아가시자 종구는 어디론가 사라져 버렸다. 나는 지금도 사라진 종구를 생각하면 가슴 한쪽이 텅 빈 듯 눈물어린 섭섭함이 남아 있다. 이 일이 있고부터 나는 개를 키우지 않게 되었다. 내가 감당할 수 없는 정직한 충직성으로 친밀해지는 개가 무서워졌기 때문이다.

올해 개띠를 맞았다. 옛날 사람들은 개띠에 태어난 이들이 팔자가 편하다고 말한다. 이는 개의 친화력이나, 어디서나 막힘없이 적응해 가는 능력을 따서 붙인 이야기에 지나지 않는다. 그렇지만 개가 지닌 넓은 교섭의 감각을 기억해 보았으면 한다.

> 하루를 보내고 우리 집 골목길로 들어서면
> 우리 집 담장 너머로 종구는 발로 문을 밀어내고 있었다
> 먹고 남은 음식만 주어도 눈길만 마주쳐도
> 종구는 내 가슴의 끈을 놓지 않고 언제나 내 발밑에서

드러나지 않는 숨소리로 머리를 비비곤 했다

누가 이처럼 진실한 몸짓으로 내 곁에서

내 눈길 내 삶을 빙빙 돌면서 즐거워 해주었던가

—「충직한 종구를 기억하며」

올해 개띠 해에 나는 충직함 하나만이라도 마음에 담고 살고 싶다. 나와 함께 살아가는 이들에게 믿음이 있는 사람, 언제나 의지하며 무슨 이야기를 해도 항상 그의 편에서 먼저 생각해주는 사람이 되고 싶다. 내가 할 수 있는 가장 진실한 몸짓과 언어로 서로를 만들어가는 한 해를 그려가고 싶다.

도랑

내가 고등학교에 입학할 때 우리 집은 서울시 용산구 신창동 산 중턱에 있었다. 버스에서 내려 큰길을 벗어나 골목길을 이십 분 넘게 걸어가면 산으로 오르는 비포장 흙길이 나왔고, 산중턱을 깎아 지은 주택 단지가 보였다. 그곳에 우리 집이 있었다. 집 앞 대문을 열고 나가면 맞은편 집 뒤로 나무들이 울창했다. 그곳에는 사람들이 지나다니면서 만든 가느다란 오솔길도 있었다. 학교에 갔다가 오면 나는 이 오솔길을 따라 산꼭대기에 오르곤 했다. 산꼭대기에는 성당이 있었는데, 나는 무슨 특별한 예배당이나 기도하는 곳이 있을 거라고 혼자 추측해 보며 성당 안을 들여다보았다.

이 성당에 오르는 길가에 도랑이 있었다. 이 도랑은 산꼭대기 숲속 어딘가에서 시작하여 아래로 흘러내리는 가는 물줄기였다. 나는 이 도랑 곁 평평한 돌멩이 위에 앉아 주위의 나무나 풀들, 풀 틈에 핀 이름 모를 꽃들을 보곤 했다. 발로 도랑의 물을 휘젓기도 했는데, 그러다

116

보면 속상한 일이나 알 수 없이 치미는 초조함과 불안함도 다 도랑 물을 타고 흘러내려가 버리는 것 같았다. 그곳은 나만의 비밀 공간이었다. 성적이 떨어져 혼자 애태울 때도 이 도랑에 갔고, 친구와의 사이에 고민이 생겼을 때도 나는 도랑을 찾았다. 오 형제 중 큰 아들이라 누구와도 의논할 수 없었고, 같은 학교 다니는 친구 중에도 동네에 사는 아이는 없었다. 그래서 도랑 돌멩이에 앉아 말할 수 없는 속상함을 달래기도 했다.

날씨가 추워지기 시작하여 아침이면 하얀 서리가 내리는 날이었다. 마침 학교가 쉬어서 아침 일찍 산으로 올라 돌멩이가 있는 숲으로 갔다. 순간 놀라서 멈칫 그 자리에 섰다. 나의 비밀의 공간인 돌멩이 위에 어떤 여인이 앉아 있는 것이었다. 흰 스웨터를 입은 여인은 삼십 대로 보였다. 여인은 나를 힐끗 보고는 그대로 움직이지 않았다. 나는 내 자리라고 말하고 싶었지만, 너무 처량해 보여서 조금 아래쪽에 있는 그루터기에 앉았다.

한 삼십 분쯤 지났을까. 여인이 일어서더니 내 옆에 왔다. 그 여인은 '이 자리가 네 자리냐?' 하고 물었다. 나는 '네.'라고 대답했다. 여인은 나에게 '잠시 네 자리에 내가 앉았구나.' 하면서 그 자리를 떠나 내 옆에 와서 앉았다. 그리고는 이 자리에 오면 마음이 편하냐는 등 나에게 여러 가지 이야기를 하기 시작했다. 알고 보니 이 여인에게는 중학교 이 학년인 아들이 있는데 공부도 안 하고 말도 듣지 않는다고 했다. 툭하면 나가서 밤이 깊어야 들어온다고도 했다. 타이르기도 하고

옥박질러보기도 했지만 아들의 반항심만 더 커지는 것 같아 속상하다
고, 그럴 때면 산속 성모상에 가서 기도한다고, 여인은 털어놓았다.

이후 여인과 나는 가끔 마주쳤다. 나도 차츰 마음을 열고 내 어려움
을 이야기했고 여인도 아들이나 가정 이야기를 나에게 말해주곤 했
다. 여인이 한탄스럽게 쏟아내는 아들에 대한 고민을 듣는 동안, 나는
'내 어머니도 나로 인해서 이런 고민을 가지고 걱정하고 있겠구나.'
하는 생각을 하게 되었다. 어머니 앞에서 말도 안 되는 반항을 하거나
쓸데없는 신경질을 부린 일들도 후회스럽게 여겨졌다. 여인을 통해서
어머니의 마음을 들여다 볼 수 있었던 것이다.

그러던 어느 날, 여인은 내 손을 잡으며 '아들의 생활이 달라지기 시
작했어.' 하고 말했다. 여인은 내가 털어놓은 고민을 듣고, 아들도 나처
럼 고민하고 있겠구나 하는 생각이 들었다고 했다. 그래서 아들을 이
해하려고 애쓰고 소리 지르지 않고 다독거리니 차츰 아들이 변하기 시
작했다는 것이었다. 사실 그것은 나 역시 마찬가지였다. 어머니의 기대
에 어떻게든 부응하고 싶어 열심히 하다 보니 성적도 올랐고 또 말도
공손해졌으며 동생들과도 잘 어울리게 되었다. 어머니는 변한 나를 보
고 '커 가는구나.' 하고 칭찬도 해 주었다. 혼자 돌멩이에 앉아 고민하
고 절망했던 순간들은 지나가고, 도랑 옆 풀꽃 한 포기도 내 말을 들어
주는 것 같은 긍정적이고 열린 마음을 지닐 수 있게 된 것이다.

어린 시절 나는 어머니의 얼굴을 제대로 보지 않고 나만의 집착에
빠져 들었다. 그러나 이름도 모르고 어디 사는지도 알 수 없고, 나보

다 나이가 훨씬 많은 한 여인과의 만남을 통해 어머니의 마음을 알게 되었다. 그리고 내 생활도 변화하게 되었다. 나에게 변화를 가져다 준 그 짧은 기억은 아직도 내 마음 한편에 깊이 새겨져 있다.

뻐꾸기가 운다

봄이 깊어갈 무렵 강원도 소금강 근처에서 이틀을 묵은 적이 있다. 나는 모처럼 한가한 마음이 들어 한낮이 되어서야 산 계곡 숲길을 걸었다. 평일이라 사람도 드물었다. 계곡에 물 흐르는 소리가 잔잔하게 퍼졌다. 그때였다. 산속에서 뻐꾸기가 뻐꾹, 하고 우는 소리가 들렸다. 한적한 봄날 뻐꾸기 소리는 온 산을 울렸다. 마치 기다리고 있었다는 듯 건너편 산속에서도 뻐꾹, 하고 화답하는 소리가 났다. 나는 조금 더 깊은 산길로 들어섰다. 적막한 산속에서 뻐꾸기는 나무숲에 숨어 뻐꾹뻐꾹 서로 화답하였다. 나는 참꽃이 피어난 계곡 옆 바위에 걸터앉았다. 문득 뻐꾸기가 외로워서 짝을 부르는 것이거나 아니면 홀로 살아가기 무서워서 우는 것이 아닐까 생각했다. 나는 그날 한낮을 뻐꾸기 소리에 묻혀 있다가 산을 내려왔다.

다음 날 서울로 올라왔고, 그날부터 방 안에 틀어박혀 대학 졸업 논문을 쓰기 시작했다. 강의가 있든 없든 학교에 나가 친구들과 어울리거나 때로는 화려한 네온이 반짝이는 명동에 들러 커피라도 한 잔 마시곤 했는데, 그런 일상에서 완전히 고립된 채 방 안에서만 갇혀 지냈다. 그러기를 한 달쯤 지났을 때였다. 어느 날 새벽, 나는 마치 환청처럼 소금강 계곡에서 울던 뻐꾸기 소리를 들었다. 누구도 찾지 않는 깊은 산속에서 저 건너편 산자락을 향해 소리를 내던, 혼자 외로워 울던 그 구슬픈 소리가 내 귀에 들리는 것이었다. 외롭고 쓸쓸함이 가슴에 번져갔다. 지금처럼 스마트폰이 있던 시절이 아니었고, 그렇다고 또 아래층에 내려가 전화를 건다 하여도 누구에게든지 걸만한 데가 없었다. 엉뚱하게도, 고적감은 날개를 달고 무섭고 외로웠던 옛날로 나를 흘려보냈다.

내가 열두 살 때였다. 국군을 따라 아버지만 남쪽으로 가고 어머니와 동생들, 그리고 나는 인민군이 점령한 서울에 남았다. 시간이 지날수록 폭격기는 거세졌고, 아침부터 밤까지 퍼부어지는 폭탄 때문에 철교와 용산역 일대는 시끄러웠다. 한강 철교 근처에는 우리 집이 있었기에, 폭탄이 떨어지면 파편이 날아와 바닥에 꽂히곤 했고 한동안 시커먼 연기로 휩싸이기도 했다. 어느 날 우리 집 뒤편 한옥집 마당에 사람 크기보다도 큰 폭탄이 떨어졌는데 웬일인지 불발이 되었다. 폭탄은 두 동강이 나서 노란 화약이 폭탄 안에서 흘러나와 있었다. 하지만 이런 일은 드물었다. 폭격기가 날아와 하늘에서 폭탄을 내려놓으면 쏴- 하는 소리가 들리고, 곧이어 꽝꽝하는 폭발음이 터지며 지진이 난 것처럼 땅이 흔들거렸다.

어머니는 비행기 소리만 나면 낮이나 밤이나 우리 삼 남매를 안방 낡은 철 침대 밑에 모아놓았다. 침대 위에는 이불을 올려놓았다. 우리 삼 남매는 이 침대 밑에서 머리통을 기대고 앉았다. 이럴 때면 어머니는 꼭 찬송가를 불러 주었다. 그리고는 우리들 보고 큰 소리로 따라 부르라고도 했다. 우리는 가사를 잘 몰라도 어머니를 따라 큰 소리로 찬송가를 불렀다. 솨- 하고 폭탄 떨어지는 소리를 없애버리는 듯이 어머니는 찬송가를 크게 부르라고 말했지만, 폭탄 소리에 겁을 먹은 우리는 입안에서 맴도는 노랫소리를 터뜨리지 못했다. 어머니의 목소리만 애절하게 방 안에 가득하였다. 하지만 밤은 또 달랐다. 낮에는 어머니의 목소리가 위안이 되었지만, 밤에는 그 목소리조차 압도하는 비행기 소리와 폭탄 터지는 소리에 온몸이 얼어붙었다. 파편이 날아와 우두둑, 하고 기왓장을 깨거나 길에 박히는 소리가 들리면 나는 동생들을 더 힘껏 껴안았다.

그런데 어느 날 밤에는 나도 어머니처럼 찬송가를 입속에서 부르고 있었다. 뻐꾸기 소리처럼, 노래는 마치 누가 응답이라도 해 주기를 바라는 듯 애절했다. 어머니의 찬송가는 내 방 안을 압도했지만, 내 가슴 속에서 흘러나오는 극심한 공포의 비명까지 막아낼 수 없었다. 한밤 폭격 소리에 시달리면서, 어머니의 찬송 소리보다는 두려움에 떠는 내 비명소리만이 내 귀를 울렸다.

그때를 생각하면 외로워서 울던 뻐꾸기 소리가 떠오른다. 누구나 마음에서 새어나오는 삶의 아픈 소리가 있다. 그 아픈 소리는 아프다고 말하는 것이 아니라 비명에 가까운 소리로 나타나게 된다. 일이 힘들 때 긴 한숨을 자기도 모르게 뱉어내는 것처럼 의미 없는 소리를 뱉게 되는 것이다.

코로나 바이러스로 집안에 갇혀 지내다가 언젠가 한낮에 카페에 간 적이 있다. 카페는 한산했다. 사회적 거리두기라고 해서 카페에 오는 사람도 드물었다. 어쩌다 문을 열고 들어서는 젊은 직장인들도 테이크아웃하여 커피를 들고 나갔다. 그때 나는 한 구석 테이블에 혼자 앉아 커피를 마시고 있었다. 마침 내 건너편 자리에는 두 사람이 앉아 있었다. 한 명은 카페 건너편 잡화 가게 아저씨였고, 다른 한 명은 그 옆 음식점 주인아저씨였다. 둘은 마스크를 쓴 채 큰 소리로 대화하였다. 잡화점 아저씨는 손님이 오지 않아 집세도 못 내고 있다고 몇 번이나 말했고, 음식점 아저씨는 종업원을 다 내보내고 부부가 하루 종일 앉아 있어도 지난날의 십분의 일 정도밖에 손님이 오지 않는다고 했다. 비슷한 사연을 가진 이들은 서로의 형편을 주고받으며 말하고 있었다. 이들이 나가고 나서, 나는 이들의 말소리가 한참이나 이 공간에 그대로 남아 있다고 느꼈다. 귓가에 맴도는 그들의 이야기는 자신들도 살아있다고 외치는 소리였다.

이제 봄이 지나간다. 바이러스가 기승을 부리는 지금은 누가 꽃구경을 갔다왔다고 자랑하든지, 혹은 꽃구경 못가고 봄을 보낸다고 불평한다든지 하면, 배부른 소리라고 욕할 것이다. 그렇지만 그 한 마디가 살아 있다고 외치는 생명의 소리인 것을 알아주었으면 싶다. 봄이 가면서 뻐꾸기가 운다는 말은 결코 현실도피의 변명이 아니라 절실한 삶의 비명이다.

뉴스와 진실

요즈음 마치 가짜가 진짜인 듯이 가짜 뉴스가 퍼지는 일이 수없이 많다. 이런 가짜 뉴스를 왜 생산하는지 알 수 없으나 몇 가지 추리해 볼 수 있다. 내가 가짜뉴스를 밝혀내는 특별한 재주를 가진 것은 아니지만, 돈을 벌려거나 남을 모함하거나 혹은 음해하려고 하는 일이 비일비재하기 때문이다. 개인이 생산해낸 가짜 뉴스의 피해는 말할 수 없을 정도이다. 게다가 남의 나라에도 가짜 뉴스를 퍼뜨려 그 나라 국민을 현혹시켜 선전적 암행 공작을 하는 것도 무섭기는 마찬가지다. 내가 살아오는 동안 뉴스 때문에 웃고 울고 괴로워하고 환호하고 했던 기억을 돌아보면, 가짜 뉴스와 진짜 뉴스가 얼마나 무서운 힘이 있는 것인가를 알게 한다.

1950년 6월 25일 전쟁이 발발하고 며칠 뒤 서울에 인민군이 들어왔다. 아버지는 6월 28일 어머니와 우리 삼 남매를 남겨두고 홀로 국군을 따라 남쪽으로 내려갔다. 그날 이후 우리는 인민군 치하에 살게 되었다. 7월이 되자 동네 입구 담벼락에 인민위원회에서 벽보를 붙이기 시작했다. 전지 반 장 정도 되는 벽보에 우리나라 국토를 그렸고, 그 안에 남한 도시의 이름을 써놓았다. 그리고 도시 이름에 빨간 물감으로 동그라미를 쳤다. 어떤 동네에서는 도시 이름 위에 빨간 별표를 붙이기도 했다고 한다. 그 옆에는 '해방'이라고 적혀 있었다. 나는 이 벽보를 보고 어머니에게 알려주었다. 수원, 천안, 대전까지 빨간 동그라미가 그려지고 그 옆에 '해방'이라는 글자가 선명했다. 매일 어머니에게 인민군이 점령했다는 도시 이름을 말하면, 어머니는 한숨을 내쉬며 '큰일났다. 아버지와 언제 만날 수 있겠니.'라고 짧게 말했다.

햇볕이 내려 쪼이는 날, 사람들 틈에 끼어 벽보를 보고 있었다. 그때 내 곁에 있던 사람이 옆 사람에게 작은 소리로 말하는 게 들렸다. 그는 '내가 대전서 걸어서 오는데 인민군은 아직 천안 근처에 있었어. 대전을 해방했다니 거짓말이야.' 하는 것이었다. 매일 벽보를 보는데 점점 동그라미를 치는 속도가 느려지고 있었다. 그즈음 미군 폭격기가 날아 오는 빈도수는 점점 늘어나고 있었다.

어느 날 새벽, 어머니가 마당에 쌓아놓은 장작을 가지고 오라 하여 동이 틀 무렵 마당에 나가보았다. 삐라가 여러 장 날려 와 있었다. 유엔군 사령부 이름으로 된 삐라에는 유엔군이 낙동강 전선을 구축하고 인민군의 진격을 잘 막고 있다고 적혀 있었다. 벽보는 대구를 점령했다고 그려놓았는데, 유엔군은 낙동강을 지킨다고 쓰여 있었다. 어머니에게 이것을 말하자 어머니는 기뻐하며 '아버지가 이제 곧 서울로 올라오겠지.' 하였다. 한편 동네 인민위원회에서는 유엔군이 뿌린 삐라를 주워 신고하라는 벽보를 붙였다.

하루는 지나가던 사람들이 동네 가게에 있는 평상에 앉아 참외를 깎아먹고 있었다. 나는 그 곁에 서 있었다. 그들은 남쪽에서 북쪽으로 올라오는 인민군 부상병의 대열이 많아졌다고 했다. 또 어느 날은 인민위원회의 벽보를 보고 있는데, 어떤 늙어 보이는 아저씨가 옆 사람에게 '저건 가짜야.' 하고 말하는 소리를 들었다. 그는 부산이라는 도시명에 그려진 빨간 동그라미를 손가락으로 짚었다. 아무도 다른 말을 하지 않았다. 나는 부산까지 점령당했으면 어쩌나 싶어서 집으로 돌아와 어머니에게 말했다. 어머니는 아무 말도 하지 않았다.

다음 날 아침, 동네 아이들이 불러서 밖으로 나갔다. 아이들은 골목에 모여 있었다. 우리는 성냥갑에 붙어 있는 라벨을 뜯어 따먹기 놀이를 했다. 그때 한 아이가 말하길, 원효로 2가에 미나리를 키우던 큰 웅덩이 옆에 큰 건물이 무너졌는데 거기에 성냥갑이 많이 있는걸 보았다는 것이었다. 우리는 미나리 밭으로 향했다. 큰 길에서 벗어나 미나리 밭을 지나가는데 종잇조각들이 사방에 널려 있었다. 유엔군의 삐라였다. 나는 인민군이 잡아갈까 겁이 나서 주울 수가 없었다. 그때 마침 한 아이가 반쯤 젖은 삐라 한 장을 주워들었다. 우리는 그가 들고 있는 삐라를 목을 빼서 읽어보았다. 유엔군이 낙동강 전선에서 성공적으로 방어하고 있다는 글이었다. 나는 저녁에 집에 돌아와 어머니에게 말했다. 어머니는 '유엔군의 발표가 정확할 거야.' 하였다.

조그마한 종잇조각에 불과하나 그 종이에 적힌 뉴스 하나에 어머니가 기뻐하던 모습이 기억에 남았다. 어머니의 기뻐하던 그 얼굴을 잊을 수 없었다.

어떤 사람

살아오는 동안 수없이 들은 이야기중 하나가 '어떤 사람'이라는 말이다. 한해를 보내며 이 말이 남는 것은 '어떤 사람'이라는 인간형에 대한 궁금함보다는 '내가 어떤 사람인가?' 하는 생각을 하게 되었기 때문이다.

대학에 들어간 지 얼마 되지 않았을 때, 같은 학과 신입생끼리 모여 회식할 기회가 있었다. 강의가 끝나고 저녁 무렵 우리는 좁은 선술집에 모였다. 우리는 술잔을 차례로 돌리면서 처음 마주 앉은 학우와 악수를 나누고 자리에 앉아 막걸리 잔을 부딪쳤다. 다음으로 각자 자기소개를 하기로 했다. 제일 구석에 앉아 있던 키 작은 친구가 먼저 일어섰다. 그는 남자이면서도 가냘픈 목소리로 어느 고등학교를 나와 재수해서 겨우 입학했다면서 국어학을 연구하고 싶다고 했다. 그 다음 이어진 친구들의 자기소개는 출신 학교와 재수 여부, 앞으로의 전공을 밝히는 식이었다.

한 여학생의 차례가 왔을 때 그녀는 일어서서 '부산서 왔심더.' 하고 큰 소리로 말했다. 친구들이 '와-' 하고 웃음을 터뜨렸다. 사투리가 엄청 크게 들려서이기도 했지만, 그녀의 당당함에 놀라서 지른 함성이었다. 그녀는 스스럼없이 '고등학교 때 국어선생님을 좋아 했거던요. 그래서 국문과를 왔심더.' 하는 것이었다. 우리는 입을 다물지 못했다. 그 다음에는 어떤 남학생의 차례였다. 그는 일어서자 잠시 숨을 고르고 난데없이 노래를 부르기 시작했다. 유행가였다. 지금은 기억이 나지 않지만 꽃을 주제로 한 것이었다. 그는 노래를 정말 잘 불렀다. 남학생은 노래를 다 부르고 나서 '저—는 나이가 삼십이 넘었습니다.' 하고 말했다. 그제야 그가 입은 옷이 눈에 띄었다. 우리는 교복이나 점퍼를 입고 있었는데, 그는 양복에 흰 와이셔츠 그리고 넥타이를 단정하게 매고 있었던 것이다. 그는 이어서 '가수 콘테스트에 뽑혀서 정식 가수로 데뷔했지만 공부를 더 하고 싶어서 들어왔습니다.'라고 했다. 놀랄 수밖에 없었다. 유행가 가수를 하면서 대학에 들어와 문학을 공부하겠다는 말은 우리의 처지와 너무 달랐기 때문이었다.

열두서너 명밖에 안 되는 신입생이었지만 다양한 동기와 나름의 이유를 가지고 있었다. 같은 전공을 택하였어도 각기 다른 생각을 가지고 있었고, 이렇게 다른 사람들이 같은 공부를 한다는 것이 놀라웠다. 이 자기소개를 거쳐 대학생활을 하는 동안 나는 사람됨도 다르다는 것을 차츰 알게 되었다. 대학에 오기 전까지는 부모와 선생님의 우산 아래에 있으면서 비슷한 친구들끼리 어우러져 사는 줄로만 알았지만,

세상은 나와는 다른 사람들과 함께 더불어 사는 것임을 알아가게 된 것이다.

그런데 내가 대학에 다니고부터 아버지는 가끔 '어떤 사람이 되고 싶으냐.'라고 나에게 물었다. 그 질문은 정말 당황스러운 것이었다. 어릴 때, 어머니가 귀에 못이 박히도록 가르쳐준 착하고 선한 사람의 모습을 그대로 아버지에게 말할 수는 없었다. 대학에 들어가 조금은 지적 비판력을 키워가는 시기였기에 좀 더 멋진 언어적 수사가 필요하다고 느꼈기 때문이었다. 그러나 나는 무어라고 말을 못하고 우물쭈물거렸다. 그러고 있으면 아버지는 '이렇게 커서도 어떤 사람이 되고 싶다는 인격적 성장의 목표도 없니?' 하고 물었다. 그렇지만 나는 우물우물 그 순간만 모면하려고 하였다.

어제 우연히 아버님의 시 전집을 읽다가 시 한 편에 눈이 갔다.

아침마다 눈을 뜨면
환한 얼굴로
착한 일을 해야지
마음 속으로 다짐하는
나는 그런 사람이 되고 싶다.

하나님은 날마다
금빛 수실로

찬란한 새벽을 수 놓으시고
어둠에서 밝아오는
빛의 대문을 열어젖혀
우리의 하루를 마련해 주시는데

불쌍한 사람이 있으면
불쌍한 사람을 돕고
괴로운 이가 있으면
괴로움을 함께 나누고
앓는 이가 있으면
찾아가 간호해 주는,

아침마다 눈을 뜨면
밝은 하루를
제게 베푸신 하나님께 감사하고
착한 일을
마음 속으로 다짐하는,

나는
그런 사람이 되고 싶다.
빛같이 신선하고
빛과 같이 밝은 마음으로

누구에게나 다정한,

누구에게나

따뜻한 마음으로 대하고

내가 있음으로

주위가 좀 더 환해지는,

살며시 친구 손을 꼭 쥐어주는,

세상에 어려움이

한 두 가지랴.

사는 것이 온통 어려움인데.

세상에 괴로움이

좀 많으랴.

사는 것이 온통 괴로움인데.

그럴수록 아침마다 눈을 뜨면

착한 일을 해야지,

마음 속으로 다짐하는

나는 그런 사람이 되고 싶다.

서로서로가

돕고 산다면

보살피고 위로하고

의지하고 산다면

오늘 하루가

왜 괴로우랴.

웃은 얼굴이 웃는 얼굴과

정다운 눈이 정다운 눈과

건너보고 마주보고

바라보고 산다면,

아침마다 동트는 새벽은

또 얼마나 아름다우랴

아침마다 눈을 뜨면

환한 얼굴로

어려운 일 돕고 살자,

마음으로 다짐하는

나는

그런 사람이 되고 싶다.

　　　　　　　　　　　— 박목월, 「아침마다 눈을」

　이 시는 '착한 사람'이 중심이 되어 있다. 실제로 착하게 산다는 것은 참으로 어려운 일이다. 착하게 살려고 해도 착하기 때문에 손해 보는 일이 한두 가지가 아니다. 전철을 타려고 줄을 서 있을 때 아무 거리낌 없이 내 앞에 불쑥 끼어드는 사람을 보며, '나보다 급해 보이니까 참아야지.' 하는 것은 그리 쉬운 일이 아니다. 남의 돈을 빼앗았음에도 아무렇지도 않게 살아가는 이들을 보면서 분노를 참는 것도 힘든 일이다. 그런데도 시인은 착한 사람으로 살기를 다짐하고 있다. 따뜻한 마음으로 친구의 손을 꼭 쥐어주는 일, 어렵고 괴로운 일을 당할수록 착한 일을 해야 한다는 마음을 가지는 일, 웃는 얼굴과 정다운 눈길로 나 아닌 다른 사람을 대하는 일, 어려운 처지에 빠진 이를 돕고자 하는 마음을 가지는 일. 이런 일들은 참으로 힘든 것이다. 그러나 이 힘들고 어렵고 도저히 할 수 없을 것 같은 일을 결심하고 살아가는 이가 된다면, '어떤 사람'이 될 것이라는 약속을 시인은 펼치고 있다.

아버지가 살아계셔서 지금 나에게 '너는 어떤 사람이 되고 싶으냐'고 묻는다 해도, 나는 '아버지 저는 어떤 사람입니다.' 하고 한 마디 제대로 못하고 우물우물 대답할 수밖에 없을 것이다. 그럼에도 시 한 편을 읽고, 내가 놓친 것이 무엇인지를 생각해 보게 되었다. 이렇게 무언가를 깨닫게 되는 계기를 가진 것만 해도 한 해를 보내는 섭섭함을 조금은 참을 수 있다.

소양과 인격

동료들끼리 잠시 모여 담소를 나눌 때, 한 동료가 마치 새로운 뉴스인 양 썰렁한 유머를 터뜨리게 되면 갑자기 분위기가 얼어붙는다. 혹은 사장이나 상사가 분위기를 부드럽게 만들기 위해 직원들 앞에서 재미있는 이야기를 끌어낼 때도 있다. 그렇지만 후자의 경우도, 이야기의 내용이 직원들에게 엉뚱한 상상을 불러 일으켜 긴장하게 만들기도 하고, 또는 이야기의 핵심이 어긋나 진심으로 전달하고자 하는 말의 뜻을 막아버리는 일도 있다.

왜 이런 일이 생기는 것일까. 그 원인은 간단하다. 이야기의 주제와 어울리는 이야기를 선택해서 이와 알맞은 유머를 가져와야 하는데 그러지 못하기 때문이다. 우리는 농담이라고 하는 자유로운 공간을 이야기 안에 담을 수 있다. 그러나 이 농담은 보이지 않는 조건을 지니고 있다. 첫째는 악의적이지 않아야 한다. 이 악의라는 말은 듣는 이의 감정을 자극하여 불쾌하거나 반감을 가지게 하지 않아야 한다는 말이다. 둘째는 품위에 맞는 유머라야 한다. 이 품위라는 말은 유머가 인격적 양상을 드러내는 한 단서가 되기 때문에 이를 훼손하지 않는 것이어야 한다. 셋째는 누구에게도 잘못을 지적하는 것 같은 그런 악의가 없어야 하는 것이어야 한다. 흔히 놀리기 위해서 유머로 둥글게 만들어도 듣는 이들 중에 누군가가 '이 유머는 나를 향한 화살이구나.' 하는 느낌이 든다면, 그것은 유머로서의 효용이 떨어지는 것이다.

내가 아는 이 중에 유머가 특출한 이가 있었다. 어느 날 그를 동창회에서 만나게 되었다. 그는 친구들에게 말할 기회가 생기자 그 특유의 유머러스함을 살려 입을 열었다. 그는 흔히 유행하던 참새 시리즈의 변형이라며 이야기를 꺼냈다. 참새 세 마리가 전깃줄에 앉았는데 포수가 총을 쏘았다, 한마리가 맞아 떨어졌다, 이때 두 마리가 달아나면서 무슨 말을 했겠는가. 그가 물었다. 여러 친구들은 각기 다른 답을 했다. 그러자 그가 말했다. '그 두 마리는, 그놈 오늘 재수가 없었어, 라고 했지.' 그런데 이 유머에 아무도 웃지 않았다. 그러자 그는 '내 말 듣고 웃지 않은 사람은 재수가 없는 사람'이라고 했다. 동창들은 어안이 벙벙했다. 그는 특출한 유머의 재주를 가졌는데도 그날만은 그 유머가 통하지 않았다. 참신하지도 재미있지도 상상을 벗어난 신기함도 없었기 때문이었다. 그는 무대를 내려가면서 '내가 총 맞은 참새 꼴이네.' 하자 온 방 안이 웃음이 터져 나왔다. 그의 마지막 '총 맞은 참새 꼴'의 비유적 유머는 통한 것이다.

참 오묘한 것은 이 유머가 천금의 마음을 얻을 수 있기도 하고, 실

망과 한탄을 한 몸에 받을 수 있게도 하는 것이다. 내가 직장에 다닐 때 일이다. 매일 아침 출근하면 회사 귀퉁이 놓여 있는 소파에 둘러 앉아 차를 마시며 일할 준비를 하곤 했다. 여직원들도 가끔 끼어있을 때가 있었다. 유난히 키가 작았던 친구가 매일 이 자리에서 화제를 유도하는 중심인물이었다. 그는 마치 이 자리를 위해 화제를 준비해 오는 것처럼, 항상 신선한 그날의 밝은 화제를 꺼내어 주위사람을 즐겁게 했다.

어느 날이었다. 제사 이야기가 나왔다. 그가 제사를 지낼 때의 이야기였다. 제사상 앞에서 엎드려 절을 하는데, 그의 할아버지가 공손하게 하지 않는다고 몇 번이나 반복해서 절 연습을 시켰다고 했다. 그러면서 할아버지가 말하길, 백화점 문 앞에서 손님에게 인사하는 안내양을 며느리로 얻어야겠다고 했다는 것이었다. 우리들은 모두 폭소를 터뜨렸다. 그런데 한 친구가 얼굴을 찌푸리며 '내 아내가 젊은 날 백화점 안내를 맡아 일했는데, 결혼하고 집에 들어갔을 때 한 번도 '이제오세요.' 하고 인사하는 것을 본 적이 없는데.' 하였다. 우리는 다시 회사가 떠나갈 듯이 웃었다.

그 날 점심시간이었다. 안내양의 남편인 친구에게 '자네 아내는 소도시에서 학교 선생을 했는데 언제 백화점에 일할 기회가 있었나?' 하고 물었다. 그는 빙긋이 웃으며 '할아버지가 틀렸다고 하면 되겠냐, 그래서 내가 꾸며서 아내 이야기인 척했지.' 하고 말했다. 그제야 나는 그의 감각이 얼마나 치밀한지를 알았다. 엉뚱하게 아내를 백화점 안내양으로 둔갑시켜 남을 재미있게 하면서 할아버지의 무리한 예절교육을 꼬집었던 것이다.

구절초가 만발한 정읍 어느 천변을 보면서

날씨가 가을 끝자락으로 가고 있어 몹시 암울한 빛으로 바뀌고 있다. 오늘 아침 구절초가 만발하게 핀 정읍의 한 천변이 텔레비전 화면 가득 차게 보였다. 구절초 흰 꽃송이들은 각기 다른 길이로 피어 있었다. 내가 구절초를 이렇게 무리로 본 것은 처음이다. 마치 몇 구비 산길을 돌아 고향에 돌아온 듯 환한 흰 꽃송이의 열병식 앞에서 나는 문득 서리가 내린 빈 논밭이 생각났다. 겨울이 오기 전 빈 논밭에 나가면 벼를 수확하고 남은 벼 뿌리에 하얀 서리가 매달려 있고, 논바닥에 내린 서리는 녹아내리지 않고 기다렸다가 내 신발 코끝에 얹히곤 했다.

구절초는 순수라는 꽃말을 가지고 있다고 한다. 아마 서리와 단짝이 되기에 만들어진 꽃말이 아닌가 한다. 그러면서도 때로는 어머니의 사랑이라고도 한다. 순수나 어머니의 사랑이 구절초의 꽃말이 된 것은 하얀 꽃잎 때문만은 아닐 것이다. 8월부터 10월에 피어나는 시기가 계절의 끝자락과 물려 있어서, 모든 화려한 영화의 종말에 느끼는 허허로운 마음의 세계에 담겨지는 한 방울 얼어붙은 눈물이 순수나 어머니의 사랑을 연상하게 되지 않았나 생각한다.

열심히 살아온다고 생각했지만, 요즘은 손에 아무 것도 없는 남루한 허수아비처럼 살아온 것이 아닌가 하는 회한에 빠질 때가 많다. 세상에 나가 일한 것보다도, 나와 나를 둘러싸고 있는 가족이나 가까운 사람과의 관계에서 자꾸 세상 쪽만 쳐다보았던 것이 아닌가 하는 생각이 나를 붙잡는다. 열심히 일하고 내가 맡은 일을 충실하게 하는 것이 가족을 위한 일이고 또 그 속에서 성취한 성과가 나와 내 가족을 위한 최선이라고 여겼다. 그렇지만 뒤돌아보면 그것만으로 내가 원하는 삶을 제대로 이룩했다고 하는 것은 아니라는 느낌이다. 마치 반쪽의 사람과 같다. 그렇다고 세상에 나가 이룬 성과가 중요하지 않다는 것은 아니다. 이는 또 하나의 나를 만들어낸 벅찬 감동의 인생이었다. 그러나 그것과 동시에 내 자신의 내적 성장과 가족과의 아름다운 삶의 생성, 그리고 인간다움의 완성을 위한 노력도 역시 내 반쪽의 형상인 것을 빠뜨릴 수 없다.

지금 생각하면 정말 어리석게 살아온 것을 쉽게 찾을 수 있다. 나에게 삼촌이 있었다. 삼촌은 고향에서 초등학교를 나와 서울 중동중학교로 진학했다. 혼자 서울 배화여고 옆 한옥집 문간방에 자취를 하며 학교에 다녔다. 삼촌은 고향을 떠나 서울 생활을 하는 동안 외로움에 시달렸을 것이다. 그 당시 할머니가 학비를 보내주는 것도 너무 힘들었다는 것을 나는 잘 알고 있다.

내가 고등학교를 다닐 때 삼촌과 함께 서울 나들이를 한 적이 있다. 서울에 온 다음날이 마침 일요일이었고, 교회에 다녀온 후 삼촌이 서울 시내 구경을 하자며 나를 데리고 나갔다. 전차를 타고 광화문으로 갔다. 미국대사관 뒤 중동학교가 있는 골목으로 들어서자, 삼촌은 골목길에 있는 조그마한 가게를 가리키며 '옛날에 저 집에서 국수를 팔았지.' 했다. 이미 그 집은 잡화 가게로 변해 있었다. 그러면서 삼촌은 '국수를 한 달에 한 번 먹는 게 소원이었어.' 하고 웃었다. 그 말에 놀라서 '삼촌 그렇게 어려웠어?' 하고 물었다. 그러자 삼촌은 '네 할머니가 돈을 부쳐주시는데 얼마나 힘들었겠니. 그래서 그랬지.'라고 말했다. 삼촌은 온화한 얼굴로 마치 꿈결처럼 환하게 웃으며 서 있었다. 이년이 지나 삼촌은 세상을 떠났다. 결혼도 하지 못한 삼십 대 중반이었다. 삼촌은 중동학교를 다니는 동안 겨울철임에도 자취방 아궁이에 불 한번 피워 방을 데워본 적이 없었다. 그래서 축축한 이불을 덮고 지내다가 결핵에 걸려, 졸업하자마자 고향에 내려와 투병생활을 하다가 간 것이었다. 이루지 못한 삶의 회한이 얼마나 가슴 사무치게 많겠는가. 그런데도 삼촌은 내가 내려가면 항상 긴 턱에 웃음꽃을 피우고 고향 구석구석을 알려주려고 데리고 다녔다.

삼촌은 비록 폐결핵으로 사회 안에서 사람들과 섞여 살아가지 못했지만, 동네 청년들을 모아놓고 농촌 부흥 이야기를 하거나 봉사활동에 최선을 다하곤 했다. 겨울철에도 삼촌은 청년들과 어울려 가난한

이들을 돕는 봉사활동에 힘썼다. 또한 어린 조카였던 나에게 마음껏 포옹해주지 못했지만, 내가 고향 마을로 내려가면 동네 어귀에서 나를 기다리며 '잘 왔다.' 하고 따뜻한 말을 건네기도 했다. 삼십을 넘기고 곧 세상을 떠났지만, 삼촌의 삶에도 훌륭한 인간의 혼이 담겨 있다고 생각한다. 눈에 보이는 출세만이 가치 있는 삶이 아니기 때문이다. 삼촌이 그랬던 것처럼 안 보이는 곳에서도 최선을 다하는 삶, 인간의 선한 세상을 꿈꾸며 따뜻한 말을 건네는 삶, 그러한 삶이 바로 훌륭한 삶일 것이다.

겨울의 끝자락에서

　겨울의 끝자락이 되면 거리가 흔들리기 시작한다. 겨울 동안 목에 동동 감아 매던 두꺼운 머플러가 어느새 느슨해지고, 어쩌다 젊은이를 만나면 그동안 어떻게 참았는지 짧은 바지에 맨다리로 거리에 나선 것을 볼 수 있다. 나 역시 겨울의 끝에 대한 어떤 징후가 있다. 두드러진 것은 한겨울 내내 푹신했던 털신발이 영 발에 맞지 않은 느낌이 드는 것이다. 이때에 안개 속을 걸으면서 가뿐한 운동화를 신었으면 하는 상상을 하기도 한다. 그러다가 어느 날 가벼운 구두라도 신으면 구름을 걷는 듯한 황홀감을 느낀다. 또 어느 날에는 나무들 사이에서 어떤 표정을 보게 된다. 얼어붙어 있던 나뭇가지들이 언제부터인가 가지를 흔들며 서로에게 알 수 없는 신호를 보내듯 미세하게 표정을 보여주고 있는 것이다. 나는 이런 징후가 나타나면 엷은 홍분으로 들뜨는 동시에, 무언가 제대로 보지 못하고 살진 않나 하는 아쉬움이 솟아난다.

하루는 연구실에 앉아 창밖을 보는데, 아직 녹을 기미가 없는 눈들이 만들어낸 얼룩 뒤로 무슨 열병식이라도 하듯 둘러서 있는 전나무들의 치마가 예뻐 보였다. 그 치마 입은 전나무를 보고 있노라면 저 북구의 어느 설원으로 날아가는 상상을 하게 된다. 사슴이나 만나다 심심하면 일찍 피어난 풀을 찾거나, 햇볕이 일찍 오는 풀밭으로 내려온 토끼라도 만나면 잠시 숨바꼭질이라도 해보았으면 한다.

겨울의 끝이 주는 감성의 예민한 흔들림은 항상 두 가지의 특징이 있다. 하나는 한겨울을 견디어 오는 동안 겪어야 했던 위축이나 고립감의 느낌이다. 그것은 얼음동굴 속에 갇혀 지냈던 날들에 대한 새삼스런 반추라 할 수 있다.

대학 입시를 앞둔 섣달, 나는 이층 다다미방에서 밤늦게까지 공부를 해야 했다. 어머니는 내가 추울까 하여 화로에 불을 담아 밥상 옆에 놓아주었다. 어느 새벽 연필을 쥔 손이 뻣뻣해져 화로에 손을 올렸지만 화롯불의 온기는 다 사그라진 상태였다. 방 안이 서서히 밝아지고 앞마당에 있는 닭장에서 장닭이 울었다. 나는 갑자기 이 공부는 해서 뭘 하나 하는 생각이 들었다. 밤새 읽어온 책의 행간이 텅 빈 듯 느껴졌다. 이른 아침 학교에 가기 위해 대문을 나설 때 어머니가 내 손에 몇 십 원을 쥐어주었다. 학교에 오고 가다 먹고 싶은 것이 있으면 사먹으라고 했다. 나는 가슴이 멍해졌다. '엄마가 저렇게 고생하며 나를 도와주는데…' 하는 생각에 휩싸여 그날 하루를 보냈다. 이 사건은 지금도 나를 깨우는 울림이 된다. 내 방에만 갇혀 혼자 공상하던 것들이 얼마나 티끌 같은 것이었는지 모른다. 이것은 한겨울 얼음구멍에 빠졌던 것과 같은 나의 사연 한 가닥이다.

또 한 가지의 특징은 예감이 주는 알 수 없는 환희나 놀라움, 신비함이다. 우리 집 마당은 열 평 남짓한 좁은 공간이었다. 그래도 이 좁은 공간에는 여러 가지 다양한 사물들이 자리 잡고 있었다. 감나무 한그루가 심어져 이층 베란다에 닿아 있었고, 세 개의 구덩이에 묻힌 김장독 위에는 뚜껑이 덮여 있었고, 그 뚜껑들은 파수꾼처럼 안방 바로 앞을 지켰다. 그 곁에 장미꽃나무가 두 그루가 있었고, 담장에는 개나리꽃들이 줄지어 있었다. 그런데 넝쿨장미꽃이 개나리 곁에 자라기 시작하면서 담장 위 철조망을 타고 길게 꽃의 향연이 펼쳐졌다. 어머니는 사실 담장에 녹슨 철조망이 처져 있는 것을 싫어하였다. 전쟁 때 보았던 철조망을 기억하는 것이었다. 철조망은 한 겨울의 전쟁을 떠오르게 하여 피난길에 올랐던 그 추운 날의 상흔을 부상시켰던 것이다. 그러나 봄이 가져온 꽃의 향연은 어두운 담장을 밝혀주었다. 이 넝쿨장미꽃이 한참 흐드러지게 필 때면 우리 집에 찾아오는 이들이 예쁘다고 다 한마디씩 했고, 어머니는 좋아하며 웃곤 했다.

어느 날 마당에서 김치를 꺼내 나오시던 어머니가 나를 불렀다. 장미넝쿨 옆에 조그마한 파란 싹이 나왔다는 것이었다. 내가 고무신을 끌고 나가보니 알 수 없는 종류의 색이었다. 이틀 후 눈이 내렸고 어머니도 나도 싹에 대해 잊게 되었다. 그러나 알 수 없는 싹은 또 자랐고, 나는 그 뾰쪽하게 내민 싹 하나에 며칠을 매달렸다. 싹의 정체는 상추였고 그것을 찾아낸 건 어머니였다. 그때 그 싹이 주었던 생명의 표정 하나가 따뜻한 봄의 소식을 전해주는 것만 같았다.

　겨울의 끝자락은 한겨울 긴 웅크림의 시간이 끝나는 시간이다. 그리고 새 생명이 주는 환희로 인해 희망을 마주하는 순간이기도 하다. 어릴 적 나는 그 겨울의 끝자락에서 봄을 기다리며, 얼음 속에서 약동하는 봄의 소리를 따라 얼마만큼의 상상의 연을 올렸는지 모른다.

골프와 쥐구멍

　내가 골프를 시작한 것은 육십이 넘어서였다. 나이가 들어 운동을 해야 한다고 해서 서초구에 있는 어느 체육관에 갔다. 상담자가 나를 자세히 보더니 헬스장에 보냈다. 헬스장에는 도구들이 으리으리하게 많았다. 지도하는 청년의 조언에 따라 운동을 해 보았지만, 혼자 의자에 앉아 양팔로 쇠뭉치들을 위로 들어 올리는 운동은 너무 힘만 들고 재미가 없었다. 또 바에 무거운 것을 걸어놓고 들어 올리는 일도 금방 싫증이 났다. 내가 재미없어 하자 상담자는 수영장에 데리고 갔다. 그런데 내가 속한 초급반은 거의가 중년 아주머니들이었다. 나보다 젊은 중년이 있었지만 늙은이는 나 하나였다. 더욱 곤혹스러운 것은 아주머니들이 수영복만 입고 물속에서 아는 체 하는 것이었다. 나는 도저히 이들과 함께 허우적거리며 수영을 배울 수 없었다.

　다음에 상담자는 골프장으로 안내했다. 젊은 코치는 폼을 먼저 정확히 익혀야 한다며 채를 들고 빗자루질만 시켰다. 너무 지겨워 그만하고 싶었다. 그때 나이가 든 코치가 나에게 다가와 '선생님 선수할 거 아니지요? 그냥 가볍게 공을 맞혀보세요.' 하는 것이었다. 그제야 나는 공을 칠 수 있었다. 톡톡 맞추다 보니 재미가 있었다. 운동이라는 것이 재미가 없으면 억지로 하는 것이라 오래 견디기 힘들다. 이렇게 해서 골프에 입문하게 되었다.

그러던 어느 해 LA에 가게 되었다. LA한인문인협회와 공동으로 문학 강연 행사에 참가하기 위해서였다. 그곳엔 여동생도 살고 있어서 채류 기간을 넉넉하게 정하고 떠났다. 일행과 강연 일정을 마치고 라스베이거스를 거쳐 그랜드캐니언을 다녀왔고, 일행이 귀국길에 오르고 난 후 나는 일주일 정도 더 머물렀다.

그때 그곳에 사는 ㅈ시인을 만났다. 미국으로 이민 간 지 이십 년이 된 그는 한국에서 시인으로 등단하고 미국에 건너가 미주문인협회에 터줏대감으로 자리하고 있었다. 한국에서부터 알고 지낸 터였고 ㅈ시인의 부인이 여동생과 친한 사이였다. 그가 골프를 함께 치자고 해서 나는 조카에게 클럽을 빌려 따라 가기로 했다. 아침 6시, 그가 호텔로 차를 몰고 와서는 8시에 예약을 했다고 일찍 가자고 했다. 나는 장비를 들고 탔다. 한 시간쯤 가서 골프장에 들어갔다. 퍼블릭이라 요금도 17불 정도였고 아침식사도 포함되어 있었다. 너무도 싼 그린피라 놀랐다. 그는 시니어로 등록해 십 년 이상 유지한 그 골프장의 단골이었고, 일주일에 거의 5일 이상 다니고 있다고 했다. 그는 나에게 핸디를 물었고 10타를 봐줄 테니 내기를 하자고 했다. 어차피 그가 골프장

그린피를 다 지불하였으니, 나도 대접을 하는 마음으로 흔쾌히 응했다. 그날 그는 정말 잘 쳤다. 내가 5불을 잃었다. 골프를 끝내고 호텔 앞 식당에서 저녁을 먹었는데, 그날 저녁식사비는 내기에서 진 내가 계산했다. ㅈ시인은 돈을 딴 것이 기뻤는지 다음 날 또 골프를 치자고 하였다.

다음 날엔 미주 시인 두 명과 함께 골프를 쳤고, ㅈ시인은 또 혼자 돈을 따고 꼴찌인 내가 저녁식사비를 지불하게 되었다. 그런데 식사하는 동안 ㅈ시인은 내일도 또 하자고 졸랐다. 옆에 있던 시인이 다른 골프장에서 하자고 했고, ㅈ시인은 승리에 도취했는지 흔쾌히 그러자 했다. 전날과 치수는 똑같았지만 그 다음 날은 다른 시인이 일등을 했고, 나는 그런대로 3등을 하게 되었다. 저녁식사비는 다른 시인이 냈다. 그런데 ㅈ시인은 2불을 잃은 까닭인지 저녁식사 자리에서도 못내 아쉬워하는 티를 냈다. 그러면서 한 타에 1불이었던 것을 5불로 하자고, 내기 액수를 올리며 내일 또 하자고 말했다. 우리는 할 수 없이 그가 하자는 대로 다음 날 그가 평소 다니는 골프장에 가기로 했다.

다음 날 새벽 6시에 오기로 한 그가 사십 분이나 지나서야 나타났다. 아침에 일이 있었다고 했다. 출근시간이라 길이 꽉 막혀서 그랬는지 그가 갑자기 핸들을 꺾어 3인 이상의 전용 레인으로 들어갔다. 하지만 들어간 지 3분도 지나지 않아 사이렌 소리가 울렸다. 교통경찰에게 걸린 것이었다. 검은 안경을 낀 경찰은 그가 무어라고 말을 해도 듣지 않았다. 결국 딱지를 받았는데 벌금이 289불이었다. 우리나라 돈으로 삼십 만원이 넘는 액수였다. 나는 미안한 마음에 가만히 있었다.

골프장에 도착해보니 우리 차례가 이미 지나간 상태였다. 그는 카운 터에 가서 늙은 직원에게 무어라고 한참 사정을 했고, 예약 시간보다 2시간 늦게 골프를 칠 수 있게 되었다. 처음에 그는 잘 쳤지만 5홀쯤 부터 흔들리기 시작했다. 같이 온 미주 시인이 '이 홀은 ㅈ시인이 쥐 구멍까지 다 잘 아는 홀인데.' 하고 약을 올리는 말도 했다. 그는 씩씩 거리며 공을 치니까 헛나가는 것이 많았다. 우리는 그가 얼굴이 상기 되어 헛치는 것이 우스워서 참느라고 입을 꼭 다물었다. 그런데도 미 주 시인은 '쥐구멍까지 다 아는 ㅈ시인이 오늘은 웬일이냐?' 하며 그 의 속을 긁었다. 결국 그는 100불 이상을 잃었고 꼴찌가 되었다.

그날 우리는 내가 머무는 호텔 옆 일식집에 가서 150불 넘게 저녁 식사를 했다. 나는 그가 경찰에게 걸려 딱지를 떼고, 또 꼴찌를 하여 100불 이상 잃고 저녁식사비도 내게 되어 여간 미안했다. 나 때문에 생긴 일이라는 생각이 들었다. 나는 식사가 끝나갈 때 카운터에 가서 작은 봉투를 얻었고, 벌금액을 봉투에 넣어서 그에게 주었다. 그는 처 음에는 완강하게 안 받으려고 하는데 내가 권하자 못 이기는 채 받았 다. 그러자 미주 시인 한 분이 자기는 십 년 만에 처음으로 100불 이 상을 ㅈ시인에게서 땄으므로 그 기념으로 식사비를 내겠다고 했다. 그날의 마지막은 해피앤드로 끝이 났다.

나는 한국으로 돌아가기 전날 작별인사를 했고 이제 귀국행만 남은 상태였다. 그런데 출국일 당일 새벽 5시 ㅈ시인이 찾아왔다. 그는 오늘 하루 골프를 치고 내일 가면 안 되느냐고 물었다. 나는 무슨 소리인지 처음에는 어리둥절했지만 곧 알아차리고 다음에 와서 치자고 돌려보냈다. 이 사건이 그와 만나 골프를 친 마지막이 되었다.

ㅈ시인은 인정도 많고 상냥한 분이다. 시에 대한 열정도 굉장한 분이다. 그는 매일 골프를 치는 사이에 동료들과의 경쟁심이 커져서 지고는 못사는 스타일로 변했을 뿐이다. 우리나라 돈으로 천 원, 이 1불로 가슴 조이고 마치 큰 성공과 실패라도 한 듯이 가슴에 품게 된 것이었다. 이처럼 살아가다가 보면 예상한대로 흘러가지 않을 때도 있다. 이 되지 않는 일에 붙잡히면 평상시의 마음이 무너져 버리기 마련이다. ㅈ시인은 역시 시에 몰두하는 것이 편했을지 모른다. 그러나 골프를 치고 살아가는 즐거움을 시 쓴다고 포기할 수는 없는 것이다. 어쩌면 그는 그 후 골프장의 쥐구멍을 더 많이 찾아내 기억하고 있는지도 모른다.

부러운 시절

팔월은 여름의 끝이다. 팔월만 되면 가을에 익어갈 온갖 곡식과 과실을 자꾸만 떠올리게 된다. 조금만 참으면 쌀이 익어가고, 조금만 참으면 과일이 주렁주렁 열리리라는 기대 때문이다. 이것은 여름의 끝이 주는 아름다운 꿈일 것이다. 동시에 나는 이때가 되면 엉뚱하게도 내가 가지지 못한 것에 대해 가슴 아파 했던 수많은 사연들을 떠올리곤 한다. 돌이켜보면 아무 것도 아닌 것을 왜 그때는 그렇게 속상했고, 남이 가진 것이 그토록 부러웠던 건지 알 수 없다.

초등학교 시절에 부러웠던 것은 '과수원을 가진 아이'였다. 한여름 고향에 가면 과수원에 사는 아이는 항상 주머니에 빨간 사과를 넣고 동네 공터로 왔다. 그는 자신과 친한 아이들에게 빨간 사과를 한 개씩 나누어 주었다. 나는 그가 주는 사과를 받을 때마다 과수원에 주렁주렁 달려 햇볕에 익어가는 수많은 사과나무를 떠올렸다. 사과 한 개보다 사과를 많이 가진 과수원집 아이가 부러웠다.

내가 퇴직하고 나서도 그 부러움은 마음에서 떠나지 않고 있었다. 서울에 있는 집을 팔고 강원도 어느 산골에 가서 사과나무를 심고 과수원을 돌보며 지내고 싶어 했던 것이다. 그러던 어느 날 내가 단골로 다니는 이발소에서 한 손님이 말하길, 경상북도 어느 촌에 있는 과수원을 샀는데 3천 평 땅에 사과나무를 심어 놓고 있다고 했다. 나는 어쩌다 그와 만나면 과수원에 대해 열심히 묻게 되었다. 나는 과수원을 살 수 있는 형편이 아니었기에, 그에게 과수원에 관한 여러 가지를 알아보려고 애를 썼다. 일 년쯤 지났을까. 어느 날 그를 만났다. 내가 과수원 이야기를 꺼내자, 그는 내 마음을 간파했는지 과수원을 팔았다고 말했다. 그는 아주 신 사과를 씹었을 때처럼 얼굴을 찌푸리며 과수원 때문에 얼마나 고생했는지 알 수 없다고 했다. 일 년 내내 나무를 돌보며 고생해야 하고, 그러지 않으면 사과가 제대로 열리지도 않을뿐더러 열려도 상품성이 부족해 손해만 본다고 했다. 일하는 사람을 고용하려 해도 인건비가 높아 해볼 도리가 없었다고 한다. 오 년 넘게 과수원을 가지고 손해만 보았는데 억지로라도 팔 수 있어서 얼마나 다행인지 모른다고, 그가 말했다. 내가 상상하는 것과는 너무도 달랐다. 그는 나보고 과수원 하려는 생각은 버리라고 했다. 나는 아직 과수원을 가지지 못했지만 그렇다고 꿈이 사라진 것은 아니다. 지금도 과수원에 대한 부러움을 갖고 있다.

또 한 가지 부러움은 '꽃밭이 있고 잔디가 파랗게 핀 마당을 가진 집'을 마련하는 것이다. 서울에서 70년이나 사는 내가 이런 집을 마련한다는 것은 황당한 꿈일 수밖에 없다. 그런 꿈을 이룰 수 없다는 것을 알고 있고, 또 생활터전인 서울을 떠나서는 살 수 없다는 것도 알지만, 어릴 때 읽은 동화책에서 얻은 그 환상은 지워지지 않고 남아 있다. 어린 시절 동화에는 숲속 오두막집이나 큰 저택이 자주 등장했다. 나는 그림으로 그 집들을 볼 때마다 그런 집에서 살고 싶다는 생각을 했다. 결혼하고 단칸 셋방에 살면서 아이들이 시끄럽게 떠들면 아이들 방이 있는 집을 그려보게 되었는데, 꼭 넓은 마당에 잔디가 있고 꽃이 피어 있는 집이었다. 그러나 좁은 아파트집도 마련하지 못해 쩔쩔 매던 사정이었기에, 정원이 달린 집은 눈앞에 그려보는 그림 한 장에 불과했다. 아직까지도 정원 있는 집 마련에 대한 꿈이 불쑥 눈앞에 펼쳐지곤 한다. 꼭 이루어져야할 삶의 목표는 아니지만, 구름을 타고 어디론가 떠나는 상상을 하듯 그것은 아련하게 내 마음에 남아 있는 부러움이다.

세상을 살면서 깨달은 것이 부러움은 실상 자기 욕망의 다른 모습이라는 것이다. 나의 어느 한 친구는 자동차에 매달려 있다. 돈만 생기면 벤츠 오픈카를 타고 학교에 갈 것이라고, 그 친구는 밥 먹듯이 말했다. 그러나 그 친구에게 몇 억의 돈이 생겼을 때 그는 그 차를 사지 않았다. 나는 그에게 벤츠 오픈카를 한 대 하지 그러느냐고 말했다. 그러자 그는 나에게 철없는 소리 하냐고 구박을 주며 '타고 다니고 싶다는 것이지 사고 싶은 것이 아니다.'라고 말했다. 우리는 웃고 말았다. 반드시 이루어야할 욕망을 가지고 그것에 매달리는 것만이 정답일 수 없다. 남이 넓은 집에 사는 것을 부러워하거나 벤츠 타고 다니는 것을 부러워할 수 있다. 그렇지만 이때의 부러움은 있고 없고의 문제가 아니라 그저 부러울 뿐이라는 이야기이다. 그저 부럽다는 말은 내 욕망의 숨어 있는 꿈일 뿐인 것이다. 그것이 있기에 눈을 감고 재미있게 상상할 수 있고 다른 세계를 그리며 미소 지을 수 있다.

먼 타향에서

지난 연말 런던에 있었다. 크리스마스 전부터 세워진 반짝거리는 아치가 거리에 열 지어 세워져 거리를 매운 사람들을 황홀하게 했다. 이 아치의 형상이 해마다 하나의 주제로 연결되어, 온 거리를 환상적으로 장식을 하는 것을 보면서 나는 감탄하곤 했다. 피카딜리 광장에서 옥스퍼드 서커스에 이르는 긴 거리. 아치에 형상화된 환상적인 인물의 모습을 보면서 이 거리를 걸은 적도 있다.

새해 아침이 되었을 때 나는 새해 축하 퍼레이드가 있다는 뉴스를 보았다. 낮 열두 시부터 세 시 반까지였고 런던 중심부를 관통하는 퍼레이드라고 했다. 날씨가 쌀쌀했지만 퍼레이드가 보고 싶었고, 열한 시 쯤 버스를 타고 피카딜리 광장으로 갔다. 버스에서 내리니 이미 세계 각국에서 온 사람들로 보도는 가득 차 있었다. 나는 기웃거리면서 퍼레이드 대열이 오는 방향으로 향했지만 인파에 밀려 겨우 움직일 수 있을 뿐이었다.

한 시간 넘게 행진을 기다리며 사람들 틈에 끼어 있었다. 한참을 기다려서야 행진의 선두를 볼 수 있었다. 제일 먼저 경찰이 오토바이를 타고 지나갔다. 이어서 옛날식의 비싼 세단과 오픈카에 신사숙녀들이 근사하게 차려입고 손을 흔들며 나타났다. 가장 행렬들이 지나고, 런던 어느 예술학교 학생들이 무대로 장식된 트럭 위에서 춤추며 지나갔다. 나는 잘 보이는 자리를 찾아 도로 바로 옆까지 옮겨 갔다. 그러다가 요란한 브라스 밴드가 오는 것을 보았다. 미국에서 온 고등학교 밴드였다. 150여 명 쯤 되어 보이는 큰 규모의 밴드였고, 이들은 의장대처럼 화려한 복장을 하고 있었다. 재미있는 것은 어떤 학생들은 같은 고등학생임에도 키가 제각각이라, 마치 키 큰 아버지와 키 작은 아들이 함께 서 있는 모습 같아 웃음을 자아냈다. 큰 나팔을 울러 맨 조그마한 여학생은 나팔무게에 눌려서 잘 보이지 않을 만큼 힘들어 보였다. 이들은 영국 런던에서 행진한다는 자부심을 느끼는지 엄청 긴장한 얼굴로 열심히 나팔을 불고 북을 치고 있었다. 그 뒤에는 치어리더들이 100명 넘게 춤을 추며 따라왔다. 이들은 소리 높여 해피 뉴 이어를 외쳤고, 절도 있는 동작으로 거리를 흔들었다. 나는 이 퍼레이드가 끝날 때까지 아픈 다리를 참아가며 사람들 틈에 서 있었다.

놀랍게도 이날 미국에서 건너온 행진 팀이 세 군데가 넘었다. 오하이오, 하트포드, 로스앤젤레스 등의 학교에서 왔다고 했다. 미국에서 온 학생들과 영국 학교를 다닌 고등학생들의 행진 형태는 달랐다. 제일 편한 표현으로 구분하면, 영국 학생들은 무용을 중심으로 하는 테마 있는 극 형태였고, 미국 학생들은 운동경기에서 응원하는 역동적인 힘의 표현이 두드러졌다.

　그날, 추운 날씨 탓에 다리가 시려 어디 앉을 데가 없나 하고 살피다가도 악대의 행진소리가 나면 사람 틈새에 끼어 들어갔다. 그냥 피곤하니 돌아서도 되는데 구태여 서 있어야했던 이유는 무엇이었을까. 즐겁게 손을 흔들며 소리를 지르고 박수를 치는 환호성에 굶주려 있었던 것은 아니었을까.

　어렸을 적 피난지 대구에서 중학교에 들어갔을 때, 하루는 점심시간에 담임선생님이 들어오더니 공설 운동장에서 벌어지는 우리 학교 축구팀을 응원해야 한다고 했다. 우리는 가방을 들고 학교 운동장에 모여 공설 운동장에 갔다. 한참을 기다리자 우리 학교 선수들이 나왔고 시합이 시작되었다. 고등학교 학생이 앞에 나와 온몸으로 동작을 하는 것을 보면서 박수를 치고 일어서서 함성을 지르고 발 굴림도 하였다. 생전 처음 운동장에서 응원을 한 순간이었다. 나는 시합을 제대로 보지 못하면서도 오로지 응원에 매달렸고, 목이 쉰 상태로 집에 돌아가게 되었다. 그 다음 날 아침 조회시간에 담임선생님은 '스포츠는 정당한 규칙에 따라서 서로 시합을 하는 것이어서 한 편을 응원한다는 것은 정당한 행동인 동시에, 응원을 통해서 학교 사랑을 배울 수 있다. 수업을 접고 응원에 나간 것은 잘한 것이다.'라고 했다. 나는 어려서 담임의 말을 잘 이해할 수 없었다. 그렇지만 목이 쉬도록 응원했던 것은 지금도 기억하고 있다.

응원단이 정해진 규칙 안에서 우리 편을 응원하는 것은 당연한 일이다. 그리고 응원과 마찬가지로 학교를 대표한다는 자긍과 사명 의식은 큰 아이나 작은 아이나 합심하여 최선을 다하게 할 것이다. 함께 섞이고 함께 힘쓰는 것은 항상 보아도 눈물 나도록 감동적이다. 이러한 모습처럼 신나고 또 진실한 삶을 발견하는 것은 삶의 또 다른 즐거움일 것이다.

배꽃 가지 반쯤 가리고 달이 가네

오늘 맑은 하늘을 보다 언제인가 울주 근처 배 밭에 배꽃이 활짝 피었던 기억이 떠올랐고, 박목월 시인의 「달」이 연상되었다.

배꽃 가지
반쯤 가리고
달이 가네

경주군 내동면(慶州郡 內東面)
혹은 외동면(外東面)

불국사(佛國寺) 터를 잡은
그 언저리로

배꽃 가지

반쯤 가리고

달이 가네

　　　 ─ 박목월, 「달」

　이 시에서 '배꽃 가지'는 달을 가린 구름을 상징한 것이다. 달을 가
린 구름, 그것의 아름다움을 형언할 수 없다. 시인은 어린 날부터 달에
대한 관심을 가졌다고 한다. 풀이 우거진 왕릉 가에서 숨바꼭질을 하
다말고, 앓는 밤에 열이 들뜬 눈으로, 혹은 황폐한 서울(慶州) 거리에
서, 하늘에 떠있는 달을 무엇에 홀린 것처럼 바라보곤 하였다고 한다.
그 달은 어떤 모습일까. 때때로 밤하늘에 비단보다 가늘고 부드러운
한 오리의 구름이 걸리기도 하지만, 이 구름은 달의 아름다움을 더 돋
우어 주는 것이다. 요염하면서 청초하고 수줍은 듯 얼굴을 감추며 나
타나는 표정, 그 신비로움은 구름에 반쯤 가린 달과 흡사하다.

　이 시를 읽을 때면, 배꽃 가지가 살짝 가려져 있지만 이것이 달의 형
상과 어우러져 더욱 아름답게 느껴지는 모습이 그려지곤 한다. 그리
고 이 '가려줌'이라는 말이 주는 신비함을 상상하곤 한다. 어느 날 밤
아파트 유리창에 가득한 달을 보았다. 보름이라서 달이 다 피었구나,
생각하며 고개를 돌렸다가 한참 후 침실로 가려다가 다시 창밖의 달
을 바라보았다. 구름이 살짝 달을 가리고 있었다. 얇은 구름에 달빛이
스며 은은히 번지고 있는 듯하였다.

교수가 되고 관악으로 자리를 옮겼을 때였다. 연구실을 새로 배정받아 들어갔는데, 창밖으로 관악산 주봉이 보이고 하늘로 가로누운 산 능선의 흐름이 한눈에 들어왔다. 하루는 밤이 깊을 때까지 논문을 정리하느라고 연구실에 오래 있었다. 밤이 깊어도 나갈 기미를 보이지 않는 나를 기다리며 앉아 있던 조교는 '교수님 커피 한잔 더 가져다 드릴까요?' 하고 물었다. 그제야 조교가 아직 자리에 앉아 있다는 생각이 들었다. 연구실은 나만의 공간처럼 느껴지게 꾸며 놓았었는데, 문을 열고 들어오면 조교의 책상이 놓여 있고 그 뒤로 칸막이를 쳐 놓은 형태였다. 칸막이 때문에 가려져서 조교가 미처 보이지 않았던 것이다. 박사 과정에 있는 조교는 내가 나가야 따라 나왔다. 나는 밤이 깊도록 한 자리에 앉아 있는 그 젊은 친구가 얼마나 배가 고플까 하는 생각이 들었다. 그에게 '매점에 가서 먹을 걸 좀 사와야겠다.' 하고 말했다. 그는 곧 일어나 매점으로 갔다. 그는 빵과 라면을 사왔고 우리는 함께 먹었다.

그런데 조교가 풀이 죽어 있었다. 내가 걱정스런 일이 있냐고 물으니까 그는 마지못한 표정으로 이야기했다. 그의 여동생이 오늘 영등포 어느 카페에서 선을 보기로 했다는 것이다. 그가 걱정인 것은 여동생 이마에 조그마한 흉터가 있는데 이것이 행여 흠이 되지 않을까 한다는 것이었다. 나는 큰 소리로 걱정할 것이 없다고 했다. 서로 마주보고 앉아 대화하다가 앞에 앉은 사람이 좋아 보이기 시작하면 작은 흉터도 예뻐 보일 것이라 했다. 조교는 웃으면서 '그렇지 않아요. 처음 만나면 좋은 점 보다 결점이 먼저 눈에 띄던데요.' 하였다. 그러면서 그가 대학에 들어와 겪었던 미팅 이야기를 해주었다. 첫 미팅은 신촌에서 있었다고 한다. 남녀가 양쪽에 쭉 앉아 자기소개를 하는데, 어떤 여학생은 얼굴이 둥글지만 코가 작았고, 또 어떤 여학생은 가만히 있으면 괜찮지만 말을 할 때는 얼굴이 일그러져 보였고, 또 다른 어떤 여학생은 목에 점이 있었는데 눈에 너무 띈다고 하였다. 그의 말을 들으면서, 나 역시 알지 못하는 사람을 만나면 종종 좋은 점보다는 눈에 띄는 특징을 보았다는 생각이 들었다.

그날 밤이 깊어 교정을 나왔다. 산 위에 달이 걸려 있고 구름이 달을 스쳐가고 있었다. 달빛이 구름에 묻혀 희미하게 빛나고 있었다. 온전한 달은 아니었지만 신비스러움이 더해져 더욱 아름답게 느껴졌다. 나는 조교의 어깨를 치면서 달을 보라고 했다. 조교는 그저 달이 밝다고만 했다. 달만 있는 것보다 구름이 살짝 가려주니까 더 아름다워 보이지 않느냐고 했다. 조교는 내 말을 바로 알아듣고 '고맙습니다.' 하고 고개를 숙였다. 내가 그의 여동생을 생각해서 말한 것임을 알아차린 것이다.

내 얼굴에도 조그마한 흉터가 있다. 어린 시절 나무 위에 올라갔다가 떨어지면서 나뭇가지에 걸려 생겨난 상처였다. 흉터가 남았지만 나는 한동안 이것을 잊고 있었다. 그러다가 중학생일 때, 우리 집 안방에 아주머니들이 모여 있었고 나는 그분들에게 인사를 하러 들어갔다. 잠시 앉아 있는데 한 아주머니가 '이마에 흉터가 있으면 불효한다.' 하고 말하는 것이었다. 깜짝 놀랐다. 나를 보고 하는 말인가 생각했다. 그날 나는 한참 거울을 들여다보고 나서야 머리털 속에 숨어 있는 상처를 발견해냈다. 그 아주머니의 말 때문에 나는 흉터가 걱정되기 시작했다. 그해 겨울, 눈이 내리던 날에 어머니와 시장에 갔다 왔다. 양손에 장바구니를 들고 힘들게 걷고 있었다. 추워서 손이 얼 것 같았지만, 두 손 가득 무거운 무게 때문에 이마에서는 땀이 났다. 어머니가 가까이 와서 내 머리에 얹힌 눈을 손으로 쓸어내리며 '너는 이마가 넓어서 그런지 소견도 참 넓지.' 하였다. 어머니는 땀이 난 내 이마를 손으로 닦아 주었다. 그러면서 '흉터도 없어졌네.'라고 말했다. 어머니 눈에는 흉터가 보이지 않았던 것이다.

　단점은 누구에게나 있다. 그러나 그것이 오히려 더 좋은 장점으로 바뀔 때가 있다. 그것이 바로 배꽃 가지에 달이 지나가는 아름다움 아니겠는가. 밋밋한 책상 위에 꽃 한 송이만 꽂아 놓아도 그러한 아름다움을 느낄 수 있지 않을까.

3부

아름다운 향기를
내는 인연

습관의 힘

며칠 전 아침에 집에서 나오다가 작은 편의점에 들어갔다. 주인인 듯한 나이 지긋한 아저씨가 길고 흰 머리를 뒤로 묶고 앉아 있었다. 나는 커피 캔 두 통을 사려고 '커피 골드 두 통이요.' 하면서 만 원을 내놓았다. 아저씨는 내 얼굴을 힐끗 보더니 옆에 놓인 복권 기계를 눌러 복권 두 장을 건네주었다. 나는 황당해서 '커피인데…' 하였더니 아저씨는 놀라며 고개를 쳐들었다. 그는 내 얼굴을 다시 보며 '미안합니다.'라고 했다. 나는 얼떨결에 손에 든 복권을 집었다. 환불이 불가능해 보여 다시 아저씨에게 내밀 수가 없었다. 할 수 없이 지갑에서 만 원을 더 꺼내어 아저씨에게 주었다. 아저씨는 연신 미안하다고 하면서 '선생님하고 닮은 분이 매번 복권 두 장을 사 가는데, 그분인 줄 알았습니다.' 하고 설명을 했다. 나는 웃으며 '그럴 수도 있지요.' 하고 편의점을 나왔다. 커피 두 통과 복권 두 장을 들고 걸어가면서, 나도 그 아저씨처럼 습관으로 인해 실수했던 일이 떠올랐다.

대학에 교수로 임용되고 얼마 후, 버스에서 내려 집으로 가는 길이었다. 저편에서 어디서 많이 본 듯한 아주머니 한 분이 걸어오고 있었다. 그분이 입은 옷도 눈에 익숙한 것이었다. 나는 동네의 어머니 친구분 중 한 분인 줄 알고, 아주머니가 가까이 왔을 때 말을 걸었다. 꾸벅하고 고개를 숙이고 친절하게 '안녕하시지요.'라고 인사한 것이었다. 그때 그 아주머니는 내 앞에 걸음을 멈추고는 '나 이모야.' 하는 것이었다. 고개를 들어보니 이모가 정말 내 앞에 서 있었다. 이모는 막 웃으면서 '땅을 보고 걸어 다니니 앞사람을 잘 볼 수가 있겠니?'라고 했다. 나는 분명히 어머니 친구분이라고 보았는데 전혀 잘못 본 것이었다.

이런 어처구니없는 일이 생긴 것은 사람을 제대로 쳐다보지 못하는 새롭게 생긴 습관 때문이었다. 대학에서 많은 학생을 만나면서 생긴 것이었다. 대학 복도를 지날 때 학생들이 인사를 하면 나는 친근하게 '잘 지내나?' 하고 아는 체를 했다. 그러나 학생들은 옷도 비슷하고 머리 모양도 비슷해서 누가 누군지 잘 구별하기 어려웠고, 그래서 나는 건성으로 답했던 것이다. 어느 날에는 좀 황당한 일이 있었다. 누군가 지나가며 나를 보고 머리를 꾸벅 숙였는데 나는 또 아는 체하며 '강의에 가니?' 하고 친절하게 물었다. 그러자 그 학생은 이상한 얼굴로 '아닌데요.' 하는 것이었다. 뒤늦게야 알아차리게 되었는데, 사실 그 학생은 학생이 아니라 조교였다. 바로 전까지 연구실에서 보았던 조교에게 내가 엉뚱한 소리를 했던 것이다.

며칠 전 아침, 편의점 주인아저씨도 평소 수많은 손님을 응대하던 습관 때문에 인상만으로 사람을 파악했던 것인지 모른다. 편의점 사건이 있고 나서 나는 집으로 돌아와 새삼 내 얼굴을 들여다보았다. 복권을 자주 사는 사람과 닮았다고 했는데, 습관처럼 자주 복권을 사면서 작은 행운이든 일확천금이든 꿈을 꾸어보는 사람의 얼굴과 내 얼굴이 비슷한 걸까 생각해 보았다. 그러면서 한편으론 '습관이란 정말 무서운 것이구나.' 하고 새삼 느끼게 되었다.

내가 대학 졸업반이 되었을 해에 교생 실습을 나가게 되었다. 배정받은 곳은 청량리에 있는 중학교였다. 아침 여덟 시에 교무실에 도착하여 교생실로 안내받았다. 이십여 명이 두 줄로 앉을 수 있는 공간이었다. 그날 나는 양복에 넥타이를 매었고 구두도 반짝거리게 닦은 채였다. 이 모습은 내 긴장을 말해주는 것이기도 했다. 학생들 앞에 선생으로 선다는 것에 대한 긴장이 나를 에워쌌다. 그것은 나뿐이 아니었다. 교생실의 분위기는 긴장으로 가득 차 있었다. 곧 교생들을 감독하고 지도하는 교무주임 선생님이 들어왔다. 정년이 다 되어 가는 선생님이었다. 안경을 끼고 바짝 마른 얼굴이 한눈에 들어왔다. 깐깐해 보이는 선생님이었다. 교무주임 선생님은 첫인사를 시작했다. '대단히 죄송스럽고 송구한 말씀이지만 오늘은…'이라는 말부터 해서 하루의 일과 한 달 동안 해야 할 과제 등, 교무주임 선생님은 장장 한 시간에 걸쳐 내용을 설명하였다. 그런데 교무주임 선생님은 한 소절의 말이 끝나고 다음 말로 넘어갈 때마다 '죄송스럽고 대단히 송구스러운 말씀을 올리게 되었습니다.'라는 문장을 꼭 붙였다. 그날 교무주임 선생님은 무슨 일이건 우리에게 말할 때마다 '죄송과 송구'를 빠뜨리지 않았다. 방과 후 종례 시간에 한 친구가 '죄송과 송구'라는 말을 세어보았다고 말했다. 스물세 번이라고 했다. 한 달이 넘도록 우리는 그 '죄송과 송구'를 날마다 들어야 했다. 처음에 바짝 긴장하고 얼어 있던 것과 달리 우리 교생들은 점차 마음의 여유를 얻었다. 청량리 학교에 갔다가 집에 돌아오는 길에 우리는 함께 모여 음식점에 갔다. 그럴 때면 우리는 교무주임 선생님을 흉내 내면서 죄송과 송구를 반복했다. 우리는 파안대소하며 교생의 어려움과 긴장을 극복하려 했다.

습관에 관련된 유익한 이야기도 있다. 한 번은 고향에 갔을 때 크게 밭농사를 하는 친구를 오랜만에 만났다. 어릴 적 친구이던 그는 부유한 농사꾼이 되어 있었다. 왜 힘든 농사일에 매달렸냐고 내가 묻자 그는 농사일을 시작하게 된 계기를 들려주었다. 사춘기였던 중학생 때 일기를 쓰던 그는 누가 일기장을 볼까 봐, 집 앞 텃밭에 작은 구덩이를 파내고 그 속에 비료 자루를 깔고 나서 일기장을 묻어두었다고 한다. 이후 고등학교 졸업반이 되어 앞날의 진로를 걱정하고 있을 때였다. 이미 한참 전에 잊고 있었던 구덩이가 생각이 나서 가보니 그 옆에 콩들이 자라고 있었다고 한다. 그때 그는 일기장을 파내면서 콩을 심어봐야겠다고 생각했다 한다. 이 인연으로 그는 콩을 기르게 되었고, 이것을 시작으로 하여 결국 큰 농부로 성장할 수 있었다고 한다. 누가 일기장을 볼까 봐 숨겨놓던 습관이 우연한 계기로 씨앗을 심는 것으로 발전하고, 그러다가 큰 콩밭을 일구는 농부가 되고 만 것이다.

친구는 이 일을 자랑하듯이 말했다. 땅을 파던 습관이 삶의 방향이 되고, 그 습관을 갈고닦아 성공을 이루게 된 것이었다.

노고지리는 똑바로 하늘로 날으며 노래한다
저 들판의 아지랑이는 흔들리며 옆걸음을 친다
그들만의 몸짓이 봄을 노래하고 있다
발을 동동 구르며 엄마를 부르며 따라다니던
옛 모습이 나의 삶의 길이다
담쟁이 넝쿨이 하늘로 오르듯이 습관은 나를 따라다니는
나의 분신 그림자가 된다

어리고 젊은 날부터 가져온 크고 작은 습관들은 세월이 흘러도 몸에 붙어 쉽사리 떨어지지 않는다. 그 습관들은 실수를 만들기도 하고 간혹 사람들의 놀림거리가 되기도 한다. 또 어떤 것은 성장으로 이끌어주기도 한다. 나는 나이가 들수록 습관이 순화되는 것 같다. 그러고 보면 습관은 한 사람의 향기와 닮았다. 향기는 너무 강해도 거부감이 들고 또 너무 약하면 아무런 자극도 되지 않는다. 이처럼 습관이란 것은 자신이 어떻게 행동하느냐에 따라 달라지는 것이다. 실없이 잘 웃는 습관을 좀 다듬어 다른 이에게 웃음을 선사하는 것으로 변화시킨다면 얼마나 아름다운 향기가 날까. 삶에서 아름다운 향기를 내는 사람들이 많아졌으면 싶다.

그렇고 그런 날들

온종일 열심히 뛰어다니며 할 일을 하고, 집으로 돌아가는 전철 안에서 손잡이를 잡고 서 있으면 하루를 보낸 것이 기적처럼 느껴질 때가 있다. 비틀어진 일을 바로잡으려고 이리저리 뛰어다니다 보면 또 부질없을 때도 있다. 그런데도 연말이 되면 누가 자꾸만 뒤통수를 건드리기라도 하듯이 한 해를 보내며 겪은 일들이 문득문득 떠오른다. 그럼에도 '그렇고 그런 날들'을 보내고 있다고 하는 이들을 많이 볼 수 있다. 나 역시 그런 생각이 들 때도 많다.

내 습관 중에 하나인데, 참 고루하게도 낯선 사물을 만나게 되면 우선 잠시 당황하는 경우가 있다. 어느 곳을 찾아가다가 알지 못하는 골목길에라도 접어들면 잠시 서서 골목 안을 기웃거린다. 또 서점에 가서 새 책들을 만날 때면 싱싱하게 핀 꽃을 발견한 듯 마음이 환해지지만, 그것이 옛날에 내가 보았던 책인데 내용만 다르게 해놓은 것임을 알아차릴 때는 괜히 마음이 허전해진다. 그럴 때마다 내가 본 책을 제

174

대로 기억하고 있는 게 맞는지 당황하게 된다. 어쩌다 점심을 먹으러 음식점에 갈 때도 어딘지 나에게 익숙하지 않은 음식명이 나오면 한참을 더듬거리게 된다. 이런 탓인지 나는 내가 정한 것들을 더 고집하는 경우가 많다. 이는 대학 때부터 몸에 밴 습관이다.

대학에 처음 들어갔을 때 친구 셋을 사귀었다. 우리 넷은 아침부터 저녁까지 종일 붙어 다녔다. 전공이 같았기에 강의실도 함께 들어갈 때가 많았다. 우리는 학교 안 연구실에서도 함께 모여 앉았고 점심시간에도 함께 어울려 식당을 찾아다녔다. 두 친구는 학교 근처 낙산 중턱에 있는 하숙집에 함께 생활하고 있었다. 어쩌다 시간이 나면 이 하숙집에 모여 앉아 떠들기도 했다.

학교에서 강의가 끝나면 우리는 가끔 명동이나 소공동으로 나갔다. 그런 날에는 어김없이 교문에서부터 걷기를 시작했다. 동숭동 서울대 병원 앞을 지나 비원 담장을 끼고 좁은 길을 거쳐 종로 3가로 나왔다. 종로에서 을지로로 걸었고, 수표교 다리를 건너서 중앙극장을 돌아 명동으로 들어갔다. 이 코스를 사 년간 한 번도 바꾸지 않고 다녔다. 가끔 친구가 시청 앞으로 가보자고 하면 명동을 거쳐서 시청으로 나갔다. 누구도 버스나 전차를 타자고 하지 않았다. 어쩌다 나 혼자 외톨이가 되면 나는 나대로의 코스로 걸어갔다. 대학병원을 나와 비원 돌담길을 따라 안국동 로터리에 있는 서점에 들러 한참을 둘러보고, 종로에서 광화문으로 가다가 외국 서적을 파는 서점에 들어갔다. 한참을 보내다가 나와서 시청 앞으로 가서 집에 가는 버스를 탔다. 거의 이 길이 전부였다. 지금도 가끔 시내에 나가보면 내가 수없이 다녔던 길들이 친숙하게 느껴진다. 지금도 그때 버릇이 남아있는지 나는 언제나 같은 길을 반복해서 다닌다. 왜 그런 걸까. 한 가지에 익숙해졌으므로 생소함이 없어 부담이 가지 않기 때문이다. 돌아보면 아무것도 아닌데도, 조그마한 마음의 평정이 발걸음을 익숙한 길로 옮기게 한 것이다.

그런데 이 익숙함은 결코 '그렇고 그런 것'이 아니다. 매일 걷는 길은 같아도, 매일매일 신선함을 잃지 않고 그 길 위를 걷고 있기 때문이다. 이는 익숙함에 한 꺼풀 신선함이 얹힌 것이다. 어느 날 우리 친구 넷이서 수표교 다리를 넘어가고 있을 때였다. 한 친구가 길 건너에 생맥줏집이 개업을 했다는 광고판을 가리키며 '한 잔이 공짜래!' 하는 것이었다. 우리는 주머니를 뒤져 돈을 모아보았다. 생맥주 세 잔 값은 될 듯했다. 우리는 무슨 보물이라도 찾은 듯 그 맥줏집 문을 열고 들어갔다. 정말 한 잔씩은 공짜로 주었다. 우리는 두 잔을 더 시켜 마시고 나왔다. 명동으로 걸어가며 한 친구가 '별일도 다 있네.' 하고 웃었다. 그날은 새 영역을 찾은 벌처럼 윙윙거리며 다른 날보다 더 시끄러웠다. 이 개업집 광고 간판처럼, 익숙한 길이지만 어느 구석에서 조그마한 변화가 살금살금 일어나고 있는 것이다. 이 변화는 특별한 것이 아니라 관심의 대상을 어떤 마음가짐으로 보느냐에 따라 달라질 수 있음을 말해주는 것이다.

올해도 마찬가지이다. 해마다 백화점 앞에나 건물 벽에 크리스마스 장식이 있지만 그냥 스쳐 지나갔다. 그런데 어느 백화점 앞을 지날 때, 크리스마스를 맞이해 한 산타가 선물 보따리를 가득 들고 서 있는 것을 보았다. 아마 백화점의 영업 기획으로 '산타와 선물'을 부각시켜 진행한 이벤트였을 것이다. 그런데 그날은 다른 날과 좀 달랐다. 백화점의 의도대로 보이지 않고 좀 다르게 보였던 것이다. 사슴이 모는 썰매를 타고 산타가 눈 오는 하늘에서 내려오는 장면을 상상했는데 나는 그것이 아닌 게 섭섭했다. 산타는 두 팔 가득 선물을 껴안고 있었는데, 그것이 도리어 '선물을 사가라'는 노골적인 선전물 같아 기분이 좀 상하고 말았다.

미국에 살고 있는 아들과 손녀에게 전화를 할 때도 마찬가지이다. 음성을 들으면 가까이 있는 것 같아 매일 전화를 하게 되었고, 대화의 내용이 별거 아니어도 하루를 편안하게 보낼 수 있게 되었다. 아들에게 '별일 없니?' 하고 묻기도 하고, 학교에 다녀온 손녀에게 '학교에서 별일 없었니?' 하고 묻기도 한다. 나는 똑같은 질문을 하는 할아버지의 전화에 손녀들이 귀찮게 생각하지 않을까 하고 걱정할 때가 있다. 그래서 가끔 '할아버지 전화가 귀찮지 않니?' 하고 묻곤 한다. 이제 고등학교 졸업반인 손녀는 '할아버지, 안 그래요. 할아버지 목소리가 매일 달라서요.' 하는 것이다. 손녀는 내 목소리로 나의 건강과 기분을 짐작하고, 목소리를 들음으로 마음의 편안을 하루하루 이어가는 것이었다.

그렇다. 매일이 전부 비슷한 것 같지만 사실 하루하루는 다 다른 날이다. 그러기에 새해가 있고, 새로운 다짐을 하게 되고, 또 다가올 내일을 기다리는 것이 아닌가. '그렇고 그런 날들'을 보내기보다 조금씩은 다른 그런 하루를 보내길 바란다.

꼬부라진 마음과 펼쳐진 마음

대학 때 나는 테니스를 선망했다. 어느 날 어느 여대에 갔더니 테니스장이 있었다. 양편으로 갈려 흰 공이 라켓에 맞아 오가는 것을 보고, 나도 하고 싶은 마음이 들었다. 그렇지만 볼이나 라켓을 구하기가 어려웠다. 전부 외국에서 건너온 것이라 값도 엄청나게 비쌌을 뿐 아니라, 테니스장도 내 처지에 찾을 수 없었다. 나는 동대문시장 중고 운동구점에 가서 누가 쓰다 버린 라켓을 샀다. 공도 통에 든 윌슨 공을 구했다. 그런데 테니스는 혼자 할 수 없는 운동이었다. 나는 친구들을 설득해 보았지만, 라켓에서부터 공, 테니스복, 운동화까지 제대로 갖추는 것조차 힘들어 아무도 함께 하겠다고 하지 않았다. 테니스 라켓은 내 서재에 장식물로 놓이게 되었다.

그 후 교수가 되어서야 테니스 동호회에 들어갔다. 강의가 끝난 오후 나는 테니스 가방을 들고 테니스 코트로 달려가곤 했다. 제대로 배운 적이 없어서 선배들의 도움을 받아 라켓을 잡는 법부터 시작해야 했다. 때로는 체육 시간에 학생들이 모여서 테니스 기본 동작을 익혔는데 그 곁에서 따라 하기도 했다. 그렇게 하나씩 배웠고 몇 년이 지나니 조금은 잘 칠 수 있게 되었다.

테니스 동호회 회원들은 모이면 편을 갈라서 시합했다. 이 시합에는 꼭 저녁밥 내기나 맥주 내기가 걸렸다. 그리고 시합이 있고 난 다음 날에는 어제 있었던 시합 이야기가 온통 퍼져 있곤 했다. 교수들은 전날 테니스 시합에서 내기에 진 팀을 놀리곤 했다. 그런데 내 팀이 이긴 날이면 동료 교수들이 내 파트너만 칭찬하고 나에겐 아무 말도 하지 않았다. 내가 열심히 잘 해서 이겼는데도 칭찬은 파트너의 몫이었다. 반대로 지고 난 다음 날에 교수 휴게실에 들어서면 '박 교수 어제 컨디션이 나빴다며?' 하고 진 이유가 전부 나 때문이라는 듯이 말하였다. 그럴 때면 나는 내 테스트 경력이 짧고, 파트너도 대부분 선배라서 반박하지 못하고 참을 수밖에 없었다. 그래도 부당하다는 생각은 사라지지 않았다. 파트너는 제비뽑기를 해서 시합 때마다 바뀌는 데도 이기면 내 파트너의 공로가 되고, 지면 내 탓이 되었다. 날이 갈수록 참고 있는 것이 힘들어져 갔다.

이런 일이 심해지자 나는 열불이 일었다. 지는 책임이 왜 항상 나한테 있는 것일까를 생각해 보았지만 이해할 수 없었다. 그 후 나는 시합이 있을 때마다 연필과 종이를 가지고 경기에 대해 적었다. 득점률이나 혹은 누가 볼을 놓쳤는지, 어떤 실수를 했는지를 대략적으로 표기했다. 내가 잘못한 것보다 파트너가 잘못한 것이 더 많을 때가 다수였다. 그렇지만 다음 날 학교에 오면 여전히 내 실수라고 사람들이 말하곤 했다.

그로부터 몇 달이 지나서야 겨우 원인을 알아낼 수 있었다. 시합이 끝나면 교문 근처 맥줏집에서 뒤풀이를 했는데, 나는 선배 교수들이 많은 자리에 앉기가 거북했고 술도 약해서 모임에 끼지 않았다. 시합이 끝나면 나는 곧바로 집으로 갔던 것이다. 여기에 문제가 있었다. 맥줏집에서 뒤풀이를 할 때 거기에 앉아 있지 않은 이가 화제의 중심이 되어 무슨 실수를 했는지 들추어진다는 것이었다. 아무리 본인이 실수하지 않았다 해도 그 자리에 없다는 이유 하나로 없던 실수가 만들어지곤 했다. 그다음부터 나는 술을 마시지 않아도 그 모임에 가서 앉아 있었다. 그리고 나서야 나에게 있던 이상스런 일이 사라졌다. 그러면서 나 또한 뒤풀이 자리에서 없는 사람의 실수 이야기를 자연스럽게 하게 되었다.

하지만 그 이후부터 어쩐지 시합에서 지는 때가 많아졌다. 놀림의 대상에서는 벗어났지만, 시합에서 지는 확률이 높아져서 파트너 보기가 민망할 때도 있었다. 나는 이래서는 안 되겠다고 생각했지만, 스스로에 대한 자책만 깊어갈 뿐이었다. 점점 테니스에 흥미를 잃어갔고, 나 자신이 지닌 결점들이 별처럼 많다고 느껴졌다.

그러다 동네에 사는 한 친구를 만났는데, 그 친구가 '연습만이 살길이야.'라는 말을 했다. 그 말은 가슴에 확 와 닿았다. 그제야 나는 테니스 실력을 높여야겠다는 생각을 했다. 옛날 학생 시절처럼 터덜터

덜 동네 골목에 나가, 전봇대에 박아놓은 철심에 끈으로 볼을 매달았다. 나는 가로등이 환하게 비치는 골목에서 혼자 서브 연습을 했다. 서브가 익숙해지자 그다음으로 벽에 공을 던지며 연습하는 벽치기를 했다. 벽치기를 열심히 하다가, 어느 밤에는 '쿵쿵거려 잠을 잘 수 없으니 딴 데 가서 하라.'는 질책을 받기도 했다. 또 어떤 날에는 볼을 잘못 쳐서 어느 집 유리창을 깨기도 했다. 유리 창문 주인이 뛰어나와, 나는 잘못했다고 사과하고 다음 날에 유리창을 끼워주었다. 그다음부터는 여고 수위실 아저씨를 설득해, 여고 운동장 구석에서 혼자 볼을 벽에 치며 연습을 했다. 그렇게 실제로 연습을 하면서 테니스 교본을 사서 열심히 그것을 읽기도 했다.

일 년쯤 지나자 제법 실력이 늘었다. 동료들은 내가 파트너가 되면 좋아했다. 이기는 확률이 높아졌기 때문이었다. 어느 해엔 전국대회가 있어서 동료와 한 팀이 되어 출전했다. 천신만고 끝에 삼등을 해서 냄비 등을 부상으로 받았다. 운동경기에서 받은 첫 상품이었다.

콤플렉스에서 솟는 분수는 너무 뜨겁다
모든 시간은 아슬아슬하게 살얼음판을 걷는다
살얼음판은 생의 훌륭한 초석이 된다
(중략)
그리고 간단하게 성냥갑 속으로 들어가버린 집 마당, 패랭이꽃들
여전히 아름답다

— 유미, 「포플러나무집」

이 시는 꼬부라진 마음이 주는 분노를 마음에 담아 성냥갑으로 만들고, 성냥을 꺼내 불태워 꼬부라진 마음을 정화한다는 삶의 고백을 담고 있다. 그렇게 해서 얻은 '패랭이꽃들은 여전히' 아름답게 마음에 살아 있다고, 시는 말하고 있다.

이와 같이 사람과 사람 사이에서 마음이 약한 사람은 수많은 상처를 입는다. 상처를 주는 것은 사람뿐만이 아니다. 일상의 다양한 경험에서 사람들은 상처를 받는다. 경험이 축적되어 있다는 것을 다른 말로 하자면 상처가 아문 흉터로 가득하다고 할 수 있다. 이러한 것으로 인해 사람의 마음은 때때로 꼬부라진다. 이 꼬부라짐은 사람이나 인간관계에 쓸데없는 독침을 가해 또 누군가를 상처 입히게 된다. 자신이 연약하여 상처받았다고 해서 또 다른 누구에게 그 상처를 주어서는 안 될 것이다. 그러기에 스스로를 곧게 펴야 한다. 그 방법을 말하자면, 스스로 꼬부라진 부분을 직시하고 그 문제를 정면으로 바라보려는 꾸준한 노력을 하는 것이다. 그리하여 마음에 꽃을 피우고, 펼쳐진 마음으로 세상을 살아가야 할 것이다.

부러움, 아름다운 성장

'부러움'만큼 다양한 내포를 지닌 말도 많지 않을 것이다. 부러움은 때로는 질투로도 발전하고 때로는 자기모멸의 원인이 되기도 한다. 찬찬히 살펴보면 부러움이라는 말은 조그마한 매듭이 되는 아름다운 성장의 진통일 때도 있다.

내가 고등학교 다닐 때 점심시간이 되면 매점으로 뛰어가는 아이들이 많았다. 매점에서는 간식이 될 만한 음식들을 팔았다. 꽈배기, 찹쌀떡, 빵 등 아이들이 좋아하는 것들이 가득했다. 우리 반 아이들이 몰려가서 많이 사는 것은 찹쌀떡이었다. 나는 친구들 틈에 끼어 매점에 가고 싶었지만, 주머니가 비어 운동장 한구석에 앉아 있다가 종이 울릴 때야 교실에 들어가곤 했다. 교실에 들어가 주위를 둘러보면 찹쌀떡을 먹은 아이들의 입술에는 밀가루가 하얗게 묻어 있었다. 나는 친구들의 입술에 묻어 있는 밀가루를 보면 부럽기만 했다. 혼자 매점에 가서 찹쌀떡 판에 깔린 밀가루를 손으로 찍어 입술에 바르고 싶기도 했다. 돌이켜보면 먹고 싶었던 것은 아니었다. 돈이 없어서 못 먹는 서러움도 아니었다. 친구들처럼 나도 입술에 밀가루를 바르고 싶었던 것이다. 이 조그마한 부러움은 닮지 못하는 것에 대한 내 나름의 발버둥이었고 성장통이었다.

대학에 들어갔을 즈음에 있었던 부러운 일도 있다. 우리 과 신입생 십여 명이 저녁 무렵 대학 앞에 있는 선술집에 모였다. 우리는 긴 탁자 앞 나무의자에 마주보고 앉았다. 선배가 차례로 자기소개를 시키고 우리는 한 명씩 일어나서 이름, 출신 학교, 취미 등을 중심으로 자신을 소개했다. 생전 처음 자기소개를 하게 되어 나는 긴장으로 더듬거렸고 겨우 내 순서를 넘길 수 있었다. 여학생도 세 명 있었는데 그들도 나처럼 긴장해서 그런지 짧게 자기소개를 했다. 이후 선배의 주도로 막걸리를 마시면서 여흥이 시작되었다.

술을 못 마시는데 억지로 한 사발 마신 탓인지 얼굴이 붉어지고 있었다. 돌아가며 노래를 부르는데, 내 차례에 무슨 노래를 해야 할지 앞이 캄캄했다. 나는 노래를 못했다. 내 순서가 다가오는데 바로 그때 한 친구가 일어서서 노래를 부르기 시작했다. 갑자기 물을 뿌린 듯 조용해졌다. 유행가였는데 너무 구성지고 목소리도 남인수를 닮아 고음인데다가 감정이 야릇하게 담겨 있었다. 마치 가수의 노래 같았다. 여태까지 부른 노래는 노래도 아니었다. 그는 다섯 번의 앵콜을 받았다. 그러고 나니 흥이 깨져 아무도 그다음으로 노래하라고 권하지 않았다. 그 후 나는 일명 가수인 그 친구와 자주 보게 되었다. 그는 나보다 몇 살 위였다. 알고 보니 그는 '노래자랑'인가 하는 콩쿠르에 나가서 일 등을 했고 이미 기성 가수로 등록되어 있었다. 그는 신입생 환영회나 어느 모임에서든 언제나 한 곡을 뽑아 구성지게 노래를 불렀다.

가을이 되었다. 학과 학생들의 모임이 있었는데 이때도 노래는 빠지지 않았다. 한창 여흥이 무르익을 무렵 일 년 선배가 무대에 섰다. 그는 아리아 '남몰래 흘린 눈물'을 엄청 큰 소리로 불렀다. 세계적 테너를 보는 것 같았다. 나는 선배와 친구가 부러웠다. 친구가 그랬던 것처럼, 다음 사람이 흥이 깨져 노래를 부르지 못할 만큼 나도 그렇게 잘하고 싶었다. 이후 나는 시간만 나면 음악 감상실에 찾아가게 되었다. 몇 시간씩 혼자 앉아 클래식 음악을 듣거나 때로는 팝송을 하는 음악실을 찾아가기도 했다. 이 음악실 순례는 노래를 잘하던 친구 탓이었다. 수많은 좋은 곡을 들으면서 지낼 수 있었던 것은 노래를 잘하는 친구에 대한 부러움 때문이었다.

그뿐만 아니다. 우리 과에는 일본어를 잘하는 선배가 있었다. 독일소설 강의를 들을 때 그 형은 교수가 들고 있는 독일소설의 제목만 보면 며칠 후 일본어로 번역된 독일소설을 들고 와서 보여주며 스토리를 말해주곤 했다. 나는 독일어가 약해서 몇 시간을 앉아서 고생해도 열 페이지도 채 읽지 못하는데, 형은 며칠 만에 소설 전권을 읽고 와서 이야기해주곤 했던 것이다. 그때만 해도 원문으로 된 외국 서적을 구하기 힘든 때였다. 일 년에 한두 번 외국전문서점에서 수입해 들어오는 책을 구하기에 혈안이 되던 시절이었다. 그러나 형은 일본어를 잘했기 때문에 언제나 편하게 책을 구할 수 있었던 것이다. 책을 구할 수 있다는 것이 정말 부러웠다. 일본어를 못해서 속상한 것이 아니었다. 그런 생각이 있었으면 일본어 공부를 했을 것이다. 원문 그대로를 읽고 싶은데 그러지 못하는 것이 속상했다. 형이 읽는 책이 부러웠다. 그래서 나는 내 전공에 관한 외국 서적을 찾아 서점을 밥 먹듯이 찾아다니게 되었다. 이 서점 찾기는 나에게 큰 즐거움이 되었다.

누구를 부러워한다는 것을 죄악처럼 느끼는 이도 있다. '남부럽지 않게'라는 말이 있기도 하다. 그러나 부러움은 새로운 욕구와 자아성장의 창조적 모태가 되기도 한다. 대학 때 한 친구는 항상 영국 시인 키츠의 시집을 들고 다녔다. 오래 들고 다녀서 표지가 닳아지게 되자 셀로판지로 싸서 그 책을 계속 들고 다녔다. 다른 친구들은 그 친구가 그러는 것을 비웃기도 했다. 그런데 나는 시집을 들고 걷는 그의 모습이 멋있어 보일 때가 있었다. 그럼에도 나는 그 친구가 부럽지 않았다. 일부러 보여주기 위한 것이라는 생각이 들어서였다. 부러움은 자신에게 새로운 의욕의 산실이 되어야 한다. 이 부러움을 질시와 질투로 변하게 하여 부정적 자아를 키워가지 말아야 할 것이다.

외로움

　외로움은 정말 오랫동안 마음의 한쪽에 붙박이장처럼 자리 잡고 있
다. 이 외로움은 나와 함께 살아가는 것 같다. 어제 어떤 모임에 갔을
때 한 젊은 엄마가 '아이들 학교 보내고 집에서 혼자 커피라도 한 잔
하면 알 수 없는 외로움이 가슴을 파고들어요. 어떤 때는 이유도 없
이 눈물이 흐를 때도 있어요.'라고 했다. 단순히 감상적인 성격 탓만은
아닌 것 같았다. 곁에서 그 이야기를 들으며 내 마음 한구석에도 자리
잡고 있는 그 외로움을 어쩔 수 없이 느끼게 되었다.

　외로움이 숨어 있다가 안개처럼 스멀스멀 기어 나와 나를 괴롭히
는 순간이 있다. '내 마음속 이야기를 어디에도 털어놓을 수 없다.'라
는 생각이 들 때이다. 작년 여름만 해도 그렇다. 여름이 오면, 매년 휴
가는 아니더라도 그래도 어디론가 훌쩍 떠나가서 한두 주일은 보내다
집으로 돌아오곤 한다. 그런데 작년에는 형편이 되지 않아 한여름을
집에 꼭 갇혀 있어야 했다. 그러던 어느 날 '심상' 잡지사에 일이 있어

서 갔다. 심상 직원은 잡지사 의자에 앉아 시(詩) 작품 청탁을 하며 보내고 있었다. 나도 그 옆에서 일을 했다. 몇 시간을 앉아 정신없이 보내다가 오후 다섯 시쯤 잡지사를 나왔다. 해는 아직도 가시지 않고 있었다.

나는 근처 카페에 들어갔다. 테이블이 네 개밖에 없는 좁고 특색이 없는 카페였다. 나는 길이 보이는 창 옆에 자리를 잡았다. 카페 안을 돌아보니 한구석에 중년의 남자가 지난 신문을 펼쳐들고 그것을 보고 있었다. 마침 여점원이 커피를 받아가라고 해서 카운터에 가서 커피 잔을 받아들고 다시 내 자리에 가 앉았다.

그때 이 남자가 나를 보더니 갑자기 고개를 끄덕이며 아는 척을 했다. 나는 이 남자를 알지 못하여 건성으로 답례를 했다. 그러자 남자는 조용히 내 앞으로 왔다. 남자는 서 있었고 나는 의자에 앉은 채였다. 그리고는 '이 집에 더러 오시네요. 만나 뵙게 되어서 인사를 드립니다.' 하고 말을 걸었다. 나도 딱히 급하게 할 일이 있는 것도 아니라서 '예, 이곳에 일터가 있어서요.' 하고 화답을 했다. 그는 자연스럽게 내 앞자리에 앉았다. 서로 잘 알지 못하는 사람들끼리 이야기하듯이 그와 나는 몇 마디를 주고받았다.

어색한 대화만 이어질 거라 생각했는데, 갑자기 그가 '오늘 처음 다른 사람과 말하게 되었네요.' 하였다. 무언가 가슴에 억눌려 있던 것을 풀어놓듯이 말하는 것이었다. 나는 그의 말에 놀라고 어색해서 가만히 그의 얼굴을 쳐다보았다. 그는 막혔던 둑을 무너뜨리듯 이야기를 쏟아내었다. 그가 말한 것은 이런 이야기였다. 오십이 된 아내와 헤어지고 혼자 살고 있는데, 직장에서 퇴직도 하여 하릴없이 집을 지키고 있다고 했다. 직장을 나온 후, 마치 자신이 무능해서 쫓겨난 것 같이 생각할까 봐 친구들하고도 벽을 쌓고 혼자 지낸다고 했다. 그렇게 큰 집에 살고 있는 것도 아니고 그냥 자취를 한다고 말해주었다. 그런데 왼종일 집안에 있으면 전화 한 통도 오지 않는다는 것이었다. 그래도 이전엔 전화가 제법 울렸는데 요즘에는 전화가 오지 않는 날이 많아졌다고 했다. 사업이라도 해볼까 하다가 겁이 나서 덤벼들 수도 없다고 했다. 취미가 있어서 등산이나 골프를 할까 했는데 혼자라 잘 나설 수가 없다고도 말했다. 마치 조금씩 아래로 미끄러지듯 그의 외로움은 설상가상으로 점점 커지는 것처럼 느껴졌다. 그런 외로움 속에 있다가 오늘 카페에 나왔는데, 얼굴을 본 듯한 나를 만나서 반가워 말을 하게 되었다는 것이었다. 그의 처량한 생활을 듣고 있으려니 그의 푸념 섞인 이야기를 말릴 수가 없었다. '대학에 들어가 처음 서울에 올라와 자취를 했는데, 그때랑 지금이랑 비슷한 것 같다.' 하고 그가 말했다. 날이 어두워오면 일어서서 벽에 붙은 스위치를 누르는데 그러고 나면 '이제 하루가 갔구나…'라고 느껴지고, 그러면서 소파에 누워 천장을 바라보면 '나 혼자뿐이구나…' 하는 생각에 사로잡힌다는 것이었다.

나는 긴 시간 그의 이야기를 들었다. 그의 외로움은 거의 병에 가까워 보였다. 처음 만난 나에게 마음을 털어놓는 그에게 뭐라고 한마디를 해야겠다는 생각이 들었다. 겨우 나는 '자식은 없으세요?' 하고 물었다. 그러자 그는 고개를 돌리며 '미국에 가 있어요.' 하고 작은 소리로 대답했다. 그의 목소리는 시들고 힘이 없어 보였다. 자식이 떠난 지 오래된 것 같았다. 그는 자리에서 일어서면서 '그래도 선생님께 말이라도 해서 마음이 조금은 열린 것 같아 기쁩니다. 괜히 초면에 번거롭게 했습니다.' 하고 정중하게 인사를 하고 카페를 나갔다.

나는 한동안 그 자리에 앉아 있었다. 생전 처음 만난 이가 고독에 몸부림치는 비명 같은 고백을 하였는데, 나는 그가 아무 배려 없이 자신의 감정을 나에게 들이붓고만 있다는 생각이 들었다. 그런데 기분이 나쁘지 않았다. 얼마나 사람이 그리웠으면 모르는 나를 붙들고 속마음을 길게 털어놓았을까 하는 마음이 들어서였다. 오히려 좋은 해결책을 그에게 일러 줄 수 없었던 내가 조금 야박하게 느껴졌다.

순간 내가 품고 있던 마음의 어지러움이 피어나기 시작했다. 이 어지러움은 의욕을 상실하게도 하고 쉽게 주저앉게 하기도 하며, 때로는 이유 없는 허무감으로 발전하게 하는 그런 류의 것이었다. 볼펜으로 글을 쓰다가 샤프 연필로 바꾸고, 그러다가 컴퓨터에 자판을 두드리고, 그렇게 아무 이유도 없이 변덕스럽게 마음을 변하게 하는 것이 이 어지러움이었다. 나는 이 어지러움의 정체가 바로 외로움이라는 것을 알아차렸다.

훌륭한 작품을 읽고 느끼는 감동도 외로움을 깨우치는 촉매가 되고, 가끔 사무치게 보고 싶어지는 부모의 얼굴도 외로움의 고백이 된다.

때로 마음에 떠다니는 몇 개의 어휘를 붙잡고 마음을 그려보려고 하면 그마저도 외로움일 수 있기에 조심스러워진다. 혹은 어휘를 붙잡고 마음이 어떤지 그것을 알아볼 힘조차 없어 소리 내어 혼자 눈물 흘리게 된다. 외로움, 이 한여름 빈 하늘에도 어떤 서글픔이 있을지 모른다. 그러나 보이지 않는 바람이 시원함이나 상쾌함을 주듯 마음으로 서로 다독이는 것이 어쩌면 위로가 될 수 있을 것이라고 생각한다. 겉으로만 하는 행위가 아닌 마음으로 감싸고 생각해 주는 것이 외로운 사람에게 한 줄기 바람을 불러일으키게 할지도 모른다.

선의의 경쟁

같은 직장, 같은 부서에서 일하다 보면 자연스럽게 하나의 프로젝트를 다른 동료와 함께 하게 된다. 아니면 한 부서에서 서로 다른 일을 두 팀이 나누어 추진할 때도 있다. 이럴 때면 겉으로는 보이지 않지만 안으로는 경쟁 관계가 형성되기 마련이다. 이 때문에 같은 부서에 있으면서도 서먹한 인간관계가 만들어지는 경우도 있다. 이때 가장 많이 생기는 심리적 현상이 질시나 음해와 같은 부정적인 배타감인데, 부서의 책임자가 '선의의 경쟁'을 강조해도 말처럼 쉽게 부정적 감정이 사라지는 건 아니다. 선의의 경쟁을 이루기 위해서는 구성원 각자가 경쟁에 관해 정당한 의식을 가져야 하기 때문이다.

선의의 경쟁을 하려면 경쟁을 어떻게 받아들이고 있는가에 대해 생각해 보아야 한다. 상대를 이긴다는 말은 상대를 없애버린다는 뜻이 아니다. '상대와 다른 것을 내가 찾아낸다.'라는 뜻이 올바른 경쟁의 의미가 된다. 이를 위해서는 나 자신이 상대가 가지지 않은 역량을 스스로 찾아내고, 이를 구현하려는 의지가 있어야 한다. 그러려면 일에 관한 전문지식이 축적되어야 하고, 생활하는 동안 스스로가 키워온 자신의 역량에 대해 성찰해 보면서 스스로에 대해 생각해 봐야 한다. 과제와 연관된 자신의 충실했던 체험이나 뜻밖에 얻게 된 교양까지도 살펴서, 여러 역량을 과제와 융합할 수 있는 넓은 시각을 키워야 하는 것이다.

이 경쟁이 좋은 쪽으로 형성되는 건 매우 어려운 일이다. 나도 경쟁의 소용돌이에 휘말려 힘들었던 때가 있었다. 대학에 들어가 학과 친구들과 어울리게 되었다. 학과 친구들이라고 해도 열두 명밖에 되지 않았다. 그중에서 세분된 전공별로 나누다 보니 네 명이 한 팀이 되었다. 우리 네 명은 강의실에 항상 뭉쳐 앉았고 함께 학교를 누볐다. 그중에서도 나와 가장 비슷한 전공 분야를 선택한 친구가 있었다. 그는 책마다 두툼한 누런 종이를 싸서 책 커버를 만들었다. 책 표지가 보이지 않게 하고 다녔던 것이다. 그리고 누런 종이에 붓글씨로 '삼국지연의' 따위를 쓰고 1, 2, 3 등의 번호를 붙여 놓았다. 마치 내가 그의 책을 염탐이라도 할까 걱정하는 듯이 그는 책 표지를 감추었다. 그것이 나를 무척 섭섭하게 하였다. 그 행동은 그를 치사한 사람이라 생각하게 만들었다. 나는 자존심 때문에 무슨 책이냐고 묻지도 않았다.

사 학년 일 학기가 되었을 때였다. 어느 날 지도 교수가 졸업 논문 제목을 제출하라고 했다. 그리고 일주일 후 지도 교수는 강의시간에 우리가 제출한 논문 제목을 보면서 어떻게 써야 하는가를 조언하였다. 그런데 나와 친구의 제목이 거의 같은 것이었다. 교수님은 비록 제목은 비슷하나 접근방식에 따라 다르게 쓸 수 있으니 각자 열심히 해보라고 하였다. 나와 친구는 라이벌처럼 비슷한 제목을 가지고 졸업 논문을 쓰게 되었다.

그제야 나는 그가 그동안 책 표지를 감추었던 이유를 알게 되었다. 친구는 나를 너무 잘 알고 있었던 것이다. 내가 어떤 분야에 관심을 가지고 있고, 어떤 부류의 책들을 많이 읽고 있는지를 잘 알고 있어서, 나하고 같은 분야에 관심을 가진 그로서는 자기를 드러내 보여주기 싫었던 것이었다. 같은 분야라도 서로 의논해서 방향을 달리할 수 있을 텐데, 그 친구는 내 것만 살펴보고 자기 것은 꽁꽁 숨겨서 나를 섭섭하게 만들었다. 그가 친구로서 치사하다는 생각을 버릴 수 없었다. 나는 이 섭섭함 때문에 졸업 논문을 더 탄탄하게 써야겠다는 마음이 들었다. 그래서 꾸준히 공부해온 내 전공 분야를 세심히 살펴보게 되었다.

나는 대학에 들어오면서부터 외국 문학이론서를 꾸준하게 사왔다. 삼 년 넘게 모은 것이었다. 그중에는 읽지 못한 책도 있다. 대학에서 강의를 듣고 집에 가는 길이면 습관처럼 외국 서점에 가서 관심 분야의 새로 나온 외국 문학이론서를 사곤 했다. 기존 문학이론에 이 외국 이론을 덧붙이니 꽤 많은 양이 되었다. '이 책들을 열심히 읽으면 더 좋은 졸업 논문을 쓸 수 있지 않을까?' 하는 생각이 들었다. 이런 과정을 거쳐 나는 졸업 논문을 제출했고, 지도 교수의 칭찬을 듣고 졸업하게 되었다.

　그래도 그 친구와 나는 평생 친구로 남았다. 우리는 졸업을 무사히 하였고, 세월이 흘러 둘 다 교수가 되었다. 하루는 그에게 '옛날에 왜 책 표지에 꺼풀을 씌워 가리고 다녔나?' 하고 물었다. 그는 웃으며 '너가 보면 내가 쓸 게 없을까 봐 겁나서 그랬지.' 하고 웃었다. 나는 '야, 본다고 우리가 똑같이 쓰겠냐?'라고 말했다. 그가 책표지에 꺼풀을 씌워 가린 것이 나에게는 내가 무엇을 잘할 수 있는가를 살펴보게 된 계기였다. 이를 통해 나는 자신을 돌아보고 무엇을 더 할 수 있는지를 생각할 수 있었다.

> 나와 같은 얼굴은 없다
> 한자리에 모여 살아도 얼굴이 다른 것처럼
> 살아가는 길은 다르다
> 그래도 손잡고 서로를 의지해서 살아가야 할 길을 찾아낸다
> 가지에 주렁주렁 매달린 감들처럼 하나가 있어 모두를 이루듯이
> 껴안고 살아가는 포용의 넓은 품
>
> ― 박동규, 「한 팀으로 살기」

　한 가지에 매달린 감처럼 '서로 하나이면서 모두'가 되는 포용의 품 안에 '선의의 경쟁'이 있다. 내 젊은 날의 지도 교수가 했던 말처럼 서로 같은 과제라도 각자의 시각에 따라 다른 결과를 얻을 수 있을 것이다.

흔히 부러워하면 지는 것이라고 한다. 그러나 나와 다른 이와의 경쟁은 상대와 대결하는 것이 아니라 내가 잘하는 것을 특출하게 끌어올려 나만의 새 세계를 만들어내는 것이다. 아름답지 않은 꽃이 어디 있겠는가. 그러나 모든 꽃은 똑같이 생기지 않았다. 하나의 꽃이 그만의 독특한 모양과 향기를 지녔기에 꽃밭은 그토록 아름다운 것이다. 그러한 꽃밭처럼 나만의 향기를 독특하게 만들어가야 할 것이다.

동료애

한 직장에 다니다 보면 자연스럽게 동료라는 말을 쓰게 된다. 동료는 친구와 달리 일을 함께 하는 이들의 관계를 말하는 것이다. 이 관계가 말라버린 풀줄기처럼 퍼석거리기 시작하면 함께 일을 하는 데 어려움을 겪게 된다. 서로를 도와가며 협동으로 일하는 즐거움보다는 나 자신의 일과 다른 이의 일을 지나치게 구분하게 되고, 이에 따라 고립된 듯한 소외감을 느끼게 되는 것이다.

나의 선배 형님은 이십 년 넘게 일하다가 정년퇴직을 하였다. 같이 일하던 시절, 교수로서 서로 부딪힐 일은 거의 없었다. 그렇지만 강의 과목의 설정 같은 것 때문에 회의에 나가면 가끔 의견이 엇갈릴 때가 있었다. 이런 자잘한 일들이 떠올라, 나는 정년퇴임식을 마치고 선배와 걸어 나오면서 마지막 인사로 '형님 제가 제대로 못한 것 다 털고 떠나십시오.' 했다. 선배를 떠나보내야 하는 섭섭한 마음이 목소리에 담겼다. 그러자 선배는 내 등을 치면서 '내가 재직한 동안 너가 나를 한 번도 해코지한 적이 없어 맺힌 게 없는데 털어 버릴 게 어딨어?' 하시는 것이었다. 그 선배의 '해코지'란 말이 아직도 내 귀에 쟁쟁하다. 더욱이 선배는 나에게 '배움의 샘'이라는 뜻의 학천(學泉)이란 호(號)도 지어주며 나를 챙겨주었기에 나는 더욱 섭섭한 마음이 들었다. 마지막까지 나를 배려하는 선배의 너그러움이 고마워지며 가슴이 먹먹해졌다.

선배 형님과 나는 이십여 년 동안 학교에서 알고 지냈다. 매일같이 학교에 나와 각자의 일을 충실하게 했지만, 그 사이사이 선배 형님은 내 삶에 대한 충심어린 관심과 격려, 충언을 아끼지 않았다. 동료로서 학교에 함께 다니는 동안 언제나 나를 세밀하게 살펴주셨던 것이다. 그렇게 관계가 이루어지니 자연스럽게 정이 들어도 엄청 들지 않았겠는가. 나는 선배를 떠나보낸 다음에야 겨우 '동료애'라는 말을 생각하게 되었다.

내가 처음 교수로 대학에 들어갔을 때 누구를 만나서 대화를 해도 부담스럽기만 했다. 나는 갓 대학에 들어갔기에 전부 나보다 선배 교수여서 긴장하지 않을 수 없었던 것이다. 그렇게 이 년쯤 지나서 선배 형님이 뒤늦게 들어오셨다. 선배와 나는 같은 전공 분야라 자연스럽게 친해졌다. 선배는 나를 만나면 항상 집안 형편을 물었다. 내 고향에 대해서나 혹은 우리 아이들에 관해 물을 때도 있었다. 나는 선배가 무척 가정적이구나 하고 생각했다. 그렇게 몇 년 지나 보니 선배가 걱정하는 것은 '학교 교수로서의 나'가 아니라 '학교 틀에서 벗어난 나 자신'임을 알게 되었다. 내 삶을 걱정해주는 선배가 고마웠다. 그리고 그 사실을 알게 되자 더욱 정이 갔다. 화가 밀레가 말하길, 어느 쓸데없는 돌 하나도 적절한 자리에 놓으면 아름다움이 얹힌다고 했다. 이와 같이 선배로 말미암아 나는 적절한 자리를 찾아갔다. 직장 안에서 하나의 돌이었던 나는 어느새 자리를 잡아 그 자리에 소용되는 의미 있는 돌로 변했던 것이다.

젊은 날 한 친구가 들려준 이야기다. 그 친구도 '동료애'를 경험했다고 한다. 친구는 대학을 졸업하고 출판사에 취직을 했다. 작은 출판사라서 사원이 다섯이었다. 그중 한 명은 경리를 보는 여직원이었고, 책을 만들고 일하는 사원은 네 명이었다. 소수 인원이었기에 책 만드는 일은 구분 없이 진행되었다. 기획도 함께 하고 배송이나 영업도 서로 도와가며 함께 일을 했던 것이다. 그런 탓으로 점심시간이 되면 언제나 여직원을 제외한 네 명이 형제처럼 어울려 거리로 나섰다. 식당에 가서 각자 점심값을 내기 때문에 부담도 없이 지냈다.

그런데 일 년쯤 지난 어느 날부터 옆자리에 앉은 동료가 바쁜 일이 있다며 점심시간에 자리를 비웠다. 그 뒤로 자리를 자주 비웠는데, 동료가 함께 점심을 먹자고 권유해도 그는 바쁜 일이 있다며 슬그머니 피했다가 한 시간쯤 뒤에야 되돌아왔다. 그가 자리를 비우기 시작한 지 한 달쯤 지나서였다. 점심시간에 같이 밥을 먹은 지도 한 달이 넘은 때였다. 한 동료가 점심시간에 사라지는 동료 이야기를 꺼냈다. 옆자리 동료의 어머니가 큰 병에 걸려 병원에 입원했다가 다시 퇴원했는데, 한 번만 그런 게 아니라 그런 일을 반복하고 있다는 것이었다. 그는 시간이 날 때면 어머니를 찾아뵙고 오는데 그게 딱 점심시간이라고 했다. 그런데 중요한 것은 그가 점심값도 아껴가며 병원비를 마련하느라고 참으로 힘들어한다는 것이었다. 그들은 갑자기 숙연해졌고 점심을 굶어가며 어머니 병원비를 마련해야 하는 사라진 동료를 걱정하게 되었다. 그렇다고 사라지는 동료에게 도와주겠다는 말을 하면 행여나 마음이 상할까 하여 발만 동동 굴렀다고 했다.

어떻게 해야 하나 하던 중에 한 동료가 몰래 사장에게 이 사실을 말하였다. 그랬더니 그다음 날부터 사장은 아무렇지도 않게 '점심 먹으러 갑시다.' 하고 나서서 사라지는 동료를 붙들었고, 사장이 지불하는 점심식사를 하게 되었다는 것이다. 열악한 출판사 형편이라 사원 어머니의 병원비를 전면적으로 도울 수 없어서, 사장은 점심값을 내어주며 이전처럼 함께 식사할 수 있도록 배려해 준 것이었다. 나는 그의 이야기를 들으면서 서로 의지하고 살아가는 참다운 동료애란 바로 그런 것이 아닌가 생각했다.

마른 나뭇가지에 날아가던 연이 걸렸다
바람이 불면 가지가 요동하고 연은 몸부림치듯 온몸을 흔들었다
둘은 한 몸처럼 바람에 흔들리고 있다
인연 그 인연 무엇이 소중해서 서로 매달려 세상을 견디는가
속마음 한번 알아준 것뿐인데 바람이 불 때면

애처로운 팽팽한 연줄을 나뭇가지는 정이 들어 놓지 않고

연은 화답하듯 울음소리를 내고

　　　　　　　　　　　　　　　　　　　　　　—「나뭇가지와 연의 인연」

　동료애는 일하는 이들이 아름다운 마음을 보여준다. 조정 경기에서 여덟 명이 앞을 향해 노를 저어가면서 호흡을 맞추고 서로 구령을 붙여주는 것처럼, 동료애는 인간관계의 아름다움을 느끼게 한다. 억지로 웃는 관계가 아닌 진실로 동료애를 가진 사람이라면, 직장 안에서도 아름다운 인연을 만들 수 있을 것이다.

통 큰 사람

　젊은 날에는 그런대로 통이 큰 사람이라고 생각했는데, 나이가 들수록 통이 작아지는 느낌을 버릴 수 없다. 이 통이라는 말은 바지의 통이 크다처럼 품이 크고 대범하며 포용력이 큰 인품이라는 뜻으로 사용된다. 나는 정확히 통의 어원을 모르지만 통이 큰 사람은 관용의 범위가 넓은 사람이라고 나름대로 생각하고 있다.

　이 통에 대해 나는 잊을 수 없는 기억이 있다. 옛날 코미디언 배삼룡이 한창 날리던 때였다. 어느 날 저녁 텔레비전을 보는데 배삼룡이 나왔다. 코믹 드라마의 한 토막에서였는데 스토리는 간단했다. 어느 예쁜 처녀의 아버지가 신랑감을 구하는데 통이 큰 남자라야 한다는 것이었다. 그래서 배삼룡이 지원해서 산속의 한 곳에서 장인 될 사람을 만나러 갔다. 배삼룡은 나팔처럼 날리는 통이 큰 바지를 입고 등장했고, 처녀의 아버지가 담배를 꺼내자 작은 성냥이 아닌 큰 대덕 성냥을 꺼내 불을 붙여주었다. 그리고 점심 먹을 때가 되자 큰 무쇠솥을 들고 나왔다. 처녀의 아버지는 비로소 통 큰 청년을 만났다고 좋아하면서 결혼을 허락했다. 나는 이 장면을 지금도 생생하게 기억하고 있다. 이 통 큰 남자 이야기는 어떤 도량으로 살아갈까를 보여주는 희극적 비유이다.

나 역시 배삼룡처럼 통이 커야 한다는 데 매달려 살 때가 있었다. 작은 예로, 젊은 날 드립 커피 기계를 살 때, 한 번에 몇 잔을 내릴 수 있느냐보다는 무조건 제일 큰 기계를 샀다. 큰 기계라서 여섯 잔 이상씩 커피를 뽑아야 했고, 항상 포트에 커피가 남아 있자 어머니가 작은 기계를 사게 했다. 대학에 다닐 때는 친구들에게 영향을 받기도 했다. 우리는 내 것과 네 것이 분명치 않아 점심값을 치르는 것도 서로에게 부담이 없었지만, 친구 앞에서 점심을 살 수 있다는 것은 은근히 통이 큰 남자로 여겨졌다. 통이 크다는 것 때문에 이 점심값에 매달리게 된 적도 있다.

이와 달리 통이 좁아서 그를 둘러싼 사람들과의 관계가 소원해지는 경우도 있다. 지금도 내 기억에 남아 있는 친구가 있다. 그는 정말 너무 심할 정도였다. 이 친구는 지방에서 올라와 다른 친구와 함께 하숙을 하고 있었다. 어느 날 그와 함께 하숙하고 있는 친구가 학교에 와서 연구실에 모여 있는 우리들에게 사연을 털어놓았다. 어제저녁 하숙집에 가보니 불고기 냄새가 나서 이상하다 생각해 이리저리 뒤져보니 친구의 이불에서 나더라는 것이었다. 그래서 하숙집에서 일하는 아주머니에게 물어보니, 같이 있는 친구가 낮에 불고기를 사와서 아주머니가 구워주었다고 했다. 그 친구는 구운 불고기를 방 안에 가지고 가서 냄새가 날까 봐 이불을 뒤집어쓰고 혼자 먹었다는 것이다. 방을 같이 쓰던 친구는 무척 마음이 상해 있었다. 우리는 고기를 혼자 구워 먹은 친구의 옹졸함을 소리 높여 규탄했다.

직장생활을 하게 되고부터는 이 통이라는 말이 일상생활과 연결되어 참으로 괴로울 때가 많았다. 이 통은 관용이나 베풂의 폭과 같이 비물질적인 것과도 연결되어 있어서 가늠하기 어려울 때도 있고, 또 옹졸한 마음으로 생기는 좁은 통이 주위 사람과의 사소한 마찰에서부터 이기적 아집의 병폐도 낳게 하는 것이다. 그러기에 항상 통의 크기를 스스로 조절하는 내적 성찰이 필요해 보인다.

이런 경우도 있다. 학교가 파하여 퇴근 버스를 타게 되면 거의 매일 같은 동료들이 옹기종기 모여 앉게 되었다. 그런데 일주일에 한두 번 이상은 한잔하러 가자는 선배에 의해 버스에서 내릴 수밖에 없었다. 우리는 호프집으로 가서 생맥주 한두 잔을 마시고 헤어졌다. 그런데 그때마다 선배가 혼자 카운터로 가서 맥줏값을 냈다. 내가 낸다고 하면 등을 떠밀어 나가라고 했다. 나는 그 선배가 사는 형편을 잘 알고 있었다. 선배는 방 두 개만 있는 낡은 아파트에 살며 대학에 다니는 딸 둘을 두고 있었다. 나는 그 선배가 무척 안쓰럽게 느껴졌다. 그런데 이상한 것은 다른 동료들은 아무렇지도 않은지, 어떤 날은 선배를 따라 우르르 내리곤 했다. 통이 너무 커서 걱정이었다. 선배는 술값만 그런 것이 아니었다. 학생들이 학교 앞 식당에 모여서 교수님을 찾으면 언제나 그들을 찾아가서 음식 값을 내주었다. 선배의 행동은 이미 학생들 사이에서 파다하게 소문 나 있었다. 이처럼 자신을 돌보지 않는 무한정 통 큼도 나는 겁이 났다.

산골에 흐르는 시냇물을 보라 가느린 풀잎 마른 나뭇가지도 껴안고 함께 강으로 흐르고 있다

눈 내리는 날 거리에 서보라 가난한 이나 부자나 하얀 이불로 포근히 덮어주고 있지 않은가

사과밭의 사과가 서로를 껴안고 살 듯이 어깨 두드리며 껴안고 사는 것이 어떨까

그러기에 항상 어느 정도의 통으로 살아가야 하는가를 걱정하게 된다. 그러면서 이 통이 진실로 어떻게 인간형을 만들어가게 하는가도 생각하게 된다.

내가 교수 생활을 하면서 통에 대하여 걱정하게 된 것은 '얼마나 관용의 폭을 지녀야 하는가.' 하는 점과 '얼마나 학생들에게 엄격해야 하는가.' 하는 점이었다. 잘못을 눈감아 주는 것은 통이 아니다. 또 잘못을 꾸짖기만 하는 것도 옹졸함이지 통이 되지 않는다. 적정한 통의 깊이와 넓이는 참으로 어렵다.

언젠가 어머니가 물건을 사오라고 시킨 돈으로 친구들과 어울려 극장도 가고 술집에도 갔다가 밤늦게 집에 들어간 적이 있다. 아버지는

나를 서재에 부르시더니 다 큰 아들의 머리를 쓰다듬으며 '돈을 얼마나 쓰고 싶었니. 항상 빈 주머니로 다니니까….' 하셨다. 나는 눈물을 줄줄 흘렸다. 아버지는 '다음에는 꼭 말하고 써라.' 하고 나를 내보내 주었다. 어머니는 아무 말도 하지 않았다. 나는 어머니에게 잘못했다고 빌었다. 어머니는 내 손만 꼭 잡고 있었다.

직장 생활을 하면서 내가 아닌 남에게 베푸는 관용과 옹졸함을 꼭 챙겨보아야 할 것이다.

손이 주는 정감

요즈음 악수도 제대로 못하는 경우가 많다. 코로나19 바이러스 감염 때문이다. 마스크를 쓰고 다니는 것쯤은 참을 만했다. 그런데 어쩌다 반가운 친구를 만나면 덥석 손을 잡을 수가 없었다. 손을 잡으면 느껴지는 가슴 가득 넘쳐나던 정감이 점점 사라져가는 듯하다. 눈인사만 주고받는 모양이 무슨 다른 나라 사람 만나는 것처럼 어색했다. 친구와 헤어지고 나서도 허전함이 진하게 남았다. 혹시 모르니 질병을 옮기지 않으려고 악수를 안 한 것이지만, 친구를 못 믿어서 그냥 보낸 것 같은 마음이 들었다. 나같이 심약한 사람이 느끼는 감상적 소외라고 할 수도 있다. 하지만 살아가는 동안 손에서 얻는 정감이 얼마나 소중한 것인지를 생각해보면 단순히 소외라고 보기는 어렵다.

내가 처음 대학에 입학했을 때 학과에 같이 들어온 신입생 중에 전공이 같은 친구들이 넷이 있었다. 그리고 여학생 한 명이 더 있었다. 봄볕이 화창한 어느 날에 우리는 마로니에 나무 아래 벤치에 모였다.

키가 큰 순서대로 자기소개를 하기로 했다. 한 친구는 키에 비해서 몸이 너무 왜소했다. 안경을 낀 그가 마른 몸을 불쑥 일으키더니 '부산에서 왔습니다. 낙산 밑에서 하숙합니다.'라고 말하고는 일일이 친구들 앞으로 와서 손을 내밀었다. 그의 손을 잡는 순간 가는 콩나물을 잡는 듯한 연약함이 전해졌다. '공부밖에 딴 것은 못하겠구나.' 하는 느낌이 들었다. 광주에서 온 친구도 부산 친구처럼 말하고는 악수를 청했다. 그의 손은 손가락이 딱딱했다. 그래도 손은 유난히 따뜻했다. '정이 많은 친구구나.' 하는 느낌이었다. 또 부산에서 온 다른 친구가 악수를 청해 잡아보니까 조그마한 손이었다. 그도 앞선 친구처럼 펜이나 들어야 할 것 같았다. 두 번째 부산 친구는 손을 흔들지 않고 가만히 쥐었다.

그때 잡았던 손의 감촉들을 육십 년이 지난 지금도 기억하고 있다. 그 후 친구 셋이 전부 세상을 떠났지만, 그전까지 우리는 오륙십 년 동안 한결같은 친구로 부족함 없이 지냈다. 아직도 손에 느껴지는 바로 그 감촉이 우리를 한 덩어리로 묶어준 힘이라고 여겨졌다.

악수의 형태는 다양하다. 어느 친구는 손을 있는 힘껏 잡아서 내 손이 아플 정도로 꼭 쥐었다. 트럼프가 힘을 잔뜩 주고 손을 잡아 기선을 제압한다는 말을 들은 적이 있는데 지금에서야 그 친구가 연상된다. 하지만 그때는 기선 제압이라기보다는 '친한 것을 강하게 보여주기 위해서 그러는구나.' 하고 생각했다. 또 손끝만 살짝 간지럽게 잡는 친구도 있었다. 그런 친구는 여자처럼 느껴져서 무언가 야릇한 감각이 오래 가기도 했다. 그리고 손을 잡고 너무 오랫동안 놓지 않고 있는 친구도 있었다. 학교에서 매일 만나는 데도 한참 동안 손을 잡고 있어서 어색할 때도 있었다. 이야기를 하면서도 손은 놓지 않았다. 이런 친구는 틀림없이 신의를 중시하는 얼굴을 하고 있었다. 만나는 친구의 손을 잡을 때마다 감각이 새로웠다. 그만의 독특한 정감이 전해 왔기 때문이다.

지금도 기억하는 한 친구의 악수법이 있다. 그 친구는 내 손을 잡고 검지를 오므려 내 손바닥을 살살 긁었다. 나는 이상해서 '왜 너는 악수를 그냥 하지, 손가락으로 손바닥을 긁느냐?'라고 물었다. 그러자 그는 웃으며 '날 기억하라고 그러는 거지.' 하였다. 나는 가끔 그 친구의 손에서 '조금은 일부러 꾸며서 보여주는구나.' 하는 느낌을 가질 때가 많았다.

손의 정감은 악수만이 아니다. 내가 다 커서 결혼을 하고 마장동 셋집에 살 때였다. 아버지가 가끔 찾아오셨다. 아버지는 셋집에는 들어오시지 않고 길가 다방에서 나를 불렀다. 다방에 겨우 돌을 지난 아들을 안고 가면 손자를 한참이나 보셨다. 그러다가 헤어질 때가 되어 다방 문 앞에 서면 아버지는 손으로 내 어깨를 몇 번 두드리고 '열심히 착실하게 살면 네 집도 마련할 수 있을 거야.' 하셨다. 아버지가 내 어깨를 두드리던 그 무거운 감촉은 쉽게 사라지지 않았다. 비록 아들놈 우윳값 마련하는 것도 힘든 월급쟁이지만, 착실하게 살아가면 내 집 마련의 길이 열릴 것이란 조언이었다. 아버지의 자식 걱정하는 마음이 내 어깨에 얹혀 있었다. 아버지의 큰 손이 내 어깨를 두드리던 감촉은 올곧은 길로 가라는 채찍이었고, 또 자식을 사랑하는 아버지의 사랑이기도 했다. 그 마음을 느끼는 순간이었다.

내 여동생도 마찬가지였다. 나보다 여섯 살 밑이라서 여동생과 자주 이야기를 나누지 못했다. 여동생이 대학에 입학한 날 온 가족이 동네에 있는 음식점에 함께 앉았다. 나는 여동생에게 주려고 꽃다발과 돈을 조금 넣은 작은 봉투를 준비했다. 여동생에게 무엇을 선물해야 하는지를 몰라 준비한 거였다. 여동생은 너무 좋아하며 덥석 내 손을 잡았다. 여동생이 내 손을 잡은 것은 그때가 처음이었다. 무심하게 여동생을 바라보고 살아 왔다는 죄책감이 뒤따랐다. 그 감정은 음식점을 나오고서도 지속되었다. 문득 떠올려보니, 크리스마스 때나 되어야 동생들에게 선물을 나누어주었는데 손을 잡고 함께 즐거워했던 기억은 없었다. 그 죄책감은 여기에 기인하고 있었다.

손은 정감을 전달하는 도구이다. 손을 잡는다는 것은 정감을 교환하는 순간이기도 하다. 한여름인데도 악수를 하다 보면 손이 차가운 이를 만날 때가 있다. 겨울철이 아닌 데도 차가우면 마음이 찬 사람이 아닌가 하는 느낌을 받을 때도 있다. 그와 반대로 손이 따뜻한 사람을 만나면 마음도 따뜻하겠지 하는 느낌을 막연하게 가진다. 이 정감을 통해 '어떻게 서로 교류하느냐.' 하는 것은 중요한 일이다. 아무렇지도 않게 마음의 문을 닫아놓고 살다 보면 정이 들기가 어렵다. 꼭 정이 들어야 한다는 말이 아니다. 서로 정답게 살아가자는 신호를 주고

받는 것이 즐겁고 또 그것이 삶을 훈훈하게 한다는 것이다. 손의 정감을 잃어가는 세상에서 따뜻한 정감을 손으로 전달하고 싶다. 그러한 일을 새삼 생각해 본다.

사치에서 얻는 화사함

사치라는 말은 본분에 맞지 않게 호사스럽다는 뜻으로 쓰인다. 그렇지만 사치는 이중적 의미를 가지고 있다. 이중적 의미를 어떻게 받아들이고 활용하는가에 따라 전혀 다른 방향의 길을 생각해 볼 수 있고 그 길로 나아갈 수 있을 것이다.

내가 교수가 되고 얼마 되지 않았을 때 한 친구가 내 연구실에 왔다. 은행에 다니고 있는 친구였다. 그 친구는 연구실 탁자에 놓아준 커피잔을 입에 대기도 전에 눈을 반짝이며 입을 열었다. 은행을 관두고 의복을 수입해서 파는 명품점을 개업하고 싶다는 말이었다. 나는 아무 말도 할 수 없었다. 사회에 나온 후에 대학이라는 한정된 곳에 갇혀 산 나에게는 캄캄한 미로 같은 세계였다. 그는 호기 있게 은행은 월급쟁이라서 아무리 발버둥 쳐도 돈 벌기가 어렵다고, 어느 날 명품점 주인을 만났는데 명품을 수입해 팔아 돈을 많이 번다고 해서 자신도 하고 싶다고 했다. 물건 하나 팔면 원가의 세 배가 남는다고 했다. 나는 입을 다물고 있었다. 그러다가 장사에 대해 아무것도 모르는데 왜 나한테 왔느냐고 물었다. 상점 이름을 지어달라고 왔다는 것이었다. 나는 겨우 '모든 것을 잘 살펴보고, 조사도 해보고, 그리고 찬찬히 해봐라. 은행에 있으면서 살펴볼 수도 있지 않니?' 하고 시원찮게 말을 했다. 그는 눈을 반짝이며 '모든 일은 시작이 반이야.' 하면서 '탁 털고 일어서야지 머뭇거리면 평생 은행에 매달려 기회를 다 놓쳐.'라고 하였다. 그는 나와 헤어질 때까지 '시작이 반'이라는 말을 수없이 되풀이했다.

일 년이 지났을 때였다. 그가 연구실에 또 찾아 왔다. 풀이 죽어 있었다. 나는 '사업이 잘되니?' 하고 물었다. 그러자 그는 '다 까먹었어.' 하면서 명품점이 겉과 속이 다른 장사더라고 했다. 그러면서 그는 '이번에는 갈비점을 크게 내보고 싶어.' 했다. 나는 아무 말도 하지 못했다. 그는 이전에 그랬던 것처럼 나에게 갈빗집 이름을 지어 달라고 했다. 하지만 나는 명품점 이름을 내가 지어 망한 것 같아, 그에게 작명소에 가서 제대로 돈을 주고 운이 좋은 이름을 지으라고 했다. 그는 고개를 끄떡이더니 '그래 작명소에 가보지.' 하고 갔다. 이번에도 그는 내 연구실에서 커피 한 잔을 마실 동안 '시작이 반'이라는 속담을 열 번 이상 주문처럼 쏟아내었다.

그해 말, 길에서 우연히 그를 만났다. 갈빗집도 망해서 할 수 없이 어느 조그마한 무역회사에 다닌다고 했다. 우리는 근처 찻집으로 가서 앉았다. '야, 시작이 반이라는 신념은 버렸냐?' 하고 그를 놀렸다.

그제야 그는 웃으면서 '요사이엔 귀가 둘인 이유를 새로 생각한다.'*라고 했다. 그나마 친구의 집이 부자라서 다행이었다. 사업이 실패해도 견딜 수 있었기 때문이었다.

격언이나 속담도 형편에 따라 다른 효용을 가진다. 아무리 천년을 내려온 속담이라도 의미를 해독할 때는 여러 가지 상황이나 조건 혹은 입장 등을 고려하여 유연한 내포의 양면성을 고려해 보아야 한다. 그러기에 사치 역시 '사치는 패가망신의 주범'이라고만 생각하면 삶의 실용적 가치에만 매달리게 되어 삶이 주는 화사한 즐거움을 놓칠 수 있다.

어느 날 친구를 만났다. 그는 멋진 넥타이를 매고 있었다. 나는 얼핏 비싼 명품이라는 생각이 들었다. 그에게 넥타이가 좋다고 하자 그는 만족스런 표정을 지으며 돈을 좀 많이 주었지 하고 자랑했다. 나도 그 넥타이를 사고 싶어서 얼마나 주었느냐고 물었다. 그는 굵은 목소리로 오십만 원을 주었다고 하면서 명품은 그 정도의 값을 주어야 살 수 있다고 했다. 나는 기가 죽고 말았다. 그와 헤어지고 집에 돌아왔는데 그 넥타이가 눈앞에 어른거렸다. 사고 싶다는 마음이 사그라지지 않았다. 그렇지만 내 형편에 오십만 원을 주고 넥타이 하나를 사는 건 무리한 사치였다.

---

* '여러 사람의 말을 한 귀로는 듣고 한 귀로는 흘려보내는 것'을 생각한다는 말이다.

그 후 나는 어떤 넥타이를 목에 매어도 항상 불만스러웠다. 좀 특별하고, 환하고 멋진 넥타이가 나에게는 없었다. 그러다가 그해 여름 미국에 일이 있어서 해외에 나갔다. 볼일이 끝나고 모두 아울렛으로 쇼핑을 간다고 해서 따라 나섰다. 넓은 아울렛을 이리저리 기웃거리고 다니는 것이 여간 힘들지 않았다. 나는 쉬고 싶어서 어느 벤치에 앉았다. 그때 벤치 맞은편에 있는 가게가 눈에 들어왔다. 남성복과 여러 가지 잡화를 팔고 있는 곳이었다. 넥타이 생각이 나서 가게 안에 들어가 보았다. 넥타이를 펼쳐놓은 곳으로 가니, 명품 넥타이들이 마치 양말 뭉치를 좌판에 널어놓듯이 쌓여 있었다. 제일 비싼 것이 십만 원 조금 넘었다. 나는 한참 골라서, 친구가 매고 있던 넥타이 브랜드의 제품을 하나 샀다. 한국에 돌아와 나는 이 넥타이를 자주 맸다. 양복 색깔이나 와이셔츠 색깔과 상관없이 이 넥타이만 매면 괜히 우쭐한 기분이 들었다. 만나는 친구들이 넥타이가 근사하다고 하면 기분이 좋았다.

사치를 부린 듯하지만 어쩌면 나는 명품 넥타이를 맸다는 것으로 스스로를 위로했는지도 모른다. 그런데 이해할 수 없는 것은 그것이 내 기분을 즐겁게 해주었다는 점이다. 넥타이 하나만으로 내가 즐겁게 되는 것이 사치일까. 비록 사치라 해도 남에게 보이기 위한 것이 아니었다. 멋진 넥타이 하나도 제대로 매보지 못하고 살다가 그 때문에 생긴 위약한 생각을 없애버리기 위해 부린 사치였다. 그것은 기분을 좋게 만들어 주는 사치였다. 사치는 아름다움을 더 호사스럽게 보여주고자 하는 욕망이지만 또 한편 사치는 스스로의 삶을 아름답게 가꾸어가려는 욕망이기도 하다. 남에게 과시하기 위한 사치, 그리고 하나쯤 특별한 것을 가져 마음을 채워주는 사치는 그 내용이 다른 것이다. 사치에도 이러한 양면성이 있다.

고맙다는 한마디 말

바람 불고 몹시 추운 날, 오전 중 시 잡지사에서 일을 하다가 차 생각이 나서 근처 카페에 갔다. 테이블이 열 자리도 안 되는 좁고 빈약한 카페지만 드문드문 손님들이 앉아 있었다. 나는 낡은 의자에 앉아 커피를 주문하였다. 갑자기 손님들이 몰려들었다. 점심시간이라 직장인들이 식사를 마치고 짧은 시간 커피를 마시러 몰려든 것이었다. 그때 한 테이블을 혼자 차지하고 있는 나에게, 젊은 여성과 함께 온 중년의 남자가 짙은 경상도 사투리로 앉아도 되느냐고 물었다. 나는 앉으시라고 하고 내 의자를 조금 안쪽으로 끌어당겼다.

중년과 젊은 여성이 마주 앉았다. 여성은 머리를 잘 다듬어 빗어 조선시대 여성의 쪽머리처럼 뒤로 묶고 있었다. 이들도 커피를 주문했다. 그리고 아주 앳된 이 여성은 핸드백에서 화장품 주머니를 꺼내 파우더를 얼굴에 두드리기 시작했다. 놀라운 것은 여성의 화장하는 모습을 보던 중년 남자가 '너무 밝게 보여.' 혹은 '한쪽이 하얘.' 하고 일

일이 코치를 하는 것이었다. 그뿐만 아니라 여성은 숙련된 미용사에게 묻듯이 '어때?' 하고 묻고 있었다. 나는 금세 알아차렸다. 앞에 앉은 여성은 중년남자의 딸이었던 것이다. 딸은 입술에 립스틱을 수없이 닦고 발랐고 또 분칠도 수없이 다듬었다. 아버지는 '너무 진하다.' 혹은 '조금 어두운 색으로 해봐라.' 하고 일일이 간섭하며 딸에게 정성껏 지도해 주었다.

사투리로 시끄럽고 부산스런 화장이 꽤나 오래 지속되었다. 그러다가 여성이 코트를 벗었다. 검정 정장이었다. 그제야 알아차릴 수 있었다. 길 건너 회사에서 신입사원 면접을 보게 되어 부산에서 일찍 와서 준비하고 있었던 것이다. 어머니가 아니라 아버지가 가방을 들고 따라 온 이유야 알 수 없었지만, 아버지의 지극한 정성만은 느낄 수 있었다. 화장이 다 끝나자 아버지는 가방에서 곱게 종이에 싼 검정 구두를 꺼냈다. 수녀들이나 신는 것 같은 구두였다. 아버지는 딸 발아래 구두를 단정하게 놓았다. 딸은 신고 온 신발을 벗고 구두로 갈아 신었다. 그리고 나서 부녀는 일어섰다. 여기저기에서 이들을 주목하고 있었는지, 카페에 앉았던 젊은 직장인들이 와- 하고 함성을 지르며 '잘하세요!' 했다. 박수 소리도 터져 나왔다. 부녀는 '고맙심더.' 하며 걸어 나갔다.

나는 한동안 앉아 있었다. 딸이 아버지에게 어리광도 부리고 짜증도 내고, 초조한 듯이 어찌할 줄 모르고 안절부절 못할 때도 아버지는 간곡한 얼굴로 '괜찮다.'라고 하면서 딸을 위로했다. 극진히 상전을 모시

듯 혹은 유리그릇을 닦듯이 정성을 다해 딸을 대했다. 그런 아버지를 생각하며 나도 그런 적이 있었던가 하고 생각해 보았다. 어려운 시기에 딸이 대학을 졸업하고 회사에 원서를 내서 면접까지 올라온 것을 아버지는 얼마나 기쁘게 생각할까. 딸을 키워오며 힘들게 학비도 마련하고 대학을 졸업하게 한 보람이 그의 가슴에 가득 차 있는 듯 보였다. 그 아버지의 모습 뒤로 나 자신의 눈물겨웠던 시절이 떠올랐다.

내가 대학 입학시험을 치르려고 집을 나설 때였다. 새벽에 일어나 세수를 하고 안방에 갔다. 안방에는 나만을 위한 밥상이 차려져 있었다. 아침밥을 먹고 나자 아버지가 내 손을 잡고 '걱정 말고 아는 것부터 잘 써라.'라고 하였다. 그러면서 방 한쪽에서 흰 종이에 싼 것을 가지고 오시더니 '내복이다. 입고 가거라.' 하셨다. 나는 교복을 벗고 내복을 입었다. 생전 처음 입어보는 내복이었다. 어머니는 '어제 아버지가 너 주려고 사오셨다.'라고 했다. 내복은 나에게 너무 커서, 손목도 접어야 했고 발아래로 내려오는 부분도 걷어 올려야 했다. 그리고 나서 한밤 하얗게 눈이 내려 미끌거리는 골목길을 나와 학교로 향했다.

시험장에서 첫째 시간이 끝나고, 쉬는 시간 운동장에 나와 나무 아래 모여 있는 친구들에게 갔다. 그중 한 친구가 너무 추워서 다리가 떨려 혼이 났다는 말을 하자, 여럿이 자신도 추워서 떨었다고 말했다. 나는 다리가 떨리지 않았다. 그러나 아버지가 살아계실 때 '내복을 입어서 다리가 떨리지 않아 시험을 잘 볼 수 있어서 고마웠습니다.'라는 말을 하지 못하고 지금까지 쓰린 후회를 안고 살고 있다.

가슴에 있는 고맙다는 말을 하지 못했던 나처럼 한 시인의 시도 그
상황에 놓여 있다.

순애야~ 날 부르는 쩌렁쩌렁 고함소리
무심코 내다보니 대운동장 한복판에...
쌀 한 말 짊어지시고
아버지가 서 계셨다.

어구야꾸 쏟아지는 싸락눈을 맞으시며
새끼대이 멜빵으로 쌀 한 말 짊어지고
순애야~ 순애 어딨노? 외치시는 것이었다.

너무도 황당하고 또 하도나 부끄러워
모른 척 엎드렸는데 드르륵 문을 열고
쌀 한 말 지신 아버지 우리 반에 나타났다

순애야, 니는 대체 대답을 와 안 하노?
대구에 오는 김에 쌀 한 말 지고 왔다.
이 쌀밥 묵은 힘으로 더 열심히 공부해래

하시던 그 아버지 무덤 속에 계시는데
싸락눈 내리시네, 흰 쌀밥 같은 눈이,

쌀 한 말 짊어지시고 아버지가 서 계시네

— 이종문, 「아버지가 서 계시네」

이 시는 딸과 떨어져 사는 아버지가 딸의 교실에 쌀 한 말을 매고 찾아온 사연을 담고 있다. 딸은 친구들 앞에서 부끄럽고 어찌할지 몰랐던 순간을 회상하면서, 무덤에 계시는 아버지에게 뒤늦은 후회와 고마움을 드러낸다.

언제나 고마움은 마음의 깊은 곳에 남아 있다. 그러면서도 고마움을 표현하는 데는 웬일인지 인색하기만 하다. 표현하는 방법도 서툴기 이를 데 없다. 아버지가 손이라도 잡을 때 아버지 눈과 한번이라도 마주하며 '아버지' 소리를 내고 웃어라도 보이면, 그것이 큰 고마움의 표시가 되는데 그러지 못하고 있다. 작은 고마움에 대한 진심어린 표시가 인간의 행복한 삶을 만든다는 것을 이해해야 할 것이다. 그러기에 언제나 누가 나에게 고맙게 했는가를 차분히 기억하고 살아가야 한다. 음식점에서 먹고 나오면서 '잘 먹고 갑니다.'라는 말 한마디가 음식점 주인에게 엄청난 격려가 된다. 그뿐인가. 상사의 배려에 '정말 감사합니다.'라는 응답은 결코 아부가 아니라 오히려 함께 일하는 즐거움이 된다. 나처럼 아버지의 따뜻한 정에 한마디도 못하고 보내는 어리석음을 가슴에 품지 않기를 바란다.

지갑을 꺼낼 때마다

찻집에 가서 커피 한 잔을 주문하려고 안주머니에서 지갑을 꺼낼 때마다 내 지갑이 너무 두툼하다는 생각이 든다. 현금이라야 몇 푼이 들어있지 않다. 카드를 쓰는 요즘 현금은 그렇게 필요하지 않다. 그런데도 내 지갑이 두툼한 것은 쓸데없는 카드들이 많기 때문이다. 교통카드, 집에 들어갈 때 문을 열기 위해서 쓰는 카드, 그리고 무슨 회원이라고 발부해 주는 카드까지 별로 쓰임새가 많지 않은 것들이 지갑을 두툼하게 만들었다.

내가 특별하게 지갑이 두툼하다는데 신경이 가는 것은 전혀 다른 데 원인이 있다. 젊은 시절 대학원에 다닐 때였다. 학생증을 넣고 다닐 지갑을 길거리 좌판에서 샀다. 소가죽이라고 해도 별 볼품이 없었다. 너무 딱딱한 것이었고 투박한 것이었다. 셀룰로이드로 안이 보이게 한 곳에 신분증 넣는 자리가 있어 그곳에 학생증을 끼워 넣었다. 그 지갑에 버스표도 넣고 현금도 얼마간 넣고 다녔다. 어쩌다 친구를 만

223

나 찻집에라도 가면 현금을 내야 했기에 현금을 가지고 다니는 것은 필수였다. 그런데 나에게는 현금보다는 학생증이 소중했다. 도서관에 가서 학생증만 내밀면 원하는 책을 열람할 수 있었다. 버스표와 학생증이 나의 하루를 지키는 징표였던 것이다.

하루는 점심시간이 되어 배가 고파 살살 교문 밖에 나갔다. 교문 뒤편에 있는 소방서 옆으로 가면 우동집이 있었다. 단골로 다니는 곳이라 주인아저씨는 내 얼굴을 잘 알고 있었다. 우동 한 그릇을 시켜 먹고 '아저씨 그냥 가요.' 하면 아저씨는 '알았어.' 하고 대답했다. 아저씨는 벽에 걸려 있는 낡은 노트장을 뒤져서 내 이름 밑에 작대기 하나를 그었다. 그러면 그만이었다. 한 달, 두 달이 지나도 아저씨는 돈 달라는 말을 하지 않았다. 나도 어쩌다가 용돈이라도 생기는 날이 있으면 아저씨 우동집에 들렀을 때 절반쯤 갚고 나오면 되었다. 우동집뿐만 아니라 자주 가는 찻집에서도 그랬다. 주인 마담에게 '다음에 드릴게요.' 하고 한마디만 하면 마담은 장부에 찻값을 적어놓곤 했다. 지갑은 어쩌다 불심검문을 하는 경찰에게 내보일 때만 필요했다.

그러다가 결혼을 하고 세상이 바뀌어 가면서 지갑은 차츰 두툼해졌고 현금보다 카드가 더 유용하게 되었다. 그런데 카드의 종류도 늘어 꼭 필요하지도 않은 카드가 있기 일쑤였다. 그런 것으로 지갑은 점점 두툼해졌다.

갑자기 두툼해져 버린 지갑을 잡았을 때, 무언가 큰 돌멩이가 가슴에 얹힌 것처럼 답답한 느낌이 들었다. 내 생활의 무게가 허풍스럽다는 생각이 들면서 옛날 생활이 떠올랐다. 여러 가지 것들이 눈앞을 스쳤는데, 그중에는 목월 시인의 시 한 편도 있다. 그 시는 눈앞에 생생히 펼쳐졌다.

밭을 갈아
콩을 심고
밭을 갈아
콩을 심고
꾸룩꾸룩 비둘기야

백양(白楊)잘라 집을 지어
초가삼간 집을 지어
꾸룩꾸룩 비둘기야

대를 심어 바람 막고
대를 쪄서 퉁소 뚫고
꾸룩꾸룩 비둘기야

장독 뒤에 더덕 심고
장독 앞에 모란 심고
꾸룩꾸룩 비둘기야

윗말 색시 모셔두고
반달색시 모셔두고
꾸룩꾸룩 비둘기야

햇볕나면 밭을 갈고
달빛나면 퉁소 불고
꾸룩꾸룩 비둘기야

이 시는 목월의 초기 시 「밭을 갈아」이다. 이 시가 눈앞에 펼쳐진 것
은 이 시에 담긴 열망 때문일 것이다. 그 정직한 세계에 대한 열망은
두툼한 지갑이 아닌 학생증을 꽂아놓았던 볼품없는 지갑을 떠올리게
만들었다. 이 열망은 인간다운 삶의 원형을 기억하게 하고, 그 원형을
그리며 산다는 것에 대해 생각해 보게 한다. 부풀어 오른 잡스런 욕망
의 바람을 뽑아내게 하고, 진실한 사람의 의미를 찾게 하는 길을 모색
하게 하는 것이다. 부풀어 오른 지갑을 내려놓고, 초라한 삶이지만 스
스로의 삶을 한 번 다독거려봐야 하지 않을까.

어디든 꼭 필요한 사람

내가 다니던 고등학교, 김원규 교장 선생님에 관한 기억은 먼발치에서 보고 들은 것이 전부다. 그런데도 고교 시절로 돌아가면 여러 선생님이 떠오른다. 국어를 가르치시던 김광식 소설가나 조병화 시인, 한복을 즐겨 입고 항상 보자기에 옛날 한지로 된 문헌을 싸서 들고 오시던 박노춘 선생님이 있었다. 우리하고 가까운 선생님들이었다. 그런데도 김원규 교장 선생님의 기억이 생생하게 남아 있는 것은 선생님의 교육 철학이 특별했기 때문이라고 생각된다.

고교 일 학년 때 영어 수업 시간이었다. 교단에서 영어 선생님이 열심히 가르치고 계셨다. 그때 교실 뒷문이 살며시 열렸다. 뒤를 돌아보니 교장 선생님이 들어오고 계셨다. 교장 선생님은 뒷자리에 앉은 학생들을 이리저리 살피고 계셨다. 그러다가 한 학생을 잡으셨다. 그 학생은 불행하게도 영어 교과서를 가지고 오지 않아서 노트만 펴놓고 있다가 잡힌 것이었다. 교장 선생님은 그 학생을 데리고 나가셨다. 그

학생은 심한 꾸중을 듣고 들어왔다. 교장 선생님의 순시는 그 후 계속되었다.

수업 시간에 불쑥 들어서시는 교장 선생님 때문에 교과서를 가져오지 않거나 다른 책을 펴놓고 수업을 듣는 학생은 혼나곤 했다. 지금 생각하면 수업을 가르치는 선생님에게는 교장 선생님의 불시방문이 부담스러운 것이었을 테고, 학생들에게는 긴장감을 조성하는 만큼 공포스러운 것이었다. 그렇지만 교장 선생님의 불시방문에는 뚜렷한 목적의식이 내재해 있었다. 수업 시간을 얼마나 철저하게 진행하고 있는가에 대한 점검은 김원규 교장 선생님만이 지닌 독특한 철학에서 나온 것이었다. 서울고의 학생들을 최고의 학생으로 키워가야 한다는 집념이 바로 선생님의 교육 철학이었고, 그것이 불시방문을 하게 했던 것이다.

학업에 임하는 성실한 자세는 학생과 교사의 일차적 책무라고 생각하신 것 같다. 이 철학의 또 다른 기준 중 하나가 지각 문제였다. 학생들의 지각을 교장 선생님은 유난스럽게 싫어하셨다. 나는 한강변인 용산구 원효로 3가에 살고 있어서 학교에 가려면 광화문에 와서 내려 다시 서대문 쪽으로 한참 걸어가야 했다. 그렇기 때문에 일찍 집에서 나와야 했다. 몇 번 지각하면 학부모를 학교로 불러 오게 하기 때문에 아침 여섯 시 반이나 일곱 시쯤에는 꼭 집에서 나와야 했다. 전차 종점이 우리 집 앞에 있었지만 버스 시간이 더 빨라 버스를 탈 때가 많았다. 그런데 어쩌다가 버스를 놓치면 광화문에 내려서 뛰어가야 했다. 헐떡거리며 교문에 들어서면 교장 선생님이 지키고 서 계셨다. 교장 선생님은 학교 뒤편 담장으로 들어오는 지각하는 학생을 잡으려다가 다리를 다쳐 한동안 지팡이를 짚고 다니시기도 했다. 이런 열성은 공부하는 기본자세가 제대로 되어야 한다는 교장 선생님의 생각이 있었기 때문이다. '지각'이라는 말은 공부하려는 준비가 덜 된 것으로 여기셨다.

추운 어느 겨울, 교장 선생님과 화단에서 마주친 적이 있었다. 나는 무심코 철조망 저편에 있던 영국군을 바라보았다. 영국군은 교사(校舍)와 맞붙어 있는 건너편에 드럼통을 놓고, 우리가 교실 유리창 밖으로 던진 휴지를 주워 모아 드럼통에 넣고 태우곤 했다. 불을 쬐기 위함이었다. 드럼통 주위에는 대여섯 명이 모였고 손을 내밀어 불을 쬐였다. 하루는 친구들과 그 광경을 보고 있는데 교장 선생님이 다가오셨다. 교장 선생님은 종이를 창밖으로 던지는 부끄러운 짓을 하면 안 된다고 말씀하시며, '종이를 모아 여럿이 같이 불을 쬐고 있는 것은 그들의 생활이 검소하고 서로 나누는 배려의 정신이 있기 때문이지요.'라고 하셨다. 창밖으로 종이를 던지지 말라는 말과 함께 그 이면에 있는 또 다른 의미를 넌지시 일러주셨던 것이다.

교장 선생님의 교육 철학은 지나간 시대의 속성을 보여주는 것이라고도 할 수 있다. 그렇지만 지금 돌이켜 생각해도 '어디든 꼭 필요한 사람'이 되라는 훈화는 내 삶의 큰 지표가 되었다. 지각하지 않는 것도, 단정하고 검소한 생활을 하는 것도 '꼭 필요한 사람'의 중요한 덕

목이었다. 실상 교장 선생님은 자신만의 교육 철학을 통해 '꼭 필요한 사람'에 대해 몸소 보여주셨던 것이다. 졸업하고 오랜 시간이 흘렀지만, 교장 선생님이 말씀하셨던 것처럼 한 인간으로 살아가는데 정직하고 단정한 자세를 취해야겠다고 다시금 다짐한다. 그런 자세로 살아가며 어디든 꼭 필요한 사람이 되고 싶다.

푸르른 여름에서 나뭇잎이 물드는 가을로

가을은 나뭇잎의 계절이다. 어디를 가나 나무에 매달린 잎들은 가을을 담고 있다. 어제도 좁은 길에 자라고 있는 키가 작은 나무들을 보면서 푸른색이 변하는 가을의 정취를 느낄 수 있었다. 나무에는 계절이 담겨 있다. 이것은 하나의 순리이다. 사는 동안 순리(順理)라는 말로 얼마나 많은 고민과 좌절을 맛보았는가를 생각해 보게 된다. 이 순리는 이치와 도리에 순종한다는 사전적 뜻을 가지고 있다. 그러나 인간 사회에서는 항상 순종해야 하는 사람과 남을 순종케 하고 싶어 하는 사람 사이에 분쟁이 일어나고, 이치와 도리를 아전인수식으로 끌어다 사용하는 경우가 종종 있다. 그래서 순리라는 말은 때로 억압의 변명적 잣대라는 생각이 들 때도 많다. 그러나 나무에 매달린 나뭇잎이 펼치는 가을의 징표를 순리라고 하는 데는 누구도 의심하지 않을 것이다. 그러기에 이 가을 나뭇잎은 언제 보아도 가을의 감동을 드러내고 있어 순리를 일깨워주는 것이라 할 수 있다.

대학원에 다닐 때였다. 봄날 아침 어머니는 꽃 그림이 가득한 네모난 봉지를 나에게 주었다. 그리고 '마당에 뿌려봐라. 틀림없이 마당이 예쁜 꽃밭이 될 거다.'라고 하면서 학교 가기 전 아침에 흙을 다듬고 씨를 뿌려보라고 했다. 나는 꽃씨 봉투를 몇 개 받아들었다. 마당이 넓은 것도 아니었고, 집 앞마당에는 이미 감나무도 있고 장미도 두 그루나 심어져 있었다. 그리고 대문 쪽 담장에는 개나리가 가득했다. 남은 곳은 손바닥만 한 터밖에 없었다. 그래도 나는 그날부터 호미로 마당 공터를 다듬었다. 며칠을 걸려 꽃씨를 뿌렸다. 하지만 나는 이 일을 다 끝내고 나서 꽃씨에 대해 잊어버리고 말았다.

어느 날 저녁 늦게 집에 갔더니 어머니가 마당에 나가 보라고 했다. 나가 보니 예쁜 싹이 작은 구덩이 안에서 고개를 내밀고 있었다. 그리고 이 싹은 얼마 지나지 않아서 잎사귀를 피웠다. 나는 그 꽃줄기에 꽃이 달리기를 기다리며 봄철을 보냈다. 한참 햇볕이 내려 쪼이는 어느 날, 작은 꽃망울이 터지며 꽃이 피어났다. 나는 너무 좋아서 '꽃이 피었네.'라고 흥에 겨워 말했다. 몇 번이나 집안 식구들을 향해 꽃이 피었다고 소리쳤는지 모른다. 꽃씨를 좋은 토양에 심어두면 꽃나무가 자라는 것은 당연한 일이고, 꽃나무에서 꽃이 피는 것은 자연의 섭리이다. 그렇지만 나에게는 이 이치가 마치 기적 같은 느낌으로 다가왔다.

이러한 순리를 인간의 생활 속에서 찾아본다는 것은 참으로 힘든 일인 듯하다. 그런 생각이 들 때마다 느끼는 것은 인간에게 주어진 순리적인 삶은 스스로 만들어가고자 하는 의지가 있어야 하는 것이지,

꽃씨가 꽃을 피우는 과정과는 다르다는 것이다. 인간 사회에서 순리가 지켜지지 않는다고 느낄 때는 모두 자족의 범위가 무너진 때라 여겨진다. 개인의 욕심이나 혹은 이기적 집단의식이 인간다움의 순리적 가치를 저버리게 만들면, 함께 순리를 지키기가 어려운 것이다. 순리는 옛날부터 서로 어울려 살아오는 동안 자연스레 만들어진 공동적 생활관습이다. 또한 이 관습은 시대를 따라 흘러가게 된다. 그렇기에 개인의 욕심, 이기적 의식으로 순리를 거스르기보다는 삶의 동반자들을 통해 더불어 훌륭한 삶을 만들어가려는 순리적 의식이 있어야 할 것이다. 말하자면 공동생활 안에서 아름답고 화평한 생활을 이룩하려는 나름의 기준이 있어야 한다는 말이다. 당연히 그 기준은 그 누구도 배제하지 않는 형태여야 할 것이다.

하루는 한 친구가 나를 찾아와서 '세상에 이런 법이 어디 있느냐.' 하고 하소연했다. 사연은 그의 직장에서의 일이었다. 그는 열심히 일을 해서 과장이 되었다. 그러다 회사에서 부장 승진 대상자를 뽑는데 그가 제일 높은 평점을 받았다고 했다. 그리고 동료나 다른 부서 사람들도 다 그가 부장으로 승진할 거라고 생각했다. 그런데 몇 단계나 평점이 낮은 이가 하루아침에 갑자기 부장 승진자로 뽑혔다고 했다. 너무나 의외라서 회사 안이 술렁거렸다고 했다. 그는 상심했지만 승진자에 대해 아는 것이 없어 그저 높은 사람의 특별한 발탁이라고만 생각했다고 말했다. 그리고 얼마 후, 회사 현관을 나오다가 한 동료에게 새로 된 부장이 전무의 강력한 추천으로 발탁되었고 그 둘은 먼 친척이라는 것을 듣게 되었다고 한다. 개인 회사가 아닌 공기업이라서 승진 절차가 공정할 줄 알았는데, 그는 그것이 아님을 깨달았다고 했다. 그는 심하게 억울해했다. 게다가 사장은 승진자가 전무의 친척인 것을 알지 못한다고 했다. 그 말에 그는 너무 실망했다고 했다. 어느 회사에서 일어난 하나의 인사 행태일 뿐이지만, 이런 것들이 순리라는 삶의 정직한 질서를 깨뜨리는 것이 아닐까 생각한다. 나는 친구에게 허허 웃고 '다음 기회에는 너가 될 거야.' 하고 위로를 했지만 마음 한 편은 허전했다.

며칠 전 전철역에서였다. 나는 전철이 서는 곳 바로 앞에 서 있었다. 내 뒤로 사람들이 줄을 이었다. 전철이 도착하자 내리는 사람들이 우르르 내렸다. 사람들이 다 내리는 것을 보고 내가 타려고 하는 순간, 누가 내 가슴 앞을 팔로 막아서며 전철 안으로 뛰어 들어갔다. 젊은 청년이었다. 그는 빈자리에 냉큼 앉아서 스마트폰을 만지작거렸다. 나는 전철 천장에 달린 손잡이를 잡고 서 있게 되었다. 순서대로 타서는 자리를 잡을 수 없다고 생각하고 남을 밀쳤던 것이다. 순리에 어긋나는 일이었다. 그렇게 남을 밀치는 일이 얼마나 황당한 세상을 만드는가를 그 청년은 모르는 것 같았다.

가끔은 나 또한 억지를 부린다. 설명서에는 의자에 나사못을 박으라고 씌어 있는데, 드라이버로 돌리기를 여러 번 하다가 짜증이 나서 망치로 두드려 박은 일이 있었다. 시간이 지나자 의자 등받이가 흔들렸는데, 살펴보니 망치로 박은 곳이 벌어져 있었다. 조급한 마음에 순리대로 하지 않고 내 마음대로 억지를 부려 일을 잘못되게 만든 것이었다. 이처럼 순리는 자연의 섭리 같은 것이어서 자신이 편한 대로만 행동하려 하면 어긋나게 된다. 계절이 자연스럽게 흘러가고, 계절마다 그에 맞는 나뭇잎과 열매들이 피는 것처럼 우리도 자신의 삶에서 그에 맞는 행동을 해야 할 것이다.

광화문 길바닥에서 자두를 팔던

　며칠 전 우리 동네에 사는 주부가 우리 집에 놀러 왔다. 그는 일주일 간 동유럽여행을 다녀왔다고 했는데, 크로아티아를 중심으로 버스를 타고 부지런히 움직여서 무엇을 보고 왔는지 기억조차 하기 힘들다고 했다. 명소에 갔어도 너무 많은 사람들 때문에 명소를 담은 사진 한 장을 찍기 힘들었고, 집에 와서 사진을 봤을 때에야 아름다운 곳에 다녀왔음을 알게 되었다고 했다. 그는 여행에서 남는 것은 사진이라고 말했다. 이 주부처럼 새로운 세상을 찾아 부지런히 많은 것을 보고자 하는 이들의 마음을 이해할 수 있다. 그렇지만 나는 주마간산으로 스쳐 지나가는 여행이 얼마나 힘든 것인가를 잘 알고 있기에, 그가 어딘가 여행의 멋진 맛을 많이 놓치고 온 것이 아닌가 생각하였다.

　살아가는 것도 하나의 여행이라 할 수 있다. 인생의 긴 여행길에서 허둥거리며 하루하루를 견디다 보면, 다시 돌아갈 수 없는 세월이 아쉽게 느껴질 수 있을 것이다. 그러면서도 바람처럼 지나간 시간과 장

소들이 머리에 확연하게 떠오를 때가 있다. 어느 날 써놓고 잊어버렸던 일기장을 책장 속에서 우연히 뽑아 들었을 때처럼 말이다. 파리 시내를 돌아다니다가 길을 잃고 허둥거릴 때 길을 묻기 위해 붙든 청년이 내 숙소까지 데려다 주었던 일, 그런 일이 생각나는 것이다. 그리고 그 순간이 내 삶의 귀중한 한 순간임을 느끼게 된다.

열두 살 어린 시절에 나는 인민군이 점령한 서울에 살았다. 어느 날 쌀이 한 톨도 없어 어머니는 입던 옷가지를 들고 시장으로 나갔다. 어머니는 어린 두 동생들을 집에 두고 나만 데리고 갔다. 저녁 무렵이 되어서야 겨우 몇 벌을 팔아 쌀을 사들고 집으로 올 수 있었다. 어린 동생들은 어머니가 문을 열고 들어서자 뛰어나와 어머니 품에 안기며 엉엉 울었다. 동생들은 다시는 우리만 남겨 놓고 어디 가지 말아 달라고 젖은 얼굴로 애원했다. 어머니도 동생들을 껴안고 울었다.

그때 나는 어머니에게 세검정에 가서 자두를 팔면 잘 팔린다고, 옆집 큰 아이가 그렇게 말했으니 나도 내일 큰 아이를 따라 자두를 팔러 가고 싶다고 했다. 어머니는 몇 푼의 돈을 쥐어 주었다. 나는 원효로에서 효자동을 넘어 세검정까지 걸어가 세검정 계곡에 있는 과수원에 가서 자두 두 접을 샀다. 자루를 둘러매고 타박타박 걸어서 광화문 네거리까지 갔다. 나는 서대문 방향 쪽 가게들이 있는 곳 한구석에 신문지를 펴고 자두 몇 알씩 한 무더기를 만들어놓고 앉아 있었다. 해가 중천에 떠 있어 이마에 내려앉은 햇볕이 따가웠다. 그래도 지나다니는 아주머니나 인민군이 자두를 사주었다. 어두워지면 남은 자두를 자루에 넣고 걸어서 원효로 우리 집까지 왔다. 어머니는 나를 껴안고 '힘들었지?' 하고 물었다. 나는 아무렇지도 않게 그날 번 돈을 어머니 손에 쥐어 주었다. 속에서 나오는 알 수 없는 울음을 꼭 잡고, 따뜻한 어머니 손에 돈을 쥐어 주는 순간 마음이 풍선처럼 부풀었다. 이십 일 가까이 원효로에서 세검정까지 걸으며 자두를 팔았다. 다리가 아팠을 테지만 그런 건 잘 기억나지 않는다. 그것보다는 나를 꼭 안아주던 어머니의 손이 진하게 내 마음에 남아 있다.

그뿐만 아니다. 결혼해서 남매를 낳고 십 년이 지나서 어머니의 주선으로 원효로에 있는 낡은 일본식 가옥으로 이사를 갔다. 그곳은 너무 낡아 있어서 집안이 항상 어두웠다. 나는 어두운 집을 밝게 치장해 보려고 페인트를 사다가 복도 천장과 기둥에 하얗게 칠했다. 서툰 솜씨라서 매끄럽게 페인트칠이 되지 않았다. 어느 날 어머니가 현관에 들어서며 '페인트를 칠했구나.' 했다. 안방에 앉자마자 '집이 참 밝아졌네.'라고도 하였다. 그러면서 '집이 너무 낡아, 네가 고생한 만큼 상큼하진 않지?' 했다. 나는 '상큼하지 않지?' 하며 나를 위로하는 어머니의 말에 고개가 숙여졌다. 며칠 후에 어머니는 노란 매트를 사들고 와서 마루에 깔아주었다. 노란 매트는 집안을 환하게 만들어 주었다. 비록 어머니의 작은 선물이었지만, 나에게 그것은 환한 즐거움을 느끼게 해 주었다.

이와 같이 물 흐르듯 흘러간 세월의 구비마다 기억의 창고에 남아 있는 삶의 추억은 나를 성장시키는 매듭이었다. 이 추억의 사건들은 조그마한 조약돌처럼, 시냇가에 놓인 돌처럼 내 마음에 자리 잡고 있다. 이것들은 비록 결함의 한 파편이지만, 이 파편이야말로 삶의 아름다운 의미의 조각이지 않을까 한다. 그리고 이 조각들은 한 인간의 총체적 형상을 만들어내는 재료가 되기도 한다. 앞만 보고 산다는 것은 겉만 치장하며 사는 것일지 모른다. 또 앞만 보게 되면 급급한 마음에 주변을 둘러보지 못할 수도 있다. 그렇기에 안으로 담겨진 자신의 삶에 대한 충일감을 토대로 '어떻게 살아가느냐'를 고민해 봐야 할 것이다. 하루를 소중히 여기고 자신의 삶을 천천히 돌아보며, '나는 잘 살아가고 있나.' 하고 한 번쯤은 고민해 봐야 한다고 생각한다.

비애의 여름

하늘이 너무 푸르다. 구름이 잔뜩 낀 장마철에는 맑은 하늘이 보고 싶어지더니, 이제는 하늘이 투명해지니까 갑자기 내 마음에 비친 그늘이 유난히 돋보인다. 이런 날이 오면 감추었던 나 자신을 만나게 되고, 그 순간 위축되고 일그러진 자신의 모습에 비애를 느끼게 된다.

한여름을 집에 갇힌 채 보냈다. 그러다가 답답하여 밖으로 나와 돌아다니기 시작했다. 돌아다닌다고 해봤자 어디 구경 가거나 놀러 다닌 것이 아니었다. 나는 분당 우리 집에서 나와 근처 카페에 가서, 열두 시가 지날 때까지 카페에 비치해 둔 잡지들을 보았다. 그러다 심심하면 지하철을 타고 양재역까지 나갔다가 점심을 먹고 다시 카페에 들어갔다. 그러고는 몇 시간을 카페에서 보내고 다시 지하철을 타고 집으로 돌아갔다. 카페에선 노트북으로 글 쓰는 일밖에 하지 않았다. 그렇게 열흘이 넘어갈 즈음, 하루의 행로가 마치 직장에 다닐 때처럼 익숙한 생활의 하나처럼 느껴졌다.

그러던 어느 날 카페에 앉아 노트북을 펴놓고 앉아 있는데 누가 내 어깨를 툭 쳤다. 돌아보니 친구였다. 그는 햇볕에 까맣게 탄 얼굴이 거무스름했다. 그의 첫 마디는 '이 더운 여름 궁상맞게 이러고 있나?' 였다. 나는 괜스레 움찔 놀라서 얼른 무어라 말을 못했다. 친구는 '늙을수록 즐겁게 살아야지.' 하면서 동정 어린 충고도 했다. 그리고는 자신이 며칠 전에 다녀온 남미 이야기를 했다. 그는 멕시코 음식점에서 창이 엄청 큰 모자를 쓰고 찍은 사진을 스마트폰에서 찾아내어 나에게 보여주었다. 사진 속의 그는 몇 명의 악단 사이에 앉아 있었다. 그는 한참이나 현지에서 배운 몇 마디 스페인 말을 하기도 했다. '여름철에 가만히 있으면 금방 늙어.'라는 말로 그는 이야기를 끝냈다.

그와 헤어져 집으로 돌아왔다. 전기를 아낀다고 에어컨도 꺼놓아서 방 안은 덥기만 했다. 밤이 깊어가자 오늘 만난 친구의 말이 다시 되풀이되어 내 귓속을 떠나지 않고 뱅뱅 돌았다. 그런데 이상한 것은 남미의 넓은 대륙을 돌아보았다던 그 부러움은 점차 없어지고 도리어 어릴 적 어머니와 보냈던 한여름을 떠올리게 되었다.

중학교 일 학년 시절 대구에 피난 내려가서 살 때였다. 그 해는 유난히 더웠던 것으로 기억한다. 어느 날 어머니는 할머니 집으로 가자고 했다. 우리 삼 형제는 어머니의 뒤를 따라 역으로 가서 기차를 탔다. 그날 저녁 무렵 할머니 집에 들어섰을 때, 할머니는 우리가 얼마나 반가웠던 것인지 뛰어나와서 나를 껴안고 울었다. 그날부터 고향에서의 여름 생활이 시작되었다. 어머니는 우리 형제들을 데리고 수로로 갔다. 수로의 물은 미지근했지만, 얕고 물살도 있어서 우리 형제는 개헤엄을 치면서 물놀이를 했다. 어머니는 부석거리는 길가에 앉아서 참외를 깎아 우리에게 하나씩 주었다. 우리는 해가 서쪽으로 내려 갈 때가 되어서야 물에서 나왔다. 어머니는 나부터 세워놓고 수건으로 몸을 닦아내고 옷을 입게 했다.

둑길을 따라 집으로 가던 중, 신작로 길로 올라서서 한참 가는데 낡은 트럭 한 대가 누런 먼지를 꼬리에 달고 달려오고 있었다. 우리는 길옆에 비켜섰다. 트럭 화물칸에는 군복을 입고 총을 든 경찰들이 가득 타고 있었다. 무슨 사건이 생겼나 하고 어머니에게 물어 보았지만 어머니도 모르겠다며 입을 다물었다. 그런데 한밤중에 자고 있는데 총소리가 요란하게 들렸다. 옆에서 자고 있던 어머니는 이불을 뒤집어쓰고 가만히 있으라고 하고는 방문을 열고 나갔다. 총소리는 여전히 들렸다. 한참 지나 어머니가 들어왔다. 어머니는 우리 형제들의 손을 잡고 부엌으로 들어갔다. 부엌 안에는 곡식을 넣어두는 작은 곳간이 있었는데, 우리는 그 안으로 들어가 서로를 껴안고 숨을 죽였다. 한참 후에 나는 잠이 들었다.

눈을 뜨니 밖이 환했다. 어머니가 먼저 나가서 밖을 살펴보았고 한참 후에 우리를 데리고 마당으로 나왔다. 동네 사람들이 대문 밖에서 웅성거리고 있었다. 공비가 내려와서 경찰들과 교전을 하다가 갔다는 것이었다. 그러나 나는 숨 막혔던 공포감보다는, 어머니의 품에서 서로를 껴안고 있을 때 그 공포감이 사라지고 잠이 오던 것이 참 신통하게 생각되었다.

나는 답답한 여름이면 어머니의 품 안에서 총소리도 잊고 잠들었던 그 행복한 장면을 떠올리곤 한다. 어딘가를 돌아다니며 즐기는 환상적인 여름 여행의 즐거움을 모르진 않는다. 그렇지만 곳간 안에서 느낀 따뜻한 어머니의 손, 얼굴, 솜털 같았던 포근함이 그립기만 하다. 그 그리움이야말로 자신의 알 수 없는 비애에서 벗어나게 하는 것이기 때문일 것이다. 누구나 가는 여름 여행이 아니라 마음의 풍족함을 통해 나를 풀어놓을 수 있는 길이 있었으면, 하고 생각한다.

여름은 자칫 비애의 계절이 될 수도 있다. 여행을 가지 못하기도 하고, 혹은 여행 가서 싸우고 돌아오기도 하거나, 때론 여행지에 대한 비교의 시선 때문에 골머리를 앓기도 한다. 그것이 아니더라도 누구에게나 여름의 비애는 있을 수 있다. 그렇다면, 만약 여름이 비애의 계절일 수 있다면 그것을 역으로 이용해 또 다른 계절이 되도록 생각해 볼 수 있지 않을까. 마음을 따뜻하게 만드는 삶의 희열로 만들 수 있지 않을까. 이런 의미를 조금은 생각해 볼 필요가 있다.

4부

지워지지 않는
마음의 자국

풋내기

초등학교 오 학년쯤 되어서야 나는 짜장면을 처음 먹었다. 지금은 점심시간이 되면 편하게 주문할 수 있는 메뉴이지만, 내가 어릴 적에는 명절이나 좋은 일이 있어야 먹어볼 수 있는 음식이었다. 어느 토요일 오후, 아버지는 나와 여동생을 데리고 집에서 좀 떨어진 중국 음식점에 갔다. 아버지는 짜장면 세 그릇을 주문했다. 짜장면이 탁자에 놓이자 아버지는 깡통으로 된 젓가락 통 속에서 나무젓가락 셋을 집어 하나씩 손으로 잡아당겨 둘로 갈라 주었다. 나는 아버지가 준 젓가락을 받고, 아버지를 따라 짜장면을 비볐다. 서툴러서 골고루 양념이 섞이진 않았지만, 그때 먹은 짜장면의 맛은 지금도 기억한다.

그 후 어쩌다 짜장면을 먹게 되었을 때, 버드나무로 만든 젓가락을 손으로 잡아당겨 두 가닥으로 만들 줄 알게 되었다. 중학생이 되어 중국집에 갈 기회가 생겼는데, 그때 사람들은 젓가락을 두 가닥으로 만들고 다시 양손에 잡아 젓가락을 문지르는 것이었다. 왜 비비는지 몰

247

랐지만 젓가락을 서로 문지르는 것이 어쩐지 멋져 보였고, 그냥 익숙한 사람들이 하는 행동이구나 하고 생각하게 되었다. 그날엔 나도 젓가락 두 가닥을 문지르고 나서 짜장면을 비벼 먹었다.

어느 날 아버지와 중국집에 다시 오게 되었는데, 아버지는 내가 젓가락 두 개를 문지르는 것을 보시고는 '어디서 젓가락 비비는 것을 배웠니?' 하고 웃으셨다. 순간 얼굴이 발갛게 되어 아무 말도 하지 못하고 있자, 아버지는 '나무젓가락에 묻어 있는 껄끄러운 나뭇결 조각을 털어내려고 사람들이 그렇게 비비는 거야.' 하고 그 이유를 알려 주었다. 그때 나는 풋내기의 미숙함에서 벗어난 듯했고, 비로소 짜장면을 제대로 먹을 줄 아는 사람이 된 것처럼 우쭐해 했다.

이 풋내기의 과정은 언제나 나를 따라 다녔다. 대학 일 학년 때 입학하고 며칠 안 되어 연구실에 가 보았다. 아직 익숙하지 못한 연구실에 들어서자 얼굴 절반이 수염으로 덮인 사십쯤 되어 보이는 선배가 앉아 있었다. 그는 군복을 까맣게 물들인 옷을 입고 있었다. 두리번거리며 앉을 곳을 찾고 있는데, 그가 나를 보더니 손짓으로 불렀다. 내가 가까이 가자, 그는 근엄하게 얼굴을 반쯤만 나한테 돌리더니 왜 왔느냐고 물었다. 나는 가까이 가서 꾸벅 인사를 하고 '수강 신청을 어디서 하는지요?' 하고 공손히 물었다. 그는 연극배우처럼 고개를 천천히 돌리더니 아래위로 나를 훑어보았다. 수염이 온 얼굴의 절반을 덮고 있어서 나는 대학원 박사 과정쯤 다니는 선배인가 하고 생각했다. 나는 몸이 오그라들어 작은 소리로 다시 '수강 신청 어디서 해요?' 하고 물었다. 그 선배는 나를 훑어보더니 '신입생이냐?'라고 물었다. 그렇다고 하자 그는 근엄한 목소리를 내며 '아무렇게나 하면 큰일 나지. 나를 따라와' 했다.

나는 그 선배를 따라 학교 앞 다방에 가게 되었다. 그는 나를 앞자리에 앉게 했고 블랙커피 두 잔을 주문했다. 나는 집에서 아버지를 따라 커피를 마셨지만 크림과 설탕을 넣은 것이었기에 블랙을 마셔본 적이 없었다. 그러나 나는 그에게 아무 말도 하지 못했다. 그 중늙은이 같은 선배는 굵고 쩡쩡 울리는 목소리로 '대학에 처음 들어와 어떤 자세로 대학을 다니느냐에 따라 앞날이 달라진다.' 하는 교훈을 시작으로 입을 열었다. 그는 나에게 노트를 꺼내서 일일이 적으라고 하면서 열 권이 넘는 필독도서의 저자와 제목 그리고 요약된 내용을 설명했다. 나는 고양이 앞에 놓인 쥐처럼 중늙은이 선배의 말을 받아썼다. 나는 두서너 시간 잡혀 있다가 풀려났다. 커피를 한 방울도 마시지 않았지만 커피 값을 내고 다방을 나왔다.

며칠이 지나 나와 같이 입학한 한 친구를 만났다. 내가 중늙은이 선배 이야기를 하자, 그도 그 선배에게 끌려가 세 시간이나 이야기를 들었다며 하소연했다. 다방에서 나와 똑같은 교육(?)을 받았던 것이다. 얼마 지나지 않아, 중늙은이 선배가 바로 한 학년 위인 이 학년이라는 것이 드러났다. 후배들이 입학하자 그 선배는 심심하면 데리고 나가 몇 시간씩 붙잡고 앉아 있었고, 이 일은 다른 선배들도 다 아는 일이라고 했다. 나는 중늙은이 선배와 같은 전공 강의를 들으며 친하게 되었다. 나중이 되어서 중늙은이 선배에게 다방에 끌려갔던 일을 말하자, 그는 풋내기를 면하려면 자기를 만나는 게 지름길이라고 했다. 어이없기도 하고 망연자실하기도 했지만, 그때 내가 풋내기였음은 틀림없었기에 반박할 수 없었다.

풋내기였던 일이 또 하나 있다. 교수가 되고 나서 첫 출근 첫 강의를 할 때였다. 첫 강의라 꼼꼼하게 강의록도 만들고 만반의 준비를 하였었다. 교실에 들어가 인사를 하고 교탁 앞에서 강의를 시작했다. 한 시간을 하고 십 분 쉬는 시간을 가졌을 때, 앞자리에 앉아 있던 한 학생이 나에게 다가왔다. 학생은 '교수님 양복 단추를 엇갈리게 끼우셨는데요.' 했다. 긴장한 탓에 그때까지 단추를 잘못 잠근 줄도 모르고 있었던 것이다. 얼른 단추를 고쳐 잠갔고, 다시 강의를 시작했다. 그렇게 열심히 강의를 하고 있는데 갑자기 누가 강의실 문을 열고 들어왔다. 나는 깜짝 놀랐다. 우리 과의 선배 교수였다. 그는 놀란 표정으로 '시간이 지났는데.'라고 했다. 그러자 학생들이 '와-' 하고 웃었다. 너무 열중하다가 끝나는 시간을 놓치고 말았던 것이다. 그날 교수 휴게실에 있는데 선배 교수들이 이구동성으로 '풋내기 티를 냈구나.' 하고 놀렸다. 시간강사를 오래 해서 풋내기가 아닌 줄 알았는데 긴장한 탓에 다시 풋내기로 돌아가고 말았던 것이었다.

기타를 둘러메고

마음이 울적하거나 속이 상할 때 어쩌지 못하고 방 안에 들어가 이불을 뒤집고 쓰고 혼자 버둥거릴 때가 있다. 이럴 때 어떤 이는 악기를 들고 연주하다 보면 마음이 가라앉는다고 말한다. 그러나 불행하게도 나는 악기 연주를 할 줄 아는 게 하나도 없다. 나는 연주하기보다는 음악을 듣는 편이다.

내 친구 중에 유별나게 악기를 좋아하는 친구가 있었다. 그는 대학에 입학하고 나서 나와 매일 붙어 다니는 사이가 되었다. 그와 나는 신입생이어서 친구도 몇 안 되었지만, 그가 사는 동네가 우리 집으로 오는 길에 있어서 자주 보았기 때문이었다. 그도 문학을 전공하겠다고 해서 우리는 평생 살길이 같았다. 또 하나 우리에겐 공통점이 있었다. 연주할 줄 아는 악기가 없다는 것이었다. 하지만 우리는 꼭 하나같진 않았다. 일 학년 시절 우리는 강의가 끝나면 낙원동 음악 감상실에 들어가서 몇 시간을 앉아 클래식 음악을 함께 듣곤 했다. 그런데 한 시간쯤 지나면 그는 항상 나갔다 오겠다고 하면서 자리를 떴다. 그는 매번 두서너 시간 지나야 어슬렁거리며 감상실 문을 열고 들어왔다. 그와 함께 감상실을 나와 걸어가면서 어디 갔다가 왔느냐고 물어보면 낙원상가 악기점에 들렀다가 온다고 했다. 내가 음악 감상에 매달리는 동안 그는 악기를 직접 만져보고 연주해 보고 싶어 했다.

그는 유난히 유행가를 좋아했다. 나는 그의 권유에 못 이겨 가수들의 리사이틀, 악극단 연주회에도 가보았다. 가수들의 노래라면 어디든지 쫓아다녔기에 내가 그에게 너무 좋아하는 것 아니냐고 수없이 면박을 주었지만, 그는 유행가 사랑을 버리려 하지 않았다. 또한 그는 대학 은행나무 그늘 벤치에 앉을 때면 어디서 배워왔는지 최신 유행곡을 구성지게 떨리는 소리로 불렀다. 엄청 잘 부르는 편은 아니었다. 몹시 목을 떨어 흔들리는 소리를 내는 것이 특징이라면 특징이었다. 그 당시 대학생쯤 되면 클래식 아니면 팝송 정도였기에 유행가 이야기를 꺼내면 친구들이 얕보는 경우가 많았다. 친구들이 유치하다고 해도 그는 유행가에 푹 빠져 있었다.

대학을 졸업하고, 나는 대학원에 입학하여 연구실에 있었고, 그는 시내 고등학교에 취직하여 선생님이 되었다. 그는 학교가 끝나면 자주 연구실로 찾아왔다. 해가 질 무렵 우리는 걸어서 명동으로 갔다. 그는 돈을 벌고 있었으므로 주머니 사정이 조금은 좋았고, 가끔 나를 끌고 가수가 노래하는 맥줏집에 데려갔다. 그는 선생님이 되어서도 유행가에 빠져 있었던 것이다.

또 그가 내 소매를 끌고 같이 가자고 조르는 곳이 있었는데, 낙원상가 악기점이었다. 기타나 트럼펫이라도 사서 배워보려나 하고 따라가면, 그는 해외 악단의 대형 화보 사진을 몇 장씩 사서 둘둘 말아 가지고 나오곤 했다. 그는 상점에서 탬버린을 손에 들고 흔들어 보기도 하고, 자그락거리는 소리가 나는 마라카스(남미 악기)를 들고 바텐더가 칵테일을 섞을 때처럼 허공에 흔들어 보기도 했다. 그런 모습이 촌스러워 좀 안타깝기도 하여, 어느 날 낙원상가에서 나와 명동 맥줏집에 들어가 앉았을 때 '악기라도 하나 사서 연습해 보는 게 좋지 않겠나.' 하고 그에게 물었다. 그는 빙긋이 웃으며 '그보다는 돈을 좀 더 모아서 컴보밴드를 하나 운영하고 싶어.'라고 했다. 그 당시엔 여러 악기 연주자가 모인 소악단을 '컴보밴드'라고 불렀다. 나는 어이가 없어서 이내 그의 말을 잊어버리게 되었다.

그러다 삼십 대 초반 그가 결혼을 하게 되었다. 그는 결혼식 사회를 나에게 맡기면서 축가로 컴보밴드를 불러 연주하게 하자고 했다. 나는 할 수 없이 그와 함께 컴보밴드를 찾아 수소문하여 남영동 선린상고 근처에 허름한 집을 찾아 갔다. 6인조 밴드의 단장은 머리를 여자처럼 길게 기른 내 또래의 청년이었다. 찾아온 사연을 말하자 그는 크게 웃으며 '돈이 있어요?' 하였다. '돈이 많이 있어요?'가 아니라 그냥 '돈이 있느냐' 하는 물음이었다. 친구와 나는 당황해서 '얼마인데요?' 하고 풀이 죽어 물었다. 단장은 웃으며 연주회가 없는 날 같으면 싸게 가줄 수 있는데, 그날에는 의정부에 연주회가 있기 때문에 그럴 수 없다고 했다. 그러면서 밴드를 한 번 부르려면 그의 월급 세 달 치나 되는 출연료를 내야 한다고 했다. 그날 저녁 그의 집 근처 막걸릿집에 앉아서 그를 심하게 구박했다. 결혼식에서는 피아노 연주로 축가를 대신하기로 했다. 함부로 밴드 같은 걸 꿈꾸지 말라고도 했다. 그도 풀이 죽었다.

그렇지만 그는 우리끼리 모여 맥주라도 마시는 날이면 달달 떨리는 목소리로 어김없이 유행가를 불렀고 두 손을 허공에 들고 마라카스를 흔드는 시늉을 하곤 했다. 오십 대 중반쯤 되었을 때였다. 어느 날 그가 소공동에서 만나자고 해서 나갔다. 그는 카페 한구석에 혼자 앉아 있었다. 내가 자리에 앉자 그가 누런 종이로 포장된 꾸러미를 풀어 제쳤다. 그 속에는 알록달록하게 색깔이 칠해진 마라카스 한 쌍이 들어 있었다. 그는 웃으며 '꿈의 시작이야'라고 했다. 나는 헛웃음을 참을 수 없었다. '야 이게 뭐냐' 하자, 그는 아무렇지도 않은 듯이 '이제 겨우 이것 하나 살 돈이 생겼어. 조금 있다가 기타를 사야지.' 하는 것이었다. 그는 그때까지 컴보밴드의 꿈을 버리지 않고 있었던 것이다.

그의 유행가 사랑은 나이가 들어도 여전하였다. 중년이 되고서도 그는 나를 끌고 낙원동 맥주홀에 갔다. 악단과 가수 여럿이 유행가를 부르는 곳이었다. 언젠가 그가 새집으로 이사갔다며 친구들을 불렀다. 상가 주택이었는데 문을 밀고 들어가자 응접실에 반짝거리는 색소폰이 놓여 있었다. 그에게 색소폰을 배우느냐고 묻자, 웃으며 '폼이지'라고 답했다. 친구들은 왁자하게 웃었다.

대학을 나와 이십 년이 넘도록 그는 자신이 좋아하는 취향을 버리지 않고 꾸준히 꿈을 이어갔다. 아무것에도 관심 가지지 않고 살아가는 것과는 너무나 다른 삶이다. 그와 비교했을 때 나는 어쩌면 빈손인지도 모른다. 어디 가서 노래 한 곡 하라고 해도 가사 하나 변변하게 몰라서 쩔쩔매기 때문이다. 그 친구에겐 배울 게 많다. 모여서 담소를 나눌 때, 신문에 나온 것만 말하는 것보다 무언가 깊이 있는 이야기를 하는 친구에게 항상 배울 게 있기 마련이다. 그렇기에 그 친구처럼 하나쯤 누구라도 흥미 있어 할 만한 이야기를 가지는 것, 나 자신의 일 외에 다른 일을 꾸준히 해 보는 것은 큰 즐거움이 될 것이라 생각한다.

비오는 날

비가 주룩주룩 내리는 날이었다. 그날은 유난히 늦게 일어났다. 아버지와 동생들 넷은 전부 학교에 가고 어머니만 안방에 앉아 있었다. 어머니가 나를 위해 차려놓은 아침밥을 먹고 아침상을 부엌에 내놓았다. 그리곤 방에서 옷을 차려입고 가방을 들고 현관을 나섰다. 아직도 밖에는 비가 주룩주룩 내리고 있었다. 신발장 옆 우산꽂이에서 우산을 꺼내는데 온전한 것이 하나도 없었다. 이미 동생들이 전부 집어 가버린 후였다. 비닐우산을 들어 펼치니 절반 정도밖에 펴지지 않았다. 겨우 머리만 가릴 수 있는 정도였다. 하는 수 없이 그 우산을 쓰고 버스 정류장까지 갔다. 버스가 도착했을 때 나는 우산을 잽싸게 가로수 쓰레기통에 던지고 버스에 뛰어올랐다.

광화문에 도착하여 버스에서 내렸다. 비가 더 세차게 내렸다. 나는 큰길을 건너서 빌딩 문 앞 한구석에 가만히 서 있었다. 우리 학교 학생이 혼자 우산을 쓰고 지나가기를 기다렸다가 얻어 쓸 생각이었다.

마침 키가 작은 중학생이 혼자 걸어오고 있었다. 그는 까만 헝겊 우산을 들고 있었다. 나는 그의 우산 속에 머리를 넣고 '함께 가자.'라고 말했다. 중학생은 놀란 표정으로 얼른 우산을 내 쪽으로 기울여 주었다. 나는 그와 학교로 걸어가며 '너는 집이 어디냐?' 하고 물었다. 그는 '삼청동인데요.' 하고 대답했다. 나와 그는 이런저런 이야기를 주고받으며 학교 교문까지 함께 갔다. 교문에 들어설 때쯤 나는 '형제가 몇이냐?' 하고 그에게 물었다. 그는 '누나하고 저하고 둘이에요.' 했다. 우산을 함께 쓰고 와준 것이 고마워 나는 큰 소리로 '이제부터 나를 형이라고 불러라. 그리고 학교에서 어려운 일이 있으면 나를 찾아와.' 하고, 그에게 내가 고등학교 이 학년 오 반에 있는 박동규라고 밝혔다. 이 순진한 중학생은 학교 건물 안에 들어서서 우산을 접고, 가방에서 연필과 노트를 꺼내더니 내 이름과 학년, 반을 적었다. 중학생은 '형님은 언제 집에 가요?' 하고 물었다. 나는 7교시까지 있어서 네 시쯤 갈 거라고 말했다. 그날 오후 수업이 끝나고 네 시쯤 나왔을 때, 놀랍게도 그 중학생이 나를 기다리고 있었다. 그는 나를 보자 반갑게 다가오며 '형님이 우산 없이 갈 거라 생각해서, 버스 정류장까지 함께 쓰고 가려고 기다렸어요.' 했다. 나는 너무 고마워서 버스 타러 가는 길에 빵집에 들러 팥빵 두 개를 사주었다.

이 일을 계기로 그는 일주일에 한 번쯤 내 교실에 찾아오곤 했다. 또 비 오는 날에는 교문 앞에서 나를 기다려 주었다. 그는 내가 친형이 되는 듯이, 괴롭히는 아이가 돈을 달라고 한다고 일러바치기도 했다. 나는 어쩔 수 없이 그와 운동장에 가서 그 아이를 찾아가 그를 타일렀다. 중학생은 '형님 그 아이가 이제 돈 달라고 안 해요.' 하고 좋아했다.

　하루는 오후 수업이 끝나고 나오는데 그가 나를 기다리고 있었다. 그는 내 손을 잡고 '오늘은 나하고 갈 데가 있어요.' 하는 것이었다. 그가 나를 데려간 곳은 새문안교회를 지나 왼쪽으로 꺾어지는 길에 있는 한 중국집이었다. 중국집 앞에는 내 또래의 여학생이 서 있었다. 그는 '누나에요.' 하고 그녀를 소개했다. 나는 멈칫거리며 여학생에게 인사했다. 그의 누나는 정동에 있는 학교 교복을 입고 있었다. 누나는 나를 보자 '영만이 누나에요. 영만이를 잘 돌보아 주신다고 해서 고맙다는 인사도 드릴 겸, 만나 뵙고 싶어서 나왔어요.'라고 또렷한 말씨로 말했다. 영만이는 내가 무어라고 대답하기 전에 중국집 문을 열고 들어갔다.

　중국집에 들어가 자리에 앉자, 누나가 오늘 음식을 대접한다며 탕수육과 라조기, 그리고 짜장면 세 그릇을 주문했다. 나는 어색하기만 했다. 우산을 얻어 쓰고 다니는 것만도 미안한데 음식까지 대접받을 처지는 아니어서였다. 나는 굳은 채 가만히 앉아 있었다. 얼굴이 갸름하니 예쁘게 생긴 누나는 상냥하게 말을 걸어 주었다. 어느 날 동생이 학교에 다녀와서 형님이 생겼다고 자랑하기도 했고, 괴롭히는 아이도 말려주고 어려운 일이 생기면 해결해 준다고도 했다며, 그게 고마워 지방에 간 부모님 대신 식사를 대접하러 왔다고 했다. 나는 도와준 게 별로 없다고 하였다. 오히려 비 오는 날이면 우산을 함께 쓰고 버스

타는 데까지 데려다 주어 내가 고맙다고 말했다. 이날 배불리 먹고 헤어졌는데, 괜히 큰 빚을 진 것처럼 느껴졌다. 돈이 생기면 꼭 갚아야겠다고 생각했다.

가을이 깊어가던 어느 일요일이었다. 어머니는 나에게 길가에 쌓아놓은 연탄을 뒷마당 광에 가져다 놓으라고 했다. 나는 동생들과 함께 하려고 찾았으나 초등학교에 다니는 막내만 집에 있었다. 나는 옆집 가게에서 철 바퀴로 된 수레를 빌려 연탄을 옮겨다 놓았다. 한밤이 되어서야 겨우 끝낼 수 있었다. 그날 저녁 늦게 밥을 먹고 자려는데 온몸이 아팠다. 끙끙 앓는 소리가 튀어나왔다. 다음 날 아침, 겨우 일어나 아침도 먹지 못하고 학교에 가려 했다. 어머니가 뒤따라 나오며 하루 쉬어야 하지 않냐며 학교 가지 말라고 했다. 그래도 가방을 들고 나왔고, 어머니는 밖으로 따라 나와 내 몸 상태를 걱정했다.

그날 저녁, 방에 누워있는데 어머니가 곁으로 와 '혼자 너무 힘들었구나.' 하였다. 그러고는 내 손에 봉투를 쥐어 주었다. 봉투 안을 보니, 중국집에 가서 식사를 대접하고도 남을만한 돈이 들어 있었다. 나는 너무 좋아 아픈 것쯤은 아무것도 아니라고 생각되었다. 다음 날 학교에 가서 중학생을 찾았다. 토요일에 누나하고 함께 지난번 중국집으로 오라고 말했다. 그렇게 하여 나는 토요일에 식사를 대접할 수 있었다. 지난번처럼 탕수육과 라조기, 그리고 짜장면을 주문했다. 이날엔 서로 이야기도 많이 했다.

이 일이 있고 몇 번이나 집에 오가는 길에 누나와 마주쳤다. 한 달쯤 지났을 때는 동생이 나를 찾아와 편지 봉투를 쥐어 주고는 재빠르게 뒤돌아 뛰어가기도 했다. 누나가 보낸 편지였다. 그때 대접을 잘 받아서 고맙다는 말, 나의 근황을 묻는 사연들이 적혀 있었다. 정갈한 글씨로 쓴 평범한 안부 편지였다. 나는 봉투는 버리고 편지만 접어서 가방에 넣었다. 집에 가서 혼자 다시 읽어보기도 했다. 글 속에 무슨 암호처럼 내가 알지 못하는 마음 한 조각이 담겨 있지나 않나 싶어 몇 번이나 다시 읽었다. 그렇지만 아무 단서도 찾을 수 없었다.

나는 답장을 쓰는 것이 예의라고 생각해 책상 앞에 앉아 흰 종이에 무어라고 적어보았다. 그러나 글이 잘 되지 않았다. 누나에 대한 나의 생각 때문이었다. 누나가 나와 친한 것인지 그렇지 않은 것인지, 단지 인사일 뿐인 편지인지 잘 알 수 없었다. 며칠을 썼다가 종이를 찢고, 다시 쓰고 하기를 반복하다가 겨우 다음에도 다시 만나기 바란다는 어설픈 답장을 보냈다.

동생에게 편지를 들려 보내고 일주일쯤 지났을 때 동생이 다시 편지 봉투를 가져왔다. 토요일 오후 3시에 명동 태극당에서 만나자는 내용이었다. 나는 금요일에 이발소에 가서 머리를 말끔하게 깎았고 교복도 잘 다렸다. 그리고 토요일 학교가 끝나고, 명동으로 가 약속 시간 오 분 전쯤 태극당 문을 열고 들어갔다. 누나 혼자 앉아 있는 것이 보였다. 처음으로 누나와 단둘이 만난 날이었다. 늦가을이었으나 동생과 만난 지는 일 년이 다 되어가는 때였다. 그날 누나와 소설책 이야기를 했다. 소설책을 빌려 보고 싶다며 말한 것이 이광수의 『무정』이었다.

그녀와 헤어지고, 나는 동생을 통해 소설책을 누나에게 보내었다.

　그러다가 내가 대학생이 되던 해 사월, 그들 가족은 미국으로 떠났다. 이민 가는 것이었다. 나는 동생에게 서울에 오면 다시 만나자고 말했지만, 대학 생활이 바쁜 나머지 한동안 그들을 잊고 지냈다. 그러던 십이월의 어느 날, 저녁에 집에 돌아가니 어머니가 소포 뭉치를 나에게 내밀었다. 확인하니 동생이 보낸 것이었다. 크리스마스 카드가 들어 있었고, 누나가 보낸 빨갛고 흰색이 섞인 도톰한 모직 머플러가 있었다. 작은 종이도 들어 있었는데, 그도 대학에 입학하였다며 한국에 가면 꼭 연락하겠다고 적혀 있었다. '꼭 연락하겠다'라는 문장이 눈에 아른거렸지만 나는 그들에게 편지 한 장 보낼 수가 없었다. 어린 동생이 소포에 무엇이 들어있는지를 보려고 포장지를 마구 뜯어냈기 때문이었다. 뜯긴 포장지를 찾아 봐도 이미 버려진 종이를 다시 찾을 수 없었다.

　지금까지도 그들의 소식을 알지 못한다. 그렇지만 비 오는 날이면 누나와 동생이 가끔 생각난다. 질퍽이는 땅바닥에 자국이 남는 것처럼 기억의 저편에 지워지지 않는 뭉클한 아쉬움이 남아 있다.

허당(虛堂)과 오월

　계절의 여왕인 오월이 오면 학교 앞 잔디에 나가 커피가 담긴 종이 컵을 들고 꽃그늘을 찾았다. 우리 학교 넓은 잔디 광장을 내려다보는 계단 곁에는 라일락 나무가 있었다. 이때쯤에는 꽃들이 활짝 피어 그 향기가 계단 건너편에 있는 열려진 강의실 창문으로 번져오곤 했다. 나는 이 라일락 나무 그늘을 좋아했다. 오월의 청명한 하늘에는 구름 몇 조각이 그림처럼 흘러갔다. 어쩌다 하늘을 보면, 가끔 하늘을 나는 새처럼 훨훨 날아가 보고 싶은 생각이 들곤 했다. 그러다가 곧 내 생각이 허당(虛堂)임을 눈치챘다. 허당이라는 말은 텅 빈 집들, 알맹이가 없는 것처럼 실속 없이 빈 것을 뜻한다. 나는 그런 허당 안을 헤매고 있었던 것이다.

　나도 허당이지만 '허당' 하면 한 친구가 떠오르기도 한다. 나와 전공이 다른 교수인 그 친구는 가끔 계단에 앉아 있는 나를 찾아오곤 했다. 이 친구는 고등학교 동창이기도 해서 교수보다는 동창으로서의 우정이 앞서는 이였다. 친구는 항상 나를 '야' 하고 불렀다. 나는 이 '야' 소리가 싫지가 않았다. 대학 캠퍼스 한가운데 앉아 나를 '야' 하고 부를 수 있는 이는 그 친구밖에 없었다. 바로 그 친구의 별명이 허당 이었다. 그는 미국에 가서 8년이나 걸려 박사 학위를 취득했지만, 사 람들이 그를 허당이라고 부르는 데는 그만한 이유가 있었다.

나는 캐나다에 있다가 돌아와서 3년 가까이 차가 없었다. 돈을 모아 생전 처음 내 차를 마련하려고 하는데, 그 친구가 내 곁에 다가와 '아 직도 차를 못 골랐어?' 하고 물었다. 그러면서 '내가 중고차 한 대를 보았는데 정말 훌륭한 차였어. 주인이 그 차를 팔겠다던데.' 하는 것이 었다. 나는 솔깃해서 그게 어떤 차냐고 물었다. 그는 자신이 친하게 지 내는 부잣집 아들의 차라고 했다. 그 차를 한번 볼 수 있느냐고 묻자 그는 토요일에 시내에서 만나 자동차를 보러가자고 했다.

토요일에 나는 부푼 기대를 가지고 친구와 만나기로 한 곳에 갔다. 친구가 차를 보러 가자고 나를 이끈 곳은 한남동 외인주택 근처에 있 는 궁궐 같은 집이었다. 초인종을 누르니 친구와 비슷한 나이로 보이 는 차 주인이 문을 열고 나왔다. 그는 우리를 지하 차고로 데리고 갔 다. 차고 문을 열었을 때 나는 너무 놀라 어찌할 줄 몰랐다. 파란 외제 스포츠카가 눈에 띄었다. 차 지붕을 열어 젖히고, 납작하게 땅에 붙어 서 굉음을 내고 달리는 그런 스포츠카였다. 차 주인은 나를 운전대 옆 자리에 앉으라고 하더니 어떤 버튼을 꾹 눌렀다. 차 지붕이 뒤로 젖혀 졌다. 열쇠를 꽂고 돌리자 굉음이 차고를 날려버릴 것 같았다. 가죽 시트에 계기판도 요란했다. 흔히 영화에서 보던 그런 스포츠카였다. 친구는 나에게 '참 근사하지.' 하고 몇 번이나 감탄 어린 찬사를 흘렸다. 차 주인은 한번 시승해 보라고 했다. 강변도로를 지나는데 마치 경주하는 듯 빠르게 달렸고, 파란 하늘을 볼 틈도 없이 풍경이 휙휙 바뀌었다. 속도계가 눈에 들어오지 않았다. 차 속도에 비례하여 불어오는 바람이 마치 태풍 날의 그것과 같아서 고개조차 돌리기가 무서웠다.

시운전을 끝내고 친구와 차 주인, 그리고 나는 한남동 찻집으로 갔다. 친구는 주인에게 '싸게 팔아.'라고 했다. 차 주인은 알았다고 하였다. 그때 나는 아반떼만 한 포니를 겨우 할부로 살 수 있을 만한 돈을 가지고 있었다. 돈은 둘째 치더라도 나는 이미 그 차를 포기하고 있었다. 파란 하늘색 외제 스포츠카를 타고 대학에 드나들기도 부끄러웠고, 엔진 소리가 너무 커서 지나가는 사람들이 다 쳐다보는 것도 견디기 어려웠다. 아니나 다를까. 차 주인은 싸게 준다면서 가격을 정정했다. 그가 말한 가격은 그 당시 제일 비싼 세단 자동차값과 비슷했다. 나는 일단 알았다고 하고 그들과 헤어졌다.

며칠 후, 라일락 나무 밑에 앉아 있는데 친구가 왔다. 그는 스포츠카가 싸니까 사라고 했다. 그의 얼굴을 보고 있으려니 그의 별명이 허당임이 떠올랐다. 나는 친구에게 '야 내 형편에 그 차가 맞니.' 하고 핀잔을 주었다. 그는 '그래도 엄청 싼데, 그리고 멋있잖아.' 하고 웃었다. 나는 '야, 이 허당아.' 하고 소리치고 말았다.

그 후 나는 살아가는 동안에 때때로 이 허당이라는 말을 입안에서 굴려보곤 했다. 그랬더니 그 친구만이 아니라 나도 허당임을 알게 되었다. 오 남매의 맏이로 살아와서 그런지 살림 도구를 살 때면 항상 대형을 고르기 일쑤였다. 가령 식구가 넷인데도 십이 인용 대형 전기 밥솥을 사서 문제를 일으켰던 적이 있다.

　사람은 어느 면에서 허당일 수 있다. 허당이란 것은 너무 이상적이거나 혹은 자기가 가진 것보다 더 큰 것을 바라는 욕망 때문에 생기는 것이라 생각한다. 파란 하늘을 날아가는 꿈도 그렇다. 어찌 보면 허당은 꿈에 젖어 있다는 죄밖에 없을지도 모른다. 그렇지만 이것은 이악스럽게 살지 못하는 것에 대한 내 안의 변명일 수 있다.

수줍게 핀 꽃에도 향기가 그윽하니

어느 소설에 있던 장면이다. 황혼이 마을을 덮을 때쯤 어린 딸은 매일 대문 곁에 서 있는 감나무에 기어올라 가지 사이에 몸을 숨기고 아버지를 기다렸다. 아버지가 퇴근해서 대문을 밀고 들어서서 감나무 밑에서 딸의 이름을 큰 소리로 불렀다. 어린 딸은 아버지가 부르는 소리를 듣고도 까끌거리는 감나무 가지에 얼굴을 묻고 가만히 있었다. 아버지는 여러 번 딸의 이름을 부르다가 감나무를 올려다보며 '여기 있었구나.' 하고 팔을 벌렸다. 딸은 뛰어내려와 아버지 품에 안겼다.

어찌 보면 숨바꼭질하듯이 알면서도 서로 딴짓을 하는 것 같지만 따뜻한 정이 배어 있는 장면이다. 나는 이 장면을 잊지 않고 있다. 내가 이 장면을 기억하는 것은 어린 딸이 막 뛰어가 아버지의 품에 안기고 싶어도 수줍어하여 숨어 있었다는 점이다. 그리고 아버지는 딸의 수줍음을 알고 일부러 이름을 부르며 찾는 척해주었다는 점이다. 아무것도 아닌 것 같지만 딸의 수줍어하는 속마음을 아버지가 알아주

266

고, 딸은 아버지가 알아주는 속마음을 타고 그 품에 안기려 한다. 여기엔 따뜻하고 아름다운 마음이 어려 있다.

나도 그런 적이 있었다. 어릴 적 나는 동생들을 둔 큰 형이라서 항상 의젓하게 보여야 했다. 초등학교 육 학년 때, 내 여동생은 여섯 살, 남동생은 세 살이었다. 어머니는 세 살 된 동생을 품에 안고 있었고, 여동생은 어머니 치맛자락에 매달려 있었다. 밥상에 둘러앉으면 큰 형인 나 혼자 항상 아버지 맞은편에서 밥을 먹어야 했다. 아버지가 여동생의 머리를 쓰다듬고 남동생을 어르고 해도, 나는 아무렇지도 않게 아버지와 좀 떨어진 자리에서 내 일을 하곤 했다. 나는 학교에서 일어난 일을 말하고 싶어도 동생들과 어울려 있는 부모에게 말 걸기가 부끄러웠다.

그러던 어느 날 저녁 아버지가 집에 오면서 손에 봉투를 들고 왔다. 봉투에는 카스텔라가 두 개 들어 있었다. 아버지는 '오다가 너희들 생각이 나서 빵집에 들어갔는데 주머니에 든 돈을 다 털어서 카스텔라 두 개를 샀다.' 하면서 하나를 집어 여동생을 주었다. 나는 먹고 싶었지만 고개를 창 쪽으로 돌리고 아무렇지도 않은 듯이 앉아 있었다. 어머니는 남은 한 개를 남동생 손에 들려 주었다. 나는 아무 말도 하지 않고 방에서 나왔다. 내 방에 들어가 앉아 있는데 괜히 눈물이 났다. 그때 동네 아이들이 골목에서 떠드는 소리가 났다. 나는 방문을 살며시 열고 나와 골목길로 뛰어갔다. 아이들과 캄캄한 밤길에서 공을 차며 놀다가 어머니가 내 이름을 불렀을 때에야 집에 들어갔다.

다음 날 아침이었다. 학교에 가려고 책보자기를 들고 현관을 나오다 아버지와 마주쳤다. 아버지는 나를 보자 내 머리를 쓰다듬으며 '오늘 저녁에 내가 너 좋아하는 큼직한 식빵을 사다 줄게.' 하였다. 나는 '학교에 다녀오겠습니다.'라고 큰 소리를 지르고 대문을 나와서 큰길을 뛰어갔다. 집이 보이지 않는 데까지 뛰다가 다시 걸어가려는데 갑자기 눈물이 펑펑 쏟아졌다. 아버지는 카스텔라를 먹고 싶어 하던 내 마음을 알고 있었던 것이다. 아버지가 고마웠다. 그날 저녁 큰 식빵을 들고 온 아버지는 안방에서 큰 소리로 내 이름을 불렀다. 나는 한참 만에 안방에 들어갔다. 카스텔라 한 쪽도 못 먹어 섭섭해 했던 일이 부끄러워서였다.

나이가 들어서도 수줍음은 엉뚱한 일을 만들기도 한다. 유난히 부끄러움을 타는 제자가 있었다. 어느 날 연구실에서 그가 내 자료 조사를 도왔고 밤이 깊어서야 연구실에서 나올 수 있었다. 나는 그를 데리고 버스를 탔고 식당들이 많은 봉천동 큰길로 나왔다. 그에게 뭘 먹고 싶으냐고 물었다. 그는 웃기만 하고 '뭐든지 잘 먹어요.' 하고 대답을 했다. 그를 데리고 순두붓집에 갔다. 그는 순두부를 잘 먹었다.

다음 날 점심시간이 지난 시간에 누가 노크를 하고 들어왔다. 그 제자였다. 그는 가슴에 큼직한 꽃다발을 들고 왔다. 그는 살며시 꽃다발을 책상 위에 올려놓고는 머리를 숙이고 나가려고 했다. 내가 그를 붙잡았다. 웬 꽃다발을 들고 왔느냐고 물었다. 그는 고개를 푹 숙이고 가만히 있었다. 그를 의자에 앉게 하고 부드럽게 다시 물었다. 그제야 그는 입학한 지 이 년이 되었는데 한 번도 나와 단둘이 대면해서 이야기한 적이 없었다고 말했다. 그러다 어제 선생님이 자기를 지목해서 자료 정리에 끼워주고, 또 밤이 깊은데 함께 식당에 가게 되어 너무 기뻤다고 했다. 그래서 그 고마움을 전하려고 꽃다발을 들고 왔다고 했다. 뜨문뜨문 마지못해 겨우 털어놓는 그의 얼굴을 보면서, 나는 제자의 마음속에 감추어진 수줍음을 알아차려 주지 못했음을 깨달았다.

아내나 자식뿐만 아니라 곁에서 함께 살아가는 이들이 수줍음 때문에 말 한마디 제대로 못하고 살아가고, 그것을 내가 느낄 수 없다면 갑갑한 일이 아닐 수 없다. 수줍게 피어난 꽃의 환한 얼굴을 보면서 나에게 보내는 피어있음의 즐거움을 나만 모르고 살아서야 되겠는가. 감추고 있어도 드러나는 그 향기를 느끼고 살아야 할 것이다.

고마운 사람들

눈 오는 날이었다. 눈이 어깨에 쌓일 만큼 펑펑 쏟아지고 있었다. 나는 저녁 무렵 지하철에서 나와 우리 집으로 가기 위해 상가 거리를 걸어가고 있었다. 잠시 딴 생각을 한 틈에 나는 휘청하여 그대로 뒤로 미끄러졌다. 마치 똑바로 하늘을 보고 누운 듯이 넘어지고 말았다. 정신이 몽롱하고 온몸에 힘이 빠졌다. 그 순간 누가 내 곁에 와서 다급한 목소리로 '정신 차리세요' 하고 소리 질렀다. 사십쯤 되어 보이는 여성이었다. 나는 눈 위에 겨우 손바닥을 짚었지만, 몸이 움직여지지 않았다. 쿵 하고 머리가 눈 바닥에 부딪치던 소리만 귀에 맴돌았다. 여성은 두 팔을 벌려 나를 껴안아 일으켜 세웠다. 사람들이 '괜찮아요?' 하고 물었지만 입이 열리지 않았다.

한참 만에 정신을 차렸다. 팔다리를 흔들었다. 조금 서툴지만 움직여졌다. 머리도 이상이 없었다. 파카에 붙은 모자를 쓰고 있어서 충격이 덜했던 것 같았다. 나는 '고맙다'는 인사를 바로 할 수가 없었다. 아마 하늘을 보고 큰 대자로 누워 있었던 것이 이삼 분은 넘었으리라 생각한다. 이 몇 분 안 되는 동안 온몸이 마비되는 엄청난 무서움에 죽는구나 하는 공포의 암흑으로 빠져들었다. 양옆에서 두 사람이 부축하여 일으켜 주었고, 눈을 똑바로 뜨고 한 발짝 앞으로 내디딜 때가 되어서야 나는 주위를 돌아볼 수 있었다. 한 여성과 중학생은 내 팔을 붙잡고 있었고, 근심 어린 눈으로 빵집 아저씨가 내 앞에 있었다. 그리고 내 등 뒤로 노점을 하는 아주머니가 내 파카 자락을 쥐고 있었다. 그제야 온전한 말로 '괜찮습니다. 고맙습니다.' 하고 인사할 수 있었다. 나는 그 순간 나를 부축해 주었던 이들을 잊지 않고 있다.

이뿐만 아니다. 나를 도와준 이들은 너무나 많다. 내가 초등학교를 졸업하고 피난지 대구에서 중학교에 입학한 해 겨울이었다. 어머니와 나는 겨울에 할머니 댁에 갔었다. 며칠을 보내고 대구로 오려고 하자 갑자기 기차가 며칠간 다니지 않는다고 했다. 전쟁에 중공군이 참전하였고 서울 지역을 중심으로 치열한 양상을 보여주고 있던 때였다. 군수품과 군인들을 전선으로 수송하느라 일반 기차가 다니지 않는 것이었다. 할 수 없이 정기편 버스를 타기로 했다. 경주에서 대구로 가기 위해서는 영천을 거쳐 대구로 가는 노선이 제일 짧았다. 그런데 이 도로 역시 군인들로 차단되어 있었다. 버스는 경주에서 우리 마을인 건천을 거쳐 산내로, 다시 청도를 거쳐 대구로 가게 되었다.

나는 어머니와 함께 청도를 거쳐 가는 버스를 탔다. 얼마 가지 않아 산길로 들어섰다. 태백산맥 줄기가 흘러 내려온 산내는 오지 중의 오지였다. 버스는 산 굽이굽이를 기어가다시피 갔다. 버스를 탄 지 두 시간쯤 되었을 때 산내에 닿았다. 산으로 둘러싸인 조그마한 마을이었다. 나는 출발하고 얼마 되지 않아서부터 차멀미가 났고, 버스가 멈추었을 때 겨우 정류소 뒤편 개울가에 가서 먹은 것을 다 토해 낼 수 있었다. 트럭 뒤 칸에 올라타고 산내를 가본 적이 있었는데, 그때의 경험으로 차멀미를 걱정하지 않았지만 오산이었다. 두 손으로 개울물을 마시고 다시 버스에 탔다. 그러나 버스가 달리던 중에 내 의자 뒤쪽에 앉은 어느 아주머니가 와락 소리를 내며 내 의자 뒤편을 적시며 토하고 말았다. 아주머니가 토해놓은 음식물의 냄새를 맡고 나도 토하기 시작하였다. 말간 물만 입에서 쏟아졌다. 어머니는 내 머리를 무릎에 놓고 이마를 만져주었다.

이때 달리던 버스가 길가에 섰다. 버스 운전사가 뒤로 오더니 아주머니와 나를 보며 '밖에 나가서 찬바람을 마셔요. 조금 쉬었다 갑시다.' 하였다. 빈자리 하나 없이 가득 찬 승객들이 너도나도 우르르 내렸다. 나와 아주머니도 내려와 나무 그늘 밑에 앉았다. 어머니가 나를 개울에서 씻겨주어서 겨우 정신을 차리기 시작했다. 그때 버스 창 안을 보니 운전사 아저씨가 물걸레로 아주머니와 내가 앉았던 자리를 닦고 있었다. 아저씨는 바닥까지 말끔하게 닦았다. 한 시간쯤 쉬었을 때, 아저씨는 개울물에 와서 손을 씻었고 한참만에야 다시 타라고 했다. 나는 운전사 곁을 지나가는데 미안하고 부끄러워 고개를 숙이고 지나갔다.

한밤중이 되어서야 대구에 닿았다. 열 시간이 넘는 장시간의 이동이었다. 승객 누구도 불평하지 않았다. 나는 내리면서 아저씨께 '고맙습니다.' 하고 인사를 했다. 아저씨는 운전대에서 일어나 버스 문까지 나와서 내 머리를 만져주며 '고생했다.' 하고 말했다. 지금도 나는 운전사 아저씨가 개울물에 걸레를 빨아 더럽혀진 자리를 닦던 모습이 눈에 선하다. 내 머리를 만져주던 아저씨의 너른 마음도 또렷이 기억한다.

어디에나 고마운 사람은 있다. 내가 고등학교에 다닐 때였다. 우리 집 앞 도로가 원효로 버스 종점이었다. 이 버스는 원효로에서 세검정을 왔다 갔다 했다. 나는 아침 여섯 시에 집에서 나와 버스를 탔다. 버스에 오르면 언제나 운전사 아저씨 뒷자리에 앉았다. 매일 그 시간에 타면 머리가 뾰족하고 키가 작은 운전사 아저씨를 만났다. '안녕하세요.' 하고 인사를 하면 아저씨는 웃으며 '아침은 먹고 왔니?' 하고 물었다. '네.' 하고 대답하면 꼭 '든든히 먹고 다녀라.'라고 했다. 시험 때가 되어 버스 안에서 책을 읽고 있으면 백미러로 보았는지 '흔들리는 차 안에서 책을 보면 어지러워져.' 하고 주의를 주었다. 삼 년을 이 아저씨와 같이 다녔다.

내가 대학에 들어가서 아저씨를 만날 수가 없게 되었다. 그러다가 우연히 버스를 탔더니 아저씨가 운전석에 앉아 있었다. '아저씨 안녕하세요.' 하고 인사를 했다. 그러자 아저씨는 반갑게 웃으며 '대학에 들어갔구나. 매일 내 버스를 타서 들어갔지.' 하고 큰 소리로 웃었다. 나도 '아저씨 버스를 타서 합격했어요.' 했다. 우리는 손을 흔들며 헤어졌다.

　고마운 사람들이 많다. 고마운 것을 고맙다고 여기는 것이 중요하다. 나를 중심으로 생각하기보다는 나와 타인과의 관계를 통해서 서로 의지하고 산다는 인식이 생겨날 때 고마움도 피어나는 것이다. 고마움을 아는 이가 얼마나 풍성한 즐거움을 지니고 살아가는지를 꼭 살펴보아야 할 것이다.

하모니카

나는 음표를 읽지 못한다. 초등학교 시절도 고등학교 때도 음악 시간에 노래를 따라 부르면 되었다. 음악 시험도 교탁 앞에 나가 노래를 부르는 것이었다. 그렇기에 아들이 초등학교에 들어가서 음표도 배우고 악기도 다룰 줄 알게 되자 너무 신기했다. 언젠가 미국 국무장관이었던 라이스 장관이 여러 정상들 앞에서 피아노를 치던 모습이 떠오른다. 악기 하나쯤은 다루면서 음이 주는 울림의 소리를 가슴으로 받아들일 줄 아는 인격체, 그렇게 되었으면 하는 것이 나의 생각이다.

내 생애 중에 악기를 가져본 일이 있긴 하다. 바로 하모니카다. 피난지 대구에서 중학교를 다닐 때였다. 전란 중이어서 대구에 피난 가 있던 시절이었다. 우리 집은 중앙동 기와집 촌 한옥 문간방에 세 들어 살고 있었다. 학교에서 돌아오면 아이들은 골목 공터에 모였다. 큰 아이들은 태권도를 한다며 말뚝을 박아놓고 새끼줄을 딩딩 감아 그것을 주먹으로 때렸다. 중학에 다니는 아이들은 모여서 공차기를 하며 지냈다.

어느 날 저녁밥을 먹고 공터에 놀러 나갔다. 아이들이 한곳에 둥글게 모여 있었다. 그 가운데엔 고등학교에 다니는 동네 형이 있었다. 그의 손에는 반짝거리는 무언가가 있었는데 그것은 하모니카였다. 생전 처음 보는 것이었다. 형은 하모니카를 양손에 모아들고 〈굳세어라 금순아〉를 불렀다. 손을 폈다가 오므리기도 하고 또 흔들기도 하면서 바이브레이션을 넣기도 했다. 우리는 입이 딱 벌어졌다. 동네 형들도 넋을 잃고 바라보았다. 그 형은 밤마다 가로등 아래에 서서 몇 곡씩 하모니카를 연주했다. 때로는 처량하게, 때로는 흐드러지게, 그 하모니카 소리에 우리는 완전히 혼이 빠져버렸다.

얼마 지나지 않아 그 형과 같은 하모니카를 들고 와서 부르는 아이들이 늘어났다. 아이들은 비로드 천으로 된 헝겊으로 하모니카를 살살 닦았다. 그러던 어느 날 사건이 하나 생겼다. 새로 하모니카를 산 다른 형들이 밤마다 어느 집 담장 옆에서 하모니카를 불었던 것이다. 알고 보니 그 집에는 여고에 다니는 여학생이 살고 있었다. 여학생의 방 창문이 담장 쪽에 있어서, 형들은 그 담장 밑에서 하모니카를 분 것이었다.

하루는 비가 왔다. 처음 하모니카를 불었던 그 형은 캄캄한 밤 담장에 붙어 서서 하모니카를 연주했다. 그런데 한 군인이 그 형을 붙잡아 흠씬 두드리며 '다시 한 번 더 담장 밑에서 하모니카를 불면 죽을 줄 알라.'라고 했다는 것이었다. 그 군인은 여학생의 오빠라고 했다.

이 소문은 그 여학생 집에 살던 중학생이 퍼뜨려 사람들이 알게 되었다. 다행히도 그 형은 하모니카를 빼앗기지 않았는지, 공터로 나와 부르튼 입으로 처량하게 하모니카를 불었다. 하모니카 사건에 관련해서 나쁜 일만 있는 것은 아니었다. 어떤 형은 내리막길에 있는 어느 집 여학생의 집 앞에서 매일 같이 하모니카를 불었다. 그러다가 그 집 여학생과 만나는 사이가 되었다고 한다.

날씨가 추워진 어느 밤, 집에 들어갔더니 아버지가 나를 불렀다. 방안에 들어가니 아버지는 직사각형의 곽을 나에게 건넸다. '너가 밤에 매일 나가서 하모니카 부는 걸 보고 온다고 그러더라. 그래서 내가 사왔다.' 하고 아버지가 말했다. 내 방에 돌아와 뚜껑을 열어보니 노란 융단으로 싸인, 반짝이는 야마하 하모니카가 들어 있었다. 나는 다음날 밤부터 형들에게 하모니카를 배웠다. 갈수록 느는 것 같아 기분이 좋았다. 손바닥으로 공기를 막아가며 쿵짝 소리를 낼 수도 있었다. 내 또래들은 나를 부러워했다.

그런데 하루는 동네 형이 나에게 캐러멜 두 갑을 주면서 하모니카를 빌려달라고 했다. 나는 어쩔 수 없이 빌려주었다. 그런 일이 반복되었다. 그러다가 동네 형이 하모니카를 잃어버렸는지 빈손으로 오면서 '미안하다.'라고 했다. 나도 어쩔 수 없이 빈손으로 집에 돌아가야 했다. 집에 돌아와 누구에게도 하모니카를 잃어버렸다고 말하지 않았다.

시간이 흘러 봄이 왔다. 벚꽃이 한창 필 때였다. 학교에서 돌아와 대문 앞에 섰을 때 뒤에서 누군가가 '동규야.' 하고 불렀다. 돌아보니 동네 형이었다. 형은 하모니카를 내밀면서 '미안하다.' 하고 내 손을 잡았다. 집에 들어가 방 안에서 열어보니 내가 가지고 있던 야마하 하모니카였지만 그것은 새것이었다. 나중에 사정의 전후를 알게 되었는데, 동네 형이 여학생 집 담장 밑에서 하모니카를 불다가 그 집 아버지에게 붙잡혀 빼앗겼다고 했다. 알 수 없는 것은 그 일이 있고 그 형과 그 집 여학생이 사귀는 사이가 되었다는 것이다.

어린 시절, 나에게 하모니카는 인연의 악기였다. 들숨과 날숨으로 소리를 만들어가며 추억을 쌓은 그 시절은 참 즐거운 시간이었다. 수줍음 때문에 여학생에게 말도 제대로 걸어보지 못하고 하모니카만 불어 대던 야릇한 청소년기였지만, 그래도 멋이 있는 순간이었다. 박꽃이 밤에 살포시 피어나듯 괴롭고 힘든 생활 속에서 하모니카를 통해 잠시나마 웃을 수 있었다.

치약

　아침에 세수를 하려고 세면대 앞에 설 때 갑작스레 눈에 들어오는 것이 있다. 바로 치약이다. 치약이 눈에 띄면 갑자기 웃음이 나온다. 치약 튜브를 잡고 손으로 누르면 하얀 치약이 하얗게 빠져나온다. 그럴 때면 옛날 한 친구가 어른거리며 찾아온다.

　중학교 이 학년 때 같은 반이었던 친구가 있다. 그는 대구에서 영천 가는 길에 있는 하양에서 기차 통학을 했다. 전쟁이 한창인 때라 기차가 연착될 때가 많았고 그는 자주 지각을 하였다. 나는 그와 친해서 방과 후 기차 시간까지 그와 함께 놀곤 했다.

　그는 상냥했고 여자아이처럼 예쁘장했다. 그때 아이들은 얼굴이 대체로 까맣게 탔는데 그는 이상하게 얼굴색이 뽀얗게 피어 있었다. 더욱이 우리 학교 길 건너에 여학교가 있었는데, 그는 우리 또래의 여학생을 길에서 만나면 인사를 하는 것이었다. 나는 피난을 내려와서 아는 여학생도 없었지만 그렇게 여학생들과 인사하는 그가 신기했다.

또 부러운 것이 친구의 통학 길이었다. 우리 집 대구에서 할머니 댁에 갈 때, 가을철 기차를 타게 되면 철길 따라 이어진 사과밭을 볼 수 있었다. 빨간 홍옥 사과들이 가지가 휘어지게 달려 있었고, 창밖으로 손만 내밀면 잡힐 듯하여 나를 설레게 했다. 그 길을 친구는 통학하고 있었던 것이다. 내가 부러워 그 친구에게 통학에 대해 물으면, 친구는 비밀 이야기를 하듯 통학 길에 대해 말해주었다.

그중에서 지금도 기억나는 것이 있다. 시골 마을이기에 어릴 때부터 함께 자란 아이들은 대구로 진학했다. 그가 타는 하양역에는 원근 이십 리 밖에 사는 아이들이 일곱 시 기차를 타기 위해서 역에 모였다. 기차를 기다리며 아이들끼리 이야기도 하고 친하게 되고, 그러다 보니 남녀 학생끼리 서로 사귀게 되는 일도 일어난다고 했다.

어느 날 학교가 파하고 나오다가 그와 함께 역 근처에 있는 중국식 호빵집에 가게 되었다. 나는 돈이 없어서 머뭇거렸는데 그가 웃으며 자기가 산다고 했다. 그는 호빵 두 개를 주문했다. 호빵을 받아 맛있게 먹는데 어떤 예쁜 여학생이 호빵집 문을 열고 들어왔다. 그 친구의 여자 친구였다. 여자 친구는 호빵 두 개와 찐빵 두 개를 더 주문해서 우리에게 주었다. 그러다 기차 시간이 다 되어 그는 예쁜 여자 친구와 함께 기차를 탔고, 나는 집으로 향했다. 눈앞에 예쁜 여자 친구의 얼굴이 아른거렸다. 나는 그 친구를 우러러보게 되었다. 이날 나는 처음으로 여자 친구에 대해 그려보았다. 그렇지만 실체가 없는 허상일 뿐이어서 막연하게만 느껴졌다.

그 후 나는 왜 여자아이들이 그를 좋아할까 하는 생각에 골몰했다. 그러다 그의 흰 얼굴에 초점을 맞추게 되었다. 나는 어떻게 하면 얼굴이 하얗게 되느냐고 끈질기게 그에게 물었다. 한 달쯤 지난 어느 날, 점심시간 영어 숙제의 답을 그에게 보여주었는데 그러자 그는 나를 교실 구석으로 데려가서 작은 목소리로 말했다. '죽는 날까지 비밀이야.'라고 그는 운을 떼었다. 그러면서 '아침에 치약을 발라.'라고 하는 것이었다. 그제야 내 의문이 풀리게 되었다. 그의 하얀 얼굴은 치약을 바른 얼굴이었다. 나는 약속을 지켜, 이 이야기를 다른 친구한테 한 번도 말한 적이 없다. 그 후로 70년이 되어가는 지금 처음으로 이야기를 꺼내 본다.

사춘기에 막연하게 꿈꾸는 이성에 대한 환상은 순수한 것이다. 그가 여자들 앞에 하얀 얼굴로 다니고 싶어 했던 심정을 잘 이해할 수 있다. 그러한 통과의례적인 성장의 매듭은 누구에게나 있기 때문이다. 그렇기에 치약을 얼굴에 바르고 여자 친구를 만났던 그에 대한 기억은 사라지지 않을 것 같다.

고추장과 껌 한 통

길을 걷다가 우연히 파란 하늘을 보면 흰구름이 떠 있는 것을 본다. 이 구름은 잊혔던 한 친구를 불러온다. 그는 대학에서 친했던 내 친구 셋 중의 하나이다.

우리 넷이 만난 것은 입학식이 끝나고 얼마 되지 않았을 때였다. 우리는 전공이 같아서 서로 인사를 하고 학교 앞 다방에 모였다. 둘은 부산에서 올라와 학교 근처에 하숙하고 있었다. 한 친구는 광주에서 올라와 누나의 집에 얹혀 있었다. 우리는 이 다방에서의 만남 이후 거의 매일 붙어 지냈다. 때로는 하숙집에 때로는 우리 집에서 함께 지내며 한 몸처럼 살았다. 대학을 졸업하고 각자의 길을 가도 언제나 형제 같은 친구로 연을 이어갔다. 이제 나를 제외한 친구들은 모두 세상을 떠났지만, 나는 이 세 친구들을 틈틈이 기억하며 살고 있다.

점심을 먹으러 식당에 갔을 때였다. 옆자리의 젊은 손님이 비빔밥에 고추장을 빨갛게 뿌리는 것을 보다가 먼저 간 친구가 떠올라 혼자 웃었다. 대학 삼 학년 때였다. 우리는 학술답사를 떠나게 되었다. 국방부의 협조를 얻어 군용 트럭 뒤 칸에 탔다. 이른 아침에 출발해 설악산에 도착한 것은 해가 지고 어두워지기 시작한 때였다. 설악산 계곡에 들어섰을 때 헤드라이트가 달맞이꽃을 비추었고 꽃은 하얗게 은빛으로 반짝거렸다.

설악산에서 며칠을 보내고 낙산사로 향했다. 낙산사 큰 마루방에서 저녁을 먹기 위해 길게 두 줄로 앉아 있었다. 우리는 절에서 주는 나물과 국을 놓고 양재기에 밥을 받았다. 다른 학생들은 집에서 마련해 온 밑반찬을 앞에 펴놓고 먹었지만, 밑반찬을 가져온 학생들은 별로 많지 않았다. 그런데 내 옆에 앉은 친구가 부자연스러운 태도로 유리병을 배낭에서 몰래 꺼냈다. 살짝 보니 고추장병이었다. 그것을 보자 옆 친구들이 했던 말이 떠올랐다. 그가 설악산에서부터 고추장병을 꺼내서 혼자 밥에 넣고 비벼 먹는다는 것이었다. 그래서 내가 '야, 너 혼자서 고추장을 비벼 먹어서 되겠냐. 모두 나누어 먹어야지.' 하고 그에게 말했다. 그는 당황해 하면서 우물거렸다. 함께 먹을 생각이 없는 모양이었다. '먹을 걸 가지고 혼자 조잡하게 몰래 먹어.' 하고 좀 더 강하게 질책했다. 그러자 심통이 난 얼굴로 '같이 먹으면 될 것 아냐.' 하면서 고추장병을 꺼냈다. 그는 미군용 큰 숟갈로 수북하게 고추장을 떠서 밥에 담고, 다시 한 번 더 큰 숟갈로 떠서 밥에 넣었다. 그러고 나서 고추장이 얼마 남지 않은 그 병을 옆으로 내밀었다. 그는 '나누어 먹어.' 하였다. 우리들은 그가 내민 고추장을 나누어 밥에 넣어 비벼 먹었다. 그런데 먹어 보니 이 고추장은 그냥 고추장이 아니었다. 잘게 소고기를 넣고 볶은 고추장이었다. 나는 큰 숟갈로 두 번이나 고추장을 담은 그의 밥을 보았다. 온통 빨간색이었다. 그는 이 매운 밥을 땀을 뻘뻘 흘리며 먹고 있었다. 나는 '맵지?' 하고 물었다. 그는 나를 보지도 않고 '괜찮아.' 하고는 그 밥을 다 먹었다.

그날 밤 낙산사 앞 파도가 밀려와 부서지는 바위에 우리 넷이 앉았다. 한 친구가 혼자 몰래 고추장을 먹었다고 질책하자, 그는 거의 울듯이 '그 고추장은 누가 특별하게 볶아다 준 것이라서 그랬어.' 하는 것이었다. 우리는 말문이 막혔다. 그에게는 애인이 있었다. 우리 넷 중 유일하게 그에게 애인이 있다는 사실이 생각났다. 그 여학생은 키가 작달막했지만 똑똑하고 성품이 좋은 대학생이었다. 애인이 없었던 우리 셋은 잠시 할 말을 잊었다. 그는 그녀가 혼자서 먹으라고 했다는 말도 하였다. 나는 그가 친구들 몰래 먹던 심정을 알 것 같았다. 애인이 준 것이기에 남 주기가 아까워 두 숟갈이나 넣고 땀을 뻘뻘 흘리며 먹어야 했던 그 마음이 슬며시 전해졌다.

매운 고추장밥을 고지식하게 먹어야 했던 순수한 한 청년의 사랑이 기억에 선명하다. 불행하게도 이 친구는 대학 다닐 때뿐만 아니라 노년이 될 때까지 고추장 사건이라는 딱지가 붙어 놀림감이 되었지만, 애인이 없었던 우리에게는 시기와 질투 어린 놀림이었음을 그도 알고 있었다.

그와 얽힌 사건은 이뿐이 아니다. 이 사건 이후 학교로 돌아와서도 문제가 이어졌다. 그와 같은 방에 하숙하는 친구가 학교에 와서는 그의 동향을 일러 주었다. 우리 셋은 그가 틀림없이 신촌에 애인을 만나러 가려고 하는구나 하고 미루어 짐작하였다. 우리 셋은 신촌으로 갔다. 그 당시만 해도 신촌에 다방이 그리 많지 않았다. 그가 갈만한 곳을 이곳저곳 기웃거리며 들어가 보면 얼마 안 가서 그가 있는 다방을 찾을 수 있었다. 여자 친구가 오지 않아 혼자 앉아 있을 때면, 우리는 그의 옆에 앉아 그가 주문한 커피를 빼앗아 마셨다. 그의 애인이 등장하면 우리는 다방을 나왔다. 지금 생각해도 엄청 유치하지만 이 유치함도 이유가 있었다. 그는 애인과 앉아 있을 때만 커피값을 냈기 때문이다. 우리는 그를 소금가마니라고 불렀었다.

　신촌에 도착하여 버스에서 내리니 눈이 펑펑 쏟아지고 있었다. 그를 찾는 다방 순례는 얼마 걸리지 않았다. 그는 혼자 앉아 있었다. 그런데 그는 우리를 보자 다른 날과는 달리 당황하는 기색이 없었다. 우리가 한참이나 앉아 있었지만 그의 애인은 오지 않았다. 두 시간쯤 지난 다음, 우리는 근처 우동집에 가서 저녁을 먹고 다시 그 다방에 갔다. 그때 다방 안에 있던 껌팔이 아저씨가 와서 껌 통을 내밀었다. 그러면서 '오늘은 아직 안 오셨네요.' 하는 것이었다. 그러자 그는 벌떡 일어나 아저씨 앞을 막으며 '껌 한 통 주시고 가세요.' 하고 껌값을 내주었다. 아저씨는 주변 동네 다방을 돌아다니며 껌을 팔다 보니 누구와 누구는 무슨 사이인지, 친구와 애인 사이의 관계를 다 아는 것 같았다. 친구는 아저씨 입을 막으려고 서둘러 껌 한 통을 산 것이었고 그것이 훤히 보였다. 우리는 큰 소리로 웃었다. 그날 끝내 그 애인은 오지 않았다.

밤이 늦어 우리는 눈을 맞으며 신촌을 벗어나 마포로 해서 원효로 우리 집에 왔다. 내 방에 넷이서 불을 끄고 누웠다. 잠이 들려고 할 때 그 친구의 흑흑거리는 소리가 들렸다. 나는 그에게 작은 소리로 왜 그러느냐고 물었다. 그는 참다 못 견디겠는지 입을 열었다. 일 학년 때부터 천천히 그녀와 사귀게 되었다고 했다. 잘 나갔는데 삼 학년 말이 되어 그녀가 조금씩 변해가게 되었다고 했다. 때로는 그의 형제들이 너무 많다고 했고 때로는 너무 그가 소심하고 조심스럽다는 것을 불평하곤 했다고 하였다. 결정적인 것은 엉뚱하게도 껌 한 통이었다. 그녀는 왜 껌을 한 통씩 매번 사느냐고 투덜거렸다는 것이었다. 그는 그 뜻을 이해하지 못하고 아저씨 때문에 우리 대화에 방해 받기 싫어서라고 했다. 그러자 그녀가 너무 자잘한 것에만 매달려 통이 크지 못하다는 듯이 말했고, 그 역시 폭이 좁다고 하는 그녀에게 퉁명스럽게 대답했다고 하였다.

내가 보기에 그는 소심하지만 그렇다고 폭이 좁은 사람은 아니었다. 그는 돌다리도 두들겨 보고 건너는 스타일이었다. 그런 그의 성격이 그녀에게는 폭이 좁은 남자처럼 보였으리라 여겨졌다. 결국 그는 그 애인과 헤어져야 했다. 우리는 왜 건실한 청년인 그를 그녀가 싫어했는지 알지 못하였지만, 그 후 다방에서 껌 한 통을 절대 사는 법은 없었다. 껌 한 통을 잘못 사면 여성에게 폭 좁은 남자로 보일까 봐 겁을 먹어서였다.

그런데 우연하게도 그 친구의 애인을 문학회 행사에서 만나게 되었다. 나는 그녀가 친구와 왜 헤어졌는지 그 이유가 궁금했다. 모든 일정이 끝날 무렵 나는 그녀에게 가까운 찻집에 가자고 했다. 그녀는 별말 없이 따라왔다. 찻집에 앉아 조심스럽게 그녀에게 친구와의 관계를 물었다. 그러자 그녀는 한참 다른 이야기를 하다가, 헤어진 사연을 조금씩 들려주었다.

그녀는 그 친구가 인간성도 좋고 장래도 유망한 것을 알고 있다고 했다. 그러면서 그의 생활 버릇을 예로 들었다. 그와 다방에 앉아 있으면 껌 파는 아저씨가 다가오는데 그는 껌 한 통을 산다고 했다. 껌을 산 그는 꼭 주머니에서 작은 수첩을 꺼내어 '껌 50원' 이라고 만년필로 기록한다고 했다. 껌뿐만이 아니라 커피를 주문하면 또 수첩을 꺼내어서 적고, 데이트를 할 때마다 그 경비를 수첩에 적는다고 했다. 그런데 꼭 그녀 앞에서 적는다는 것이었다. 그녀는 그 친구가 그럴 때마다 가슴이 답답하여 그와 만나기 싫어지게 되었다고 했다. 나는 무어라 친구를 위한 변명을 하지 못하고 그녀와 헤어졌다. 친구에게도 이 말을 전하지 않았다.

친구에게 왜 그런 버릇이 생겼는지 묻지 않았지만, 그가 어렵게 산다는 것은 알고 있었다. 그때 그의 아버지는 퇴임해서 집 안에 있었고, 다섯 형제의 생활비는 아버지의 퇴직금으로 버티고 있을 적이었다. 그런 형편에 있는 가정인데도 집에서는 서울에 있는 큰아들에게 학비와 하숙비, 용돈을 보내고 있었다. 그런 사정 때문에 그런 습관이 든 것이 아닌가, 하는 생각이 들었다.

그는 비록 실연당해서 한동안 힘들어 했지만, 졸업하고 한참 후에 다른 여성과 결혼도 잘 하고 교수도 되었다. 겉만 보면 사람을 모른다는 말이 불쑥 떠오를 때면 나는 이 친구가 생각난다. 조금만이라도 서로의 형편을 알아주는 사이가 되었더라면, 그런 마음에서이다.

해변시인학교 낙수(落穗)

해변시인학교를 개설한 지 40년이 넘었다. 그래도 한번 큰 행사라도 해야 하지 않느냐고 나에게 권유하는 이들이 많다. 나는 조금 더 기다려 보자고 한다. 행사를 하는 것은 어렵지 않지만 '해변시인학교'라는 행사를 40년 넘게 해온 것보다 더 큰 일은 없다는 것이 내 생각이다. 어떤 큰 행사보다는 오랫동안 행사를 끌고 온 것에 그냥 만족하고 있다는 뜻이다. 더욱이 이 긴 시간 동안 겪은 수많은 일도 추억으로 남아 있다.

해변시인학교를 개설하고 두 번째 해변시인학교를 한여름, 만리포 홍익대학 여름 수양원에서 준비할 때였다. 계엄 하에 개최하는 것인데 사람들이 이삼백 명 모인다고 하면 당국에 허가를 받아야 한다고 했다. 나는 어디서 허가를 해주는지도 몰랐다. 나는 해변시인학교의 성격이 시를 부제로 한 세미나 형식이고, 또 시를 좋아하는 시인과 독자들이 어울려 즐거운 시간을 가지는 것이라 허가 대상이 될 수 없다고 생각했다. 참가자들이 백오십 명이 넘어가고 시인들도 팔십 명 넘게 참가하겠다고 해서 바쁘게 준비를 하고 있을 때였다. 떠나기 10일 전쯤 중년의 신사 두 사람이 사무실에 왔다. 그리고 해변시인학교 주무자가 누구냐고 물었다. 나라고 말하고 내 신분을 밝혔다. 몇 마디 묻더니 신사는 '나도 젊은 날 시를 좋아했습니다.' 하는 말을 내뱉고 돌아갔다. 사람들은 나에게 집회법 위반이라 큰일이 일어나면 어쩌느냐고 걱정을 했지만 나는 걱정을 미루고 준비를 계속했다.

오후에 만리포에 도착하여 큰 콘테이너로 된 바닷가 건물에 들어갔다. 누구도 간섭하지 않았다. 아마 기관도 시 동인끼리의 모임 정도로 생각한 것 같았다. 첫 강의를 황금찬 시인이 하였고 나누어 분임 토의 형식으로 시 공부 시간을 가졌다. 한낮에는 바닷가 모래사장에 나가 흰 거품이 밀려와 부서지는 자락에서 공차기도 하고 즐거운 놀이를 했다. 저녁 강의도 했다. 삼백여 명의 식사와 행사 진행을 돌보느라 나는 바닷가에 나가볼 수도 없었다. 마치 학교처럼 담임 시인들이 이십여 명의 독자와 한 팀이 되어 시인들과의 만남을 주선하고 토론 진행을 했다. 닷새간의 일정이었다.

삼 일째 밤, 열두 시가 넘어 소등을 하고 겨우 마루에 모포를 펴고 누웠는데 한 시인이 다가왔다. 그는 심성이 착하고 나보다 나이가 많았지만 나와 가까운 사람이었다. 그는 아주 걱정스런 목소리로 한 시인을 공박했다. 사연은 간단했다. 그 시인은 시인이 아니라는 것이었다. 나는 왜 훌륭한 시인을 시인이 아니라고 하느냐고 하자, 그는 분을 못 참아 눈을 크게 뜨면서 내일 새벽 모래사장에 있는 커피점에 나와 보면 안다고 했다. 바다로 가는 모래사장에 컨테이너가 있었고, 그 옆에 있는 것이 '만리포 커피점'이라는 곳이었다. 시인이 말한 곳은 그곳이었다.

　다음 날 새벽 다섯 시에 나는 바닷가 컨테이너 커피점에 갔다. 문을 밀고 들어서니 테이블 네 개가 놓여 있고, 두 사람이 다른 테이블에 앉아 있었다. 한 테이블에는 어젯밤 나에게 온 시인이 있고, 다른 테이블에는 그가 말한 시인이 앉아 있었다. 나는 먼저 커피를 주문하러 주인을 불렀다. 구석 칸막이 뒤에서 사십 대로 보이는 여인이 나왔다. 나는 따로 앉아 있는 시인에게 합석하기를 권했다. 나는 밤에 찾아온 시인과 이 인용 의자에 나란히 앉았고 딴 시인은 맞은편에 앉았다. 여인은 커피를 들고 와서 테이블에 놓고 맞은편 의자에 앉은 시인 곁에 앉았다. 이 여인은 곁에 앉은 시인에게 애교 어린 얼굴로 말을 했고, 그 옆에 앉은 시인은 여인에게 시에 관한 이야기를 잔잔하게 하고 있었다. 별로 문제가 없어 보였다.

　나는 커피를 마시고 컨테이너를 나왔다. 그러자 곧 밤에 온 시인이 뒤따라 나와 내 옆에서 '보셨지요. 여인을 그렇게 현혹시키면 되겠어요. 현란한 말로 여성을 혼미하게 하는 것이 시인이 아니지요.' 하며 남아 있는 시인을 비난했다. 나는 천천히 걸으며 '왜 그렇게 생각하느냐.'라고 물었다. 그러자 그는 처음 도착한 날 새벽부터 이 커피점에 와서 여인과 친숙하게 되어가고 겨우 마음속에 있는 이야기도 할 수 있게 되었는데, 삼 일 만에 그 시인이 나타나자 몇 분도 안 되어 여인이 그 시인 곁에 착 달라붙어서 떨어질 줄 모른다고 했다. 그래서 자세히 무슨 말을 하는가 들어보니까, 여인을 밤하늘에 떠 있는 별이라고 하고 호수에 내려앉은 달이라고 하면서 아름답다는 말을 수없이 했다는 것이다. 나는 웃고 말았다. 삼백 명을 살피느라 식사도 못 챙길 정도로 힘들고 행여나 사고가 날까 조마조마해 가면서 행사를 진행하는데, 바닷가 찻집 여인의 변심까지 나보고 해결하라는 것은 너무 웃기는 일이었다.

이 두 시인은 이미 세상을 떠났다. 한 시인은 너무나 소년 같아서 찻집 여인이 자기 곁에 앉지 않고 다른 사람 곁에 앉는다고 속상해했고, 다른 한 시인은 여인에게 아름답다고 찬사를 보내며 바다를 내다보았다. 돌이켜 보면 그들이 그래서 시를 쓰나보다 하는 생각이 든다. 이 사건이 잊히지 않는 것은 너무나 소년적 감성을 지닌 두 시인을 만날 수 있었던 해변시인학교를 자랑으로 생각하기 때문이다.

천둥 번개가 치던 날 밤

번개가 치고 천둥이 우르릉하는 소리가 나면 왜 그렇게 무서웠는지, 어린 날 나는 꼼짝을 못했다. 초등학교에 다니던 어느 여름 그해는 유독 천둥 번개가 유별났다. 지금도 그때를 생각하면 온몸이 굳어진다.

내 방은 목조 이층 다다미방이었다. 비가 내리기 시작하고 천둥이 치면 나는 방에서 뛰어나와 계단을 내려와 안방으로 갔다. 하얗게 질린 얼굴로 뛰어 들어가면 어머니는 얇은 삼베 이불을 뒤집어쓰게 하고 아랫목에 나를 앉혔다. 유리창 밖에 번개가 번쩍하면서 하늘이 순간 밝아지면 나는 얼른 이불로 얼굴을 덮었다. 그리고 천둥소리가 나면서 온 집이 흔들리면 나는 얼른 배를 바닥에 깔고 엎드렸다. 동생들보다 더 겁을 먹었던 것 같다. 하루는 동네 전봇대에 벼락이 떨어져 온 동네가 정전이 된 적이 있었다. 나는 캄캄한 방 안에서 두 손을 잡고 어찌할 줄을 몰랐다. 어머니가 방 안에 촛불을 켜줄 때까지 나는 눈을 꼭 감고 앉아 있었다.

천둥 번개에 유난히 놀라게 된 것은 초등학교 일 학년 여름에 겪은 무서움이 원인이었다. 그해 여름 고향에 갔을 때였다. 비가 주룩주룩 내리는 날이었다. 아이들은 비가 오는데도 문 앞에서 나를 불렀다. 우산도 없이 그냥 집을 나와 아이들과 동네에서 조금 떨어진 곳에 있는 정자로 갔다. 다른 아이들도 비를 피해 정자에 모여 있었다. 들판에 내리는 비는 굵은 나뭇가지처럼 세차게 벼를 두들겼다. 순간 가까운 앞산 쪽에서 불이 번쩍하면서 번개가 내리치는 게 보였다. 아주 찰나의 순간이었다. 곧이어 온 땅을 흔드는 천둥소리가 들려왔다. 나는 쪼그리고 앉아 눈을 감았다. 이때의 무서움은 기억에 각인되어 지워지지 않게 되었다.

언젠가 내가 중학생이 되었을 때, 어머니는 '막내는 번개가 치면 내 가슴 안에 파고들어 바들바들 떨곤 했다.'라는 말을 했다. 나도 어머니의 가슴속에 안기고 싶었지만 큰 형이었던지라 이불을 뒤집어 쓰고 두 손으로 귀를 막기만 했다.

그러고 얼마 지나지 않아 번개와 천둥보다 더 무서운 것이 생기게 되었다. 초등학교 육 학년, 서울에서 인민군 치하에 살 때였다. 매일 아침 열 시쯤이면 미군의 폭격기 소리가 멀리서 들려왔다. 온 동네에는 유엔군이 비행기에서 뿌린 삐라가 하얗게 깔려 있었다. 나는 얼른 한 장을 주워 집으로 들어갔다. 그 삐라는 인민군 치하에 살아가는 이들이 가질 수 있는 유일한 희망의 메시지였다. 어느 한 날, 그날의 삐라는 내일 아침 영산역과 한강 다리, 그리고 국방부 일대를 폭격하겠다는 예고가 적혀 있었다. 어머니에게 삐라를 주고 나는 밖으로 나왔다.

친구들이 공터에 나와 있었다. 원효로 삼가 전차 종점에서 둑 계단을 내려가면 큰 개천이 나왔고, 그 개천에는 외나무다리가 길게 놓여 있어서 용산 철도청으로 이어졌다. 나는 친구들과 함께 그 외나무다리를 건너 둑 아래 좁은 길을 따라 한강가 모래사장까지 가곤 했다. 그날도 우리는 다리를 건너 모래사장으로 갔다. 그런데 다른 날과는 달랐다. 먼 하늘에서 다가오는 폭격기가 마치 검은 구름떼처럼 온 하늘을 가득 메웠다. 우리는 모래사장에서 나와 외나무다리를 향해 뛰었다. 그때 갑자기 쏴- 하는 소리가 들렸다. 폭탄이 떨어지는 소리였다. 매일 듣던 소리였기에 나는 바로 땅에 엎드렸다. 꽝- 하는 큰 소리가 나기 시작하더니 온 하늘이 깜깜해졌다. 나는 벌떡 일어나 둑 중간즈음 풀이 무성한 곳에 가서 땅에 배를 바싹 대고 엎드렸다. 용산역 근처에 포탄이 떨어지면, 용산역 쪽 둑 경사진 자리로 파편이 날아오지 않고 마주 보고 있는 쪽으로 날아갈 것이었다. 나는 여러 번 보았기 때문에 파편이 오지 않을 것을 알고 둑에 엎어져 있었다.

폭격기 편대는 줄지어 날았고 계속 폭탄을 떨어뜨렸다. 한강 다리에서부터 삼각지 국방부까지 폭탄에서 피어난 까만 연기로 뒤덮였다. 캄캄해서 둑 건너 우리 동네도 보이지 않았다. 나는 겁이 나서 양손으로 곁에 있는 풀을 움켜잡았다. 개천에 흘러가는 물에 파편이 떨어져 마치 우박 내리는 소리처럼 큰 소리가 울렸다. 고개를 들어 외나무다리를 힐끗 쳐다보았다. 나무에 도끼가 박히는 것처럼 외나무다리 위에 파편이 수없이 박혔다.

그때였다. 한 아저씨가 다리 위를 뛰어가고 있었다. 아저씨가 다리 끝에 이르렀을 때, 그는 허공에 한 번 붕 떠올랐고 뒤이어 개천으로 떨어졌다. 파편을 맞은 것이었다. 다리 밑에 사람들이 숨어 있는 것도 보였다. 얼마쯤 지났을까, 나는 긴 시간을 엎드려 있었다.

차츰 연기가 걷혀가기 시작했을 때 슬며시 일어났다. 내 주위를 둘러보니, 내가 너무도 무서워 풀을 잡고 뜯은 자리가 마치 누가 낫으로 베어낸 듯 둥근 모양을 그려냈다. 내 손은 풀물이 퍼렇게 들어 있었다. 살금살금 걸어서 외나무다리에 올랐다. 곳곳에 파편이 칼날처럼 박혀 있었다. 집으로 들어오는 골목길에 오니 어머니가 집 앞에 나와 있었다. 어머니는 나를 보자마자 껴안고 울기만 했다. 그날 밤 나는 어머니의 손을 잡고 잠이 들었다. 자다가 뒤척이며 잠시 눈을 떴는데 그때도 어머니의 손을 꼭 쥐고 있었다.

그 후 들은 이야기지만 미군 폭격기 B29가 100대나 날아다녔다고 했다. 어마어마한 폭격의 자리에 내가 살아남았다는 것이 신통하기만 했다. 그러나 그때의 폭격음으로 인해서 생긴 공포는 평생 나를 옭아맸다.

누구에게나 트라우마로 남는 기억이 있을 것이다. 그리고 그런 기억은 자연스럽게 지나갈 지도 모른다. 하지만 어떤 트라우마는 그렇게 쉽게 사라질 것이 아니다. 나처럼 말이다. 소리와 공포는 숨어 있다가도 불쑥 튀어 올라 나를 스산한 두려움으로 끌고 간다. 공포와 두려움이 느껴질 때마다, 나는 나 자신이 왜소한 인간임을 환기하게 된다.

수영과 빨가벗기

    나는 수영을 못한다. 나는 한강가 모래사장에서 유년을 보냈지만 배꼽에 물이 차면 얼른 밖으로 나오곤 했고, 어머니는 한강 물에 발을 담그는 것조차 말렸기에 수영을 해 본 적이 없었다. 더욱이 나는 물을 무서워했다. 어머니 몰래 강가에 갔다 왔을 때, 성냥 끝에 솜을 감아서 귀이개를 만들어 귀를 후비면 항상 모래가 묻어 나왔기 때문이었다. 민감한 귀에 들어간 모래는 나를 불편하게 했다.

    수영장에 처음 가본 것은 고등학교 때이다. 친구들이 안양에 큰 풀장이 생겼다고 가보자고 했다. 풀장은 인산인해였다. 나는 아이들과 함께 물속에 들어갔다. 처음에는 어린아이들이 놀고 있는 얕은 자리에 있었다. 그러다 조금 더 깊은 데로 가보고 싶어서 두 팔로 물을 저어 개헤엄을 하며 나아갔다. 그 순간 물속에서 일어나려고 해 보니 발이 바닥에 닿지 않았다. 겁이 나서 손을 휘저었다. 그런데 오히려 물속으로 푹 빠져버리는 것이었다. 얼마나 허우적거렸는지 모른다. 물을 몇 번이나 먹었는지 기력이 다 빠져가며 정신을 잃어갈 때쯤 누가 내 허리를 끌어 올렸다. 그리고는 나를 물 밖으로 끌어내 주었다. 죽다가 살아난 기분이었다. 물에 빠져 허우적거렸지만, 사람들이 워낙 많아서 내가 빠진 지도 모르고 있었던 것이다. 나는 풀장 옆 잔디에 한참이나 엎드려 있었다. 겨우 정신이 들 때쯤 아무도 보지 않는 풀장 가장자리 나무 그늘에 앉아 혼자 엉엉 울었다. 어머니 말을 어기고 몰래 풀장에 온 것을 후회했다. 그리고 정말 물에 빠졌는데도 아무도 알아차리지 못한 것도, 사람들이 나를 그냥 내버려 둔 것도 원망스러웠다. 그 후 나는 수영과 이별을 했다.

그러던 어느 해 여름, 고향 할머니 댁에 갔다. 온 들판에는 벼가 피어 있었고 더운 열기가 논에서 푹푹 솟아나고 있었다. 고향 아이들은 한낮이 되면 우르르 몰려 저수지 옆 긴 수로로 나갔다. 나도 따라가 보았다. 수로의 물은 아주 깊어도 가슴 언저리까지밖에 올라오지 않았다. 아이들은 풍덩 물속에 뛰어들었고, 수로를 따라 흘러가며 수영을 하다가 다시 위로 올라가 뛰어내리기를 반복했다. 나는 아이들이 벗어놓은 옷더미 곁에서 그들을 구경하고 있었다. 폭포처럼 물이 아래로 떨어지는 곳도 있었는데 아이들은 머리에 쏟아지는 물을 맞으며 즐겁게 보냈다.

처음 며칠은 아이들 구경만 했지만, 즐겁게 노는 것을 보니 나도 수로 안으로 들어가고 싶어졌다. 나는 옷을 벗고 물속으로 뛰어들었고 폭포에 서 있는 아이들 틈에 끼어 떨어지는 물을 맞았다. 햇볕이 따갑게 내려 쪼이는 들판에 옷을 벗고 물속에서 정신없이 놀았다. 그렇게 물놀이를 하다가 집에 돌아가려고 옷을 벗어놓은 곳으로 갔다. 그런데 한 아이가 내 팬츠를 보고 '어디서 났니?' 하고 물었다. 아이는 내 팬츠를 유심히 보았다. 사실 내 팬츠는 어머니가 시장에 나가 광목을 사와서 재봉틀로 만들어 준 것이었다.

다음 날 나는 아이들과 함께 노래를 부르며 수로로 갔다. 우리들은 옷을 벗고 수로의 물속에 뛰어들었는데, 이제 보니 아이들 중 팬츠를 입은 사람은 나뿐이었다. 모두 벌거숭이였다. 아이들은 부끄럼도 없이 물장구를 치고 폭포에 가서 물벼락을 맞으며 즐겁게 노는 것이었다. 나는 그날 저녁 이 일을 할머니에게 말했다. 그러자 할머니는 '너도 내일 가거든 다 벗고 들어가거라. 아이들이랑 친하게 지내야지.' 했다. 할머니 말에 따라 다음날엔 나도 옷을 전부 벗었다. 아이들은 팬츠만 입던 내가 갑자기 왜 다 벗었는지 묻지 않았다. 나는 그날로 자연스럽게 아이들과 친구가 되었다.

아직까지도 고향 아이들의 건강성이 기억에 남아 있다. 그들과 어울려 지내면서 느끼는 동질감은 엉뚱하게도 나에게 팬츠를 벗게 한 것이었다.

다음 해 가을이었다. 추석을 맞아 고향에 내려가자 아이들이 우리집에 매일 찾아왔다. 나는 매일 아이들과 어울려 다녔다. 어느 날 동네 제재소 원목들을 야적해 놓은 곳에서 놀고 있을 때였다. 이 야적장은 우리들의 아지트였다. 원목 위에 올라가 노래도 부르고 원목 사이에 끼어 들어가 낄낄거리며 장난치기도 했다. 그런데 갑자기 한 아이가 내일 과수원 서리를 하자고 했다. 우리는 각자 할 일을 분담하기로 했다. 나는 망보기 역을 맡았다. 어떤 아이는 과수원에 있는 사나운 개를 홀리는 역, 또 어떤 아이는 자루를 마련하는 역, 그렇게 다섯 명이서 각자의 임무를 정했다. 좀 웃기는 일은 우리가 털기로 한 과수원집 주인 아들이 그 다섯 명 중에 있다는 것이었다. 그 아들의 역할은 개를 홀리는 일이었다.

다음 날 저녁 우리는 과수원이 내려다보이는 둔덕에 앉았다. 한 아이가 옷을 다 벗으라고 말했다. 나도 그렇고 아이들은 옷을 다 벗었다. 옷을 벗어야 달빛에 들키지 않는다고 했다. 그리고는 논둑에 가서 끈적끈적하고 검은 흙을 온몸에 발랐다. 밤이 깊자 우리는 의기양양하게 과수원으로 갔다. 나는 생전 처음 해보는 과수원 서리라 겁이 나 다리가 떨렸다.

우리가 울타리 가까이 가자 개 짖는 소리가 들렸다. 주인집 아이가 빠른 걸음으로 앞으로 가서 개 이름을 불렀다. 개가 조용해졌다. 모두 발가벗은 몸으로 울타리 밑에 섰다. 한 아이가 물에 젖은 가마니로 울타리를 덮었다. 나는 이들이 다 과수원 안으로 들어가고 나서 개울 건너 옴팍 파진 곳에 몸을 숨기고 누가 나타나나 살폈다. 보름도 아닌데 달이 엄청 밝아보였다. 누가 오면 신호로 돌을 두드리기로 했다. 다행히 아무도 길에 다니지 않았다. 지루하기도 하고 겁도 났다.

그때 울타리 너머에서 누군가가 가마니 위에 검은 덩어리를 올려놓았다. 나는 살살 기어 울타리로 갔다. 그 덩어리는 사과를 넣은 자루였다. 나는 그것을 얼른 받아 땅에 내려놓았다. 그러자 아이들이 하나씩 울타리를 넘어왔다. 우리는 자루를 들고 동네 위쪽에 있는 소나무 밭 뒤편으로 가 으슥한 개울 옆에 둘러앉았다. 옷을 옆에 놓고 사과를 손에 들었다. 작은 소리로 낄낄거리며 사과를 다 먹고 나서야 우리는 뿔뿔이 헤어졌다. 집에 갈 때는 우물에서 몸을 씻었다.

　다음 날, 서리에 끼지 않았던 아이가 어제 저녁 어느 과수원에 아이들이 들어가 사과를 따갔다고 소문을 내었다. 그 말은 곧 퍼졌다. 며칠이 지나고 할머니는 나를 불러 너도 서리에 끼었느냐고 물었다. 나는 할 수 없이 끼었다고 답했다. 저녁 무렵 할아버지가 들어와, 흰 종이에 말쑥하게 싼 큰 뭉텅이를 내밀면서 과수원 주인집에 가서 주고 오라고 했다. 왜 가는지도 모르고 나는 과수원집에 가서 아주머니에게 흰 꾸러미를 주었다. 할아버지가 주셨다고 말하자, 아주머니는 웃으면서 '아이고 참, 아이들이 저지른 건데 어르신께서 이런 걸 보내주시다니. 고맙다고 전해라.' 했다. 아주머니는 내 등을 쓰다듬었다. 그제야 알았다. 그 집에서는 누가 서리에 꼈는지 다 알고 있었던 것이다. 아들이 일러바친 것이리라 생각했다. 그러나 할아버지는 서리 이야기를 하지 않았고 나는 야단맞지도 않았다.

　그 후 발가벗고 서리를 했던 우리는 끈끈한 친구가 되었다. 벌거숭이로 함께 해서 감출 것도 없었다. 허세로 가득 찬 세상에, 있는 그대로를 드러낸다는 것은 자기를 포기하는 것이라 할 수 있다. 반대로 자

기를 있는 그대로 보여주어야 허세도 없고 거짓도 없는 관계로 발전
하지 않을까 싶다. 우리에게 필요한 것은 그러한 있는 그대로의 관계
이지 않을까.

울퉁불퉁한 길로

하버드 대학 한 연구소에서 700여 명의 사람들을 찾아가 사십 년 넘게 그들의 삶의 형태를 관찰하고, 그들이 느끼는 행복에 관해 조사한 것이 발표되었다. 그 자료에서는 '행복'이 부나 명예가 아니라 '친밀한 인간관계'라고 했다. 그리고 '친밀한 인간관계'는 마당발처럼 많은 이들과 교섭하는 것이 아니라, 단 한 사람이라도 서로를 이해하고 위로하고 또 의지해 살아가는 사람이 있다면 행복하다는 것이었다. 꼼꼼히 돌아보니 나에게도 행복한 시간은 '친밀한 인간관계'로 사람들과 서로 어울려 살 때였다.

나는 수줍음을 많이 타서 사람과 어울리지 못할 때가 많았다. 그래서 점심시간에 혼밥을 먹는 때가 잦았다. 그렇다고 사람들과 아주 어울리지 못하는 것은 아니었다. 일상에서 잘 웃고 이야기도 풀어놓았으므로 동료들은 나의 내면에 감추어진 수줍음을 몰랐을 것이다. 그렇지만 나는 '혼자'라는 감옥에 갇혀 허우적거릴 때가 많았다. 하지만 그 감옥에서 벗어나게 된 기회와 시간들은 분명히 있었다. 그 기억들은 지금도 뚜렷하게 남아 있다.

고등학교에 입학하고 나서였다. 우리 동네에는 나와 같은 학교에 다니는 아이가 한 명 있었다. 그와 나는 학교에 갔다가 함께 돌아오곤 했고, 언덕 위 성당 안에 있는 운동장에 가 동네 청년들, 아이들과 모여 축구를 하곤 했다. 비가 오나 눈이 오나, 일요일을 제외하고 오후 늦은 시간까지 운동장엔 사람이 많았다. 그런데 그 누구도 나를 팀에 끼워 주려고 하지 않았다. 내 친구는 체격이 커서 청년들이 그를 공격수로 뽑아 갔고 그는 이리저리 뛰어다녔다. 나는 그가 한없이 부러웠다.

어느 비 오던 날, 우산도 없이 비를 맞으며 언덕 계단에 앉아 있었다. 그때 친구가 나에게 운동장으로 내려오라고 손짓했다. 비가 와서 아이들이 많이 오지 않았기에 나도 축구에 낄 수 있었던 것이다. 친구는 나를 큰 청년에게 소개했다. 큰 청년은 내 어깨를 두드리며 '잘해.' 하고 공격수로 넣어주었다. 나는 옷이 흙탕물에 다 젖는 것도 모르고 열심히 뛰어다녔다. 내가 하는 일은 공이 나에게 오면 무조건 골대 앞에 서 있는 친구에게 보내는 일이었다. 공이 오면 나는 뻥 차서 친구에게 공을 보냈고, 친구는 두 골이나 넣게 되었다. 경기가 끝나자 우리 팀원들은 친구를 엄청 칭찬하고 그를 추켜세웠다. 팀원 누구도 생쥐 꼴이 된 나를 보지 않았고 또 운동화 안에 내 발가락이 퉁퉁 부은 것도 보지 못했다.

집에 오는 길이었다. 친구가 가방 속에서 사이다 한 병을 꺼내더니 나에게 주었다. '너 때문에 두 골을 넣었어. 너가 너무 잘해주었어.'라고 친구는 말하였다. 나는 그 친구의 배려에 감격했다. 그 후 친구와 나는 단짝이 되어 같이 축구를 하였다.

어느 날 어머니가 운동장에 찾아왔다. 공부도 하지 않고, 학교가 끝나자마자 운동장으로 뛰어가는 나를 못마땅하게 여겼기 때문이었다. 경기가 끝나 언덕에 올라가자, 어머니는 웃으며 '축구가 그렇게 재미있니? 모두 새 다리던데 공은 어떻게 차는지. 너가 그렇게 좋아하는 것을 처음 보겠다.' 하였다. 그 후 어머니는 나를 말리지 않게 되었다. 나는 친구와 함께 축구를 하며 즐거운 시간을 보냈다.

이 학년이 되자 대학 입시를 준비하게 되어 축구를 그만두게 되었다. 마치 집에서 쫓겨난 것처럼 외로웠고 상심도 컸다. 나는 아무도 알아주지 않는 새 다리 축구팀의 깍두기였는지도 모른다. 축구팀이 경기에 이겨서 회식을 할 때에도 나는 구석에 없는 사람처럼 앉아 있었다. 하지만 그 가운데에서도 친구는 항상 '너 때문에 내가 골을 넣었어.' 하며 내 손을 잡아 주기도 했고, 발이 까져 빨간 약을 바르고 가면 마치 자기 일인 양 속상해 했다. 이렇게 나를 배려해 주었던 그와 함께 보낸 순간은 정말 행복한 시간이었던 것이다. 내가 공을 잘 못 차 팀원들이 나에게 소리를 질러도 나는 아무렇지도 않았다. 아무도 나를 거들떠보지 않았지만, 친구는 남몰래 작은 소리로 '너 덕분에 골을 넣었어. 고마워.' 했기 때문이었다. 대입 입시 때문에 더 이상 축구를 할 수 없어 외롭기도 했지만, 그 시간은 강한 추억으로 내 기억에 남아 나를 행복하게 만들었다.

　행복에 관한 다른 에피소드가 있다. 내가 대학에 입학하자마자 같은 과 한 친구와 친하게 지내게 되었다. 그는 부산에서 올라와 학교 근처 하숙방에 살고 있었다. 조용하고 성품이 착한 친구였다. 학교에 있다가 저녁 때 그의 집에 가면 하숙방 아주머니가 밥상을 들고 왔다. 밥이 한 그릇밖에 없었지만 나와 친구는 웃으며 함께 먹었다. 친구가 흔쾌히 나누어 주었기 때문이다. 어쩌다가 그가 손수 빨아놓은 양말을 내가 신을 때도, 그의 책상을 어지럽히게 되었을 때도, 그는 '허허' 하고 웃기만 했다. 또 어느 날엔 명동 찻집에서 그를 만나기로 했는데 그가 늦어서 나는 소리 지르고 화를 냈다. 그래도 그는 안경 낀 눈으로 나를 바라보며 '미안하대이.' 하고 말했다. 싫은 기색을 전혀 내색하지 않았다. 나는 성질이 급해 조그마한 일에도 화를 냈지만, 그는 '마음 풀어래이.' 하고 나를 달래주곤 했다.

　하루는 학교 앞 맥줏집에서 생맥주를 마셨는데, 집에 갈 때가 되어서야 나는 주머니에 돈 한 푼 없다는 것을 알게 되었다. 같이 간 친구에게 돈이 있느냐고 물어보았지만 거기 있던 친구들도 돈이 없다고 했다. 그때 그 친구가 '내일 하숙비 낼 돈이 있는데.' 하였다. 우리 모두 돈이 없었으므로 결국 그 돈으로 술값을 내게 되었다. 나는 술집을 나오면서 그에게 '내가 모자란 돈 구해줄게.' 하고 약속을 했다. 그러나 나는 그 일을 금방 잊어버리고 말았다.

　이 주일이 지난 어느 날 그의 하숙집을 찾았다. 저녁이 되었는데도 아주머니가 밥상을 들고 오지 않아, 나는 그에게 왜 아주머니가 밥을 안 주느냐고 물었다. 그는 민망한 듯 허허 웃으며 '아직 하숙비를 못 냈어.' 하는 것이었다. 나는 그제야 지난 일이 떠올라 다음 날 돈을 마련하여 친구에게 가져다 주었다. 그는 내 손을 잡고 '너는 어디서 돈이 났나?' 하며 오히려 나를 걱정했다.

　나이가 들어 그는 부산에 있는 대학에 교수가 되었다. 그가 부산에 교수로 있는 동안 나는 우리 가족을 데리고 해마다 여름이면 그의 집에 가서 여름을 보냈다. 그런 지가 이십 년 가까이 될 것이다. 그는 한 번도 싫은 기색 없이 항상 안방을 내 가족에게 내어 주었다. 그의 집에 가 있던 여름 한 철은 마음이 편했고 행복한 시간이었다. 뻔뻔하게 그의 안방을 차지하고 있을 때면 그는 허허 웃으며 '동규야.' 하고 친근하게 불렀다. 그 따뜻한 목소리를 들을 수 있었던 것을 '행복'이 아닌 다른 말로 표현할 수가 없다.

　　　어제는 병원 담에 기대어 울고 또 울었다
　　　나를 울리는 것은 이별의 슬픔이 아니다
　　　기댈 데 없는 고독의 암흑이 나를 흔들리게 하기 때문이다
　　　없어져 버린 생명이 만든 그루터기의 황량함이 주는 행복은
　　　따뜻한 손을 마주잡은 체온 기억
　　　어깨에 고개를 기대고 사는 그 짜여진 오목이와 볼록이의 결합
　　　숨막히게 하는 열정의 포용이 행복이었습니다

이 시는 부산 친구를 보내고 슬퍼했던 마음을 그린 것이다. 마음에 꼭 맞는 친구와 함께 살아간다는 것은 행복한 일이다. 서로 꼭 맞붙어 한마음이 되는 것처럼 '친밀한 관계'는 마음이 짜이는 것이고 그렇게 같은 방향을 향하기에 행복한 것이다.

여름 꽃 칸나

꽃은 만 가지 추억의 보석함이다. 여름날 칸나의 꽃잎이 하늘로 솟아 있는 것을 보면 어느 여대에 갔을 때가 떠오른다.

내가 고전시조 강의를 신청해서 들을 때였다. 교수님이 강의가 끝나고 나를 교탁 앞으로 불렀다. 그 교수님은 우리 대학의 시조 강의를 맡아주셨지만, 사실 어느 여대에 적을 두신 분이었다. 교수님은 나를 보시더니 '일 학년에 문학 서클 같은 것이 있느냐.' 하고 물으셨다. 나는 '아직 없는데요.'라고 답했다. 그러자 교수님은 자기가 속한 여대에 일 학년끼리 현대문학 서클을 만들어서 연구 발표도 하고 토의도 하며 활동을 하고 있는데, 여학생들이 서울대와 함께 해보고 싶어 한다고 했다. 교수님은 나에게 '서울대도 서클을 만들어서 공동 연구 서클을 해 보는 건 어떠냐.' 하고 제안하셨다.

그날 연구실에 가서 '현대문학 연구서클'에 가입하고 싶은 이는 신청하라고 게시판에 쪽지를 붙였다. 다음 날 가서 보니 여섯 명이나 이름을 적어놓았다. 며칠 후 첫 모임을 갖고 서클의 규약 등을 정했고, 발의한지 이 주 만에 '현대문학연구회'라는 서클을 만들었다.

고전문학 교수님께 서클을 만들었다고 하자 교수님은 금요일에 연구실로 찾아오라고 하셨다. 회장을 맡은 나와 총무와 서기 세 명은 금요일에 여대를 방문했다. 여대 교문에 들어서려는데 수위 아저씨가 우리를 불러 세웠다. 왜 왔느냐는 것이었다. 그리고 이름도 적고 들어가라고 했다. 대학 수위실에서 이름을 적는 것이 처음이라 몹시 위압이 되었다.

교수실은 언덕 위 하얀 돌로 지은 건물 삼층이었다. 우리는 건물로 들어섰지만 건물 복도에서도 꾸어다 놓은 보릿자루같이 우리는 머뭇거렸다. 여대에 처음 와보아서 어색했던 것이다. 겨우 교수실 문을 노크했다. 조교가 문을 열어주었고 들어오라고 했다. 교수님은 우리를 의자에 앉으라 했고 어딘가에 전화를 했다. 조금 시간이 흐르니 여학생 다섯 명이 연구실로 들어왔다. 여학생들은 모두 공붓벌레 같았는데, 그 다섯 명의 공통점은 모두 하이힐을 신고 있었다는 거였다. 우리 대학에서 하이힐을 신은 학생은 찾기 어려웠기 때문에 그 점이 신기했다. 좁은 연구실에 서울대생 셋과 여대생 다섯이 앉았다. 교수님은 과거 서울대 다니던 시절을 언급하며, 서로 연애를 하다가 서클이 깨진 적이 있으니 서로 그런 눈치 보지 말고 공동 연구의 뜻을 살리면서 서로에게 도움이 되도록 힘쓰라고 했다.

우리는 운동장에 앉아 다음 모임을 어디에서 할 것인지를 정하고 이야기를 나누었다. 그런데 갑자기 한 여학생이 벌떡 일어나더니 '우리 학교 저 칸나를 보세요. 얼마나 열정적인지 알겠지요?' 하고 당돌하게 말했다. 우리 모두는 큰 소리로 웃었다. 얼마 있다가 학교를 나오려고 걷는데, 건물 앞 잔디밭 끝에서 교문 쪽으로 내려가는 길에 칸나가 줄지어 피어 있는 게 보였다. 당돌하게 말하던 여학생의 얼굴이 떠올랐다. 곧게 하늘을 향한 열정의 불꽃은 더운 태양 아래에 피어난 싱싱한 꿈의 표상 같았다.

그 다음 주 우리 대학 앞 찻집을 빌려 첫 집회를 가졌다. 그날은 함께 중국집에서 저녁식사도 했다. 그런데 문제가 하나 있었다. 우리는 여섯 명인데 여학생은 열 명이나 되었던 것이다. 원래는 더 많은 지원자가 있었는데, 우리가 적은 인원인 줄 알고 인원을 줄이고 줄여서 열 명으로 정했다고 했다. 며칠 후 나는 사범대에 가서 일 학년 몇 명에게 우리와 함께 서클을 하자고 했다. 우리 쪽 학생은 열두 명이 되었다. 여학생 대표에게 연락을 했더니, 그쪽은 열네 명이 되었다고 했다. 우리는 그 후 이 년간 서클을 운영했다. 여대 쪽에서 모임이 진행되면 우리가 저녁을 대접하기도 했다.

일월 즈음에 여대 쪽에서 서클을 진행하기로 했다. 그 회(會)가 열리기 며칠 전 대학 연구실에 앉아 있는데 사무원이 나에게 전화가 왔다고 했다. 받아 보니 여대생 대표였다. 연락할 방법이 없어서 학교로 전화한 것인데, 생일 선물로 무엇을 받고 싶은가를 물어보는 것이었다. 사실 내 생일은 일월에 있었다. 집 밖에서 누군가 생일 선물을 물어보는 건 처음이어서 나는 깜짝 놀랐다. 더듬거리며 아무거나 괜찮다고 얼버무렸다. 그러자 여대생은 '그럼 제가 정할게요.' 하고 전화를 끊었다. 그러고 나서 한 주가 지났고, 신촌 다방에서 회합이 있었다. 그 회합에서 여학생 대표가 흰 종이에 예쁘게 포장한 선물을 건넸다. 뜯어보니 셸리(Percy Bysshe Shelly)와 키츠(Jone Keats)의 서정 시집이었다. 깜짝 놀랄 만한 뜻깊은 선물이었다. 이 시집을 찾아서 나에게 선물한 그 여학생에게 너무 고마웠다. 그래서인지 나는 아직까지도 그 여학생을 기억하고 있다. 더 기억에 남는 것이 있다면 시집의 표지 색이 빨간 칸나색이었다는 것이다.

사 학년 졸업 학기가 되며 우리는 자연스레 흩어졌다. 그런데 남녀 회원들 간에 내가 모르는 은밀한 사귐이 있었음을 나중에 듣게 되었다. 삼 학년이었을 때 하루는 을지로 일가 사거리에 갔었는데, 그때 내 친구와 어떤 여학생 회원이 다정하게 서 있는 것을 보았었다. 다음 날 학교에 가서 내가 너희들을 보았다고 말하자, 그는 내 소매를 잡고 학교 앞 중국집에서 탕수육과 짜장면을 사주며 비밀로 해달라고 간청했다. 다른 한 친구는 대학을 졸업하고 몇 년이나 지난 어느 날에 여학생 회원을 찾아 진해까지 가서 결혼하자고 청혼했다고 한다. 후일담이지만 그 여학생은 거절했다고 한다. 이렇듯 단순히 평범한 생활이었지만 우리는 건강했고 또 열정적이었으며 순진했다. 칸나를 바라보면 어쩐지 그 시절의 민낯을 보는 것 같아 마음이 즐거워진다.

꽃다발을 받아 보셨나요

대학교 사 학년 여름방학 때였다. 아침부터 비가 내리기 시작하여 나는 집안에서 책을 보고 있었다. 그런데 열한 시가 지날 무렵 한 친구가 찾아왔다. 그는 내 방에 들어와서는 심각한 얼굴로 입술만 달싹거렸다. 내가 어쩐 일로 집에 왔느냐고 해도 그는 그냥 놀러왔다고 대답했다.

한동안 그는 조용히 있더니, 차를 한 잔 마시고 나서야 조심스레 입을 열었다. 그에겐 애인이 있었는데, 애인이 방학 동안 집에 갔다가 오늘 서울역에 돌아오기로 되어 있는데 혼자 가기가 쑥스럽다는 것이었다. 그는 오후 두 시에 도착할 것이니 나더러 같이 가자고 했다. 내가 보기에 그 친구와 애인의 관계는 탄탄하기보다, 사귀기 시작한 초반처럼 조심스러운 것 같았다. 그가 하도 부탁을 하여 나는 따라가기로 했다. 나는 옷을 갈아입었고, 그와 함께 서울역으로 향했다.

친구와 함께 서울역 건너편 버스 정류장에 내렸다. 세브란스병원 쪽으로 걷는데, 그가 갑자기 꽃집에 들어갔다. 그는 장미와 여러 꽃들이 섞인 큰 꽃다발을 샀다. 나는 왜 사느냐고 물었다. 그는 다시 학교에 돌아오는 것을 환영하는 의미로 그 여학생에게 줄 것이라 했다. 나는 큰 소리로 웃으면서 '야, 미친놈이지? 집에 갔다가 학교에 등록하러 온다고 꽃다발을 들고 환영하는 놈이 어디 있어?' 하고 욕을 했다. 그는 내 말을 듣고도 아무렇지도 않은 듯 꽃다발을 들고 걸었다.

역 출구 앞 사람들이 많이 서 있는 사이에 서서 한참을 기다렸다. 친구는 애인이 나온다고 하였다. 애인의 얼굴을 보니, 어느 여대와 서클을 함께 운영했는데 그 서클의 여대생 회원이었다. 나는 그 서클의 회장이었기에 그녀는 나를 보자 당황해 했다. 나는 괜히 미안한 마음이 들어 겸손하게 인사를 했다. 그때 친구가 여학생에게 꽃다발을 내밀었다. 여학생은 얼굴이 빨갛게 되어 어쩔 줄 몰라 했다.

고향에서 돌아온 여학생은 큰 보따리가 두 개나 되었다. 한 손에는 꽃다발, 그리고 다른 손에는 보따리 하나를 들었다. 남은 하나의 보따리는 친구가 얼른 받아들었다. 여학생은 늦은 점심을 사겠다고 했다. 우리는 중국집으로 갔다. 짜장면을 주문했는데, 짜장면이 나와 그것을 먹으려 하니 쉰 냄새가 확 풍겼다. 상한 것이었다. 여름철 점심시간에 팔다가 남은 것을 그대로 준 것 같았다. 우리는 젓가락을 놓고 주인에게 이 음식이 상했다고 항의했다. 주인은 오더니 죄송하다고 사과했다. 우리는 중국집 문을 열고 밖으로 나왔다. 그런데 우리와 같이 있던 여학생이 계산대 앞에 서서 '이렇게 상한 음식을 팔면 되겠어요?' 하고 힐난했다. 이번엔 짜장면값을 내고 갈 테니 다음부터는 양심껏 잘 하라고 훈계를 하기도 했다. 주인은 굽신거리며 안 받겠다고 했는데, 그럼에도 여학생은 호기 있기 계산대에 돈을 올려놓았다. 나는 너무 놀랐다. 중국집 주인에게 말하는 위세가 정말 대단했다. 우리는 그 길로 신촌에 갔다. 꽃다발을 안고 흐뭇해하며 그 여학생은 설렁탕을 맛있게 먹었다. 그러나 얼마 지나지 않아, 이 꽃다발 커플이 헤어졌다는 소식을 들었다. 꽃다발의 효과가 그리 오래 가지 않았나 보다.

언젠가 졸업식 날 꽃다발을 받지 못해 초라하게 혼자 졸업장을 들고 서 있던 적이 있다. 그때 아버지가 코트 안에 꽃다발을 감추고 와서, 기쁜 얼굴로 '야, 축하한다.' 하며 코트를 열어 꽃다발을 내밀었다. 눈물이 핑 돌던 그 감격을 어떻게 잊을 수 있겠는가. 평생에 꽃다발을 몇 번 받지 못하겠지만, 꽃다발을 안고 서 있을 때의 황홀함을 잊어버리는 사람은 없을 것이다. 꽃다발이 주는 황홀함처럼 꽃에는 마음을 움직이는 힘이 있어 때때로 나의 삶에 활기를 가져다 준다.

석류와 왕사탕

홈 쇼핑에서 석류 주스를 열심히 팔고 있는 것을 우연히 보았다. 그런데 그 반짝거리는 석류 알이 며칠간 나를 따라 다녔다. 곰곰이 생각하니, 석류꽃이 활짝 피어 있던 고향 할머니 집이 떠올랐다. 할머니 집 대문 초입에는 석류나무 두 그루가 자라고 있었다. 이 석류나무는 할머니가 이 집을 짓고 처음 심은 나무였다.

1965년이 넘어 서울에 우리 집을 처음 짓게 되었을 때, 아버지가 나에게 고향 향기가 듬뿍 배어 있는 나무 한 그루를 가져다가 새집에 심자고 했다. 그런 후 아버지는 나를 고향으로 보냈다. 나는 삼 일간 고향 집에 머물며 삼촌과 의논하며 이 나무, 저 나무를 골라 보았다. 그렇지만 그 어떤 것도 마음에 들지 않았다. 그러다 나는 할머니 집 마당에 빨간 꽃을 단 석류나무에 눈길이 쏠렸다. 삼촌에게 석류나무를 서울로 가져가면 어떻겠냐고 물었다. 삼촌은 서울은 춥기 때문에 석류나무가 살아가지 못한다고 했다. 어쩔 수 없이 석류를 포기하고 나는 감나무를 택해 그것을 들고 서울로 돌아왔다.

　나는 할머니 집에 갈 때마다 석류나무를 가져가지 못한 아쉬움을 느끼곤 했다. 그러던 어느 해 가을, 할머니 집에 갔을 때였다. 한낮 대청에 앉아 있는데 한 여성이 찾아왔다. 못 보던 얼굴이었다. 할머니가 안방 문을 열고 '들어와라.' 하고 여인을 불렀다. 여인은 대청 댓돌 앞에 와서 공손하게 인사를 하고 마루에 걸터앉았다. 할머니는 나에게 '저 앞집 한약방 집 막내딸인데 너는 모르니?' 하면서 나를 보았다. 나보다 대여섯 살은 어려 보였는데 아무리 봐도 처음 보는 얼굴이었다. '모르겠는데요.'라고 대답했다. 그런데 여인은 '저는 잘 알고 있심더. 서울서 오면 우리 집 뒷담에서 사람들하고 이야기하는 소리가 다 들립니더.' 하고 말하는 것이었다. 자세히 보니, 중학교 다닐 시절 우리 집 골목길에서 흰 교복을 입고 생글거리며 다니던 여자아이와 겹쳐 보였다. 며칠간 고향에 머무는 동안 스쳐 가며 만난 그 아이가 이제는 대학생 티를 내고 있어서 알아볼 수 없었던 것이다.

　여인은 할머니에게 석류나무를 그리고 싶어서 왔다고 했다. 할머니는 흔쾌히 허락했다. 알고 보니 그녀는 대학에서 미술전공을 하고 있었다. 대구 어느 대학에 다닌다고 했다. 그녀는 한참 동안 석류나무 주위를 둘러보다가 마당 구석진 자리에 이젤을 펴놓았다. 그리고 마당 구석에 버려져 있던 부서진 책상을 가져다 놓고, 그 위에 앉았다. 화집 같은 흰 종이를 묶은 큰 노트를 폈고, 연필로 드로잉을 시작했다. 그녀는 창이 긴 모자를 쓰고 있었다. 이제 고등학교에 갓 입학한 아이처럼 어려 보였다.

　매일 열 시쯤이면 그녀는 출근하듯이 우리 집에 왔다. 내가 할머니 집에 있었던 열흘 동안 그녀는 한 번도 빠지지 않았다. 새벽부터 주룩주룩 비가 오던 날도 마찬가지였다. 아침밥을 먹고 안방 문을 열고 나오니 그녀는 마루에 걸터앉아서 열심히 그림을 그리고 있었다. 나는 안방 쪽마루에서 그녀를 보고 '비 오는데도 왔네.' 하고 말을 걸었다. 그녀는 나를 보고 고개를 숙이면서 '네.' 하고 대답을 했다. 나는 조금 관심이 가서 '비를 맞고 서 있는 석류는 좀 다르게 보일 텐데…'라고 했다. 그러자 그녀는 나를 쳐다보며 '석류는 비가 오면 더 반짝거려요. 석류도 새 세상을 아나 봐요.' 하는 것이었다. 신기한 조개껍질을 손에 들고 기쁘게 자랑하는 듯한 목소리였다.

　내가 고향 집을 떠나오기 전날 아침, 그녀는 캔버스에 붓으로 그림을 그려갔다. 나는 그림이 보고 싶었다. 그러나 좀 민망하기도 해서 마루 끝에서 먼눈으로 살펴보기만 했다. 그녀는 내 태도를 눈치챘는지 고개를 돌려 나를 보면서 '이 색은 석류가 힘이 없어 보이는데, 그렇게 보이지 않나요?' 하고 묻는 것이었다. 가까이 가보니 나뭇가지에 매달린 석류를 칠하고 있었다. 그녀의 말을 듣고 보니 얼룩진 껍질이 조금 시들은 느낌이었다. 그렇지만 나는 아무 말도 하지 않았다.

　다음 날 나는 서울로 떠났다. 그 후 다시 할머니 집에 간 것은 십이월 중순이었다. 할머니 집에 도착한 날 밤, 할머니는 노트만 한 크기의 그림 한 장을 보여주었다. '앞집 처자가 석류나무를 그려서 국전에 입

선을 했다고 하더라. 그림 그리게 해주어 고맙다고 그림을 주고 갔어.'
라고 할머니가 말했다. 유화로 그린 석류 두 송이는 무엇이 그리 기쁜
지 환하고 싱싱한 모습을 자아내었다. 나는 '잘 그렸네요.' 하고 할머
니에게 말했다.

　그 겨울에는 그녀를 만나지 못했다. 그녀가 그림 공부를 하려고 서
울로 갔다는 소식만 전해 들었다. 그러다가 결혼을 해서 첫 아들을 낳
고 할머니 집에 갔을 때였다. 할머니는 무슨 비밀이라도 말하듯 여인
이 조그마한 그림 가게를 열었다고 했다. 나는 너무 놀랐다. 고향마을
에 그림 가게라니, 잘 될 것 같지 않았다. 나는 그 가게를 찾아가 보았
다. 장터 옆쪽 그림 가게를 찾아 들어서니 그녀가 긴 머리를 뒤로 묶
은 모습으로 앉아 있었다. 그녀는 나를 보자 놀란 얼굴을 하였다. 그녀
와 인사를 하고, 그녀에게 '어린 나이에 국선에도 입선하고 그랬는데
왜 고향에 돌아와 화방을 열고 있느냐?'라고 물었다. 그러자 그녀는
'저도 석류나무처럼 추운 데서는 못 사나 봅니더.' 하고 진한 사투리
로 대답했다. 그녀는 간간이 나무와 풀, 그리고 바람을 그리며 살고 싶
다고 덧붙였다.

　고향을 떠나 객지에서 많은 것을 배우고 살아가는 사람들이 있다.
출세를 하고 싶어서 혹은 지금보다 나은 삶을 위해서 살아가는 이들
도 있다. 그녀가 말했던 '석류나무처럼 추운 데서는 못 산다'는 건 무
슨 뜻이었을까. 자기 유익만을 위해 살다 보면 중요한 것을 바라보지
못하게 되고 그것만큼 쓸쓸한 건 없을 것이다. 내가 보기에 그녀는 좋

아서 그림을 그리는 화가였다. 비 오는 날, 석류가 세상을 보고 놀라 표정을 짓는다는 말, 이러한 그녀만의 직관이 그 그림에 녹아 생명을 자아내는 것이라 생각한다. 그녀는 자기 자신의 출세보다 자연을 돌아보고 사랑할 줄 아는 사람이었다.

이 고향 '석류 집'에서 장터 쪽으로 몇 걸음만 더 가면 어린 날 내가 꼭 들리곤 했던 왕사탕 가게가 있다. 이 왕사탕 가게 주인은 내 어머니와 나이가 비슷한데 딸만 셋을 두고 있었다. 주인이 할머니와 친해서 내가 할머니를 따라 장에 나올 때면 나는 이 가게의 넓은 마루에 올라앉아 한참을 놀다 가곤 했다. 이 집주인 아주머니는 나를 좋아해서 내 주머니에 왕사탕을 한 움큼 넣어주기도 했다.

그러다가 중학생이 되고부터는 왕사탕 가게에 가도 인사만 꾸벅하고 얼른 나오게 되었다. 그 집 딸 중에 나하고 같은 학년 아이가 있었는데, 그가 가게에 나와 있는 날이 많아 부끄러워서였다. 그때는 사춘기였기에 왜 부끄러워했는지도 모를 때였다.

중학교 삼 학년이 된 어느 날 할머니 심부름으로 왕사탕 가게에 가게 되었다. 할머니는 왕사탕 가게에 팥떡을 가져다주고 오라고 했다. 큰 보자기에 담은 팥떡을 들고 자갈이 깔린 개천 길을 따라 왕사탕 가게에 갔다. 장날이 아니어서 손님이 없었다. 가게 안에 들어서서 보니 가게 안에 주인아주머니가 보이지 않았다. 나는 큰 소리로 '계세요?' 하고 말했다. 그러고는 큰 마루를 가득 채우고 있는 알록달록한 사탕을 보며 서 있었다. 그런데 여중생 딸이 가게로 나왔다. 나는 떡 보따리를 내밀고 할머니 심부름이라고 했다. 딸은 떡 보자기를 들고 마루 저편 방으로 들어갔다가 보자기만 들고 다시 나왔다. 그러더니 그녀는 나에게 '안에서 니가 온 줄 알았다.' 하는 것이었다. 나는 놀라서 '어떻게?' 하고 그녀를 보았다. 그녀는 웃으며 '서울말 쓰는 애가 너밖에 더 있나?' 했다. 그리고 그녀는 '경주에 더러 나가봤니?' 하고 말을 꺼냈다. 나는 어물거리며 삼촌을 따라 몇 번 가봤지만, 서점만 다녔다고 했다. 그러자 '내일 아침에 경주에 가는데, 가보고 싶으면 아침 9시까지 역으로 나와.' 했다. 나는 '그래.' 하고 답하고는 집으로 돌아왔다.

다음 날 아침 일찍 건천역으로 갔다. 여덟 시였다. 역 주위 코스모스 길을 돌면서 아홉 시가 될 때까지 한 시간을 기다렸다. 시간이 되자 그녀가 왔는데, 그녀는 한 친구를 데려왔다. 우리는 경주 빵집에도 가고 반월성에 가서 소나무 아래에 앉아 있기도 했다. 해가 중천에 떴을 때 우리는 한 음식점에 들어갔다. 국밥집이었다. 그때까지는 왕사탕집 딸이 돈을 다 냈기에 이번엔 내가 내야 한다고 생각했다. 마침 집에서 나올 때 할머니가 맛있는 거 사 먹으라고 건네준 돈이 있었다. 점심을 먹고 나서 내가 돈을 낸다고 앞으로 가자 왕사탕집 딸이 내 팔뚝을 잡고 '아니다. 경주에 왔으니 내가 낼게.' 하면서 나를 말렸다. 결국 그녀가 돈을 치르게 되었다. 이후 우리 셋은 첨성대를 돌고 불국사 가는 길도 걷다가 해가 저물어서야 경주역에 와서 기차를 탔다.

건천역에 내려 철길을 함께 걸어오다가 산내로 가는 길목에서 갈라지기로 했다. 나는 큰 용기를 내서 '오늘은 아주 좋았어. 너 덕분에.'

하고 말했다. 그러자 왕사탕집 딸은 '나도 그렇다.' 하고 답했다. 그날 밤길을 걸어 집으로 가는데 풍선에 올라탄 듯한 기분이 들었다.

　하루는 장날이 와서 할머니를 따라 장터로 갔다. 왕사탕 가게에도 갔는데, 가게에 들어섰을 때 왕사탕집 아주머니와 그녀가 보였다. 나는 무슨 죄를 지은 사람처럼 고개를 숙였다. 그때 그녀가 나를 보면서 '언제 가나?' 하고 물었다. 나는 얼른 삼 일 후에 간다고 했다. 떠나기 전날 밤 그녀가 나를 찾아 할머니 집에 왔다. 그녀는 내가 내일 떠난다고 해서 왕사탕 한 봉지를 가져왔다며 나에게 봉지를 내밀었다. 할머니가 앞에 있었던지라 나는 당황해 하면서 그것을 받아들었다. 할머니는 내 대신 고맙다는 말을 했다. 그녀가 인사를 하고 돌아가려고 했다. 그러자 할머니는 나보고 데려다주고 오라고 했다. 그녀와 함께 어두운 신작로를 걸었다. 갑자기 그녀가 나에게 언제 또 오느냐고 물었다. 나는 겨울방학 때 올 거라고 했다. 그녀가 다시 방학이 언제부터냐고 물어서 나는 12월 20일쯤 될 거라고 날짜를 알려주었다. 그녀 가게 근처에 왔을 때 그녀는 손을 내밀면서 '다시 보자. 그때는 불국사도 가보자.' 했다. 나는 그녀의 손을 잡았다. 따뜻했다.

　대구로 올라가는 길, 나는 기차 안에서 그녀가 준 왕사탕 봉지를 뜯었다. 그런데 빨간색 줄과 흰색 줄이 나란히 엉킨 사탕들 속에 하얀색이 바탕이 되어 빨간 점이 박혀 있는 사탕 하나가 눈에 띄었다. 그리고 사탕들 속에 흰 종이를 접어 넣은 것이 있었다. 나는 먼저 종이를 펼쳐보았다. 왕사탕 집 딸의 편지였다. 내가 떠난다고 해서 특별하게 사탕 하나를 만들었는데, 달콤한 맛은 우리들의 만남이고 화한 맛은 즐거움이 가득하기를 빈다는 뜻이라고 했다. 그리고 겨울방학에 다시 만나자는 말도 있었다. 나는 혼자 얼굴이 붉어졌다. 사탕을 입에 넣으니 화한 맛이 느껴졌다. 박하사탕이었다.

그해 겨울방학엔 할머니 댁에 가지 못했다. 대구에서의 피난 생활을 뒤로하고 다시 서울로 올라가야 했기 때문이다. 후에 할머니 댁을 다시 찾은 것은 일 년이 지나고서였다. 그때 나는 왕사탕 가게에 가보았는데 어째서인지 그녀는 보이지 않았다. 물어보니 그녀가 부산에 있는 좋은 여고로 갔다는 것이었다. 방학이지만 학원에 가야 해서 다음 달이 되어야 온다고 했다. 나는 용기를 내어 '내가 찾아왔다고 전해주세요.'라고 하고 가게를 나왔다. 그러나 나는 다시 그 가게에 가지 못했다.

사탕을 보면 나는 흰 바탕의 박하사탕이 생각난다. 그렇게 어수룩한 소년기를 보낸 나 자신이 너무 초라하게 느껴지기도 하지만 그녀를 만나지 못한 아쉬움도 남아 있다.

박동규

1939년 경상북도 경주에서 박목월 시인의 장남으로 출생.
서울대 문리대 국문과 및 동대학원 석사·박사 졸업.
1962년 『현대문학』에 평론으로 등단.
서울대학교 국문과 교수. 현재 서울대학교 명예교수. 월간 시 전문지 《심상》의 편집고문.
저서로 『현대 한국소설의 성격 연구』, 『한국 현대소설의 비평적 분석』, 『현대 한국 문제 작품 분석』, 『전후 한국소설의 연구』 등의 논문집과, 문장론집 『글쓰기를 두려워 말라』, 수필집으로 『별을 밟고 오는 영혼』, 『당신이 고독할 때』, 『인간은 혼자서 살 수 없다』, 『오늘, 당신이라 부를 수 있는 행복』, 『사랑하는 나의 가족에게』, 『삶의 길을 묻는 당신에게』, 『아버지는 변하지 않는다』, 『내 생애 가장 따뜻한 날들』 등이 있다.

보이지 않는 마음의 순례

초판1쇄 인쇄	2020년 6월 10일
초판1쇄 발행	2020년 6월 23일
지은이	박동규
펴낸이	이대현
편 집	이태곤 문선희 권분옥 임애정 백초혜
디자인	안혜진 최선주 김주화
마케팅	박태훈 안현진
펴낸곳	도서출판 역락
주 소	서울시 서초구 동광로 46길 6-6 문창빌딩 2층
전 화	02-3409-2060(편집), 2058(마케팅)
팩 스	02-3409-2059
등 록	1999년 4월 19일 제303-2002-000014호
전자우편	youkrack@hanmail.net
홈페이지	www.youkrackbooks.com

ISBN 979-11-6244-538-9 03810